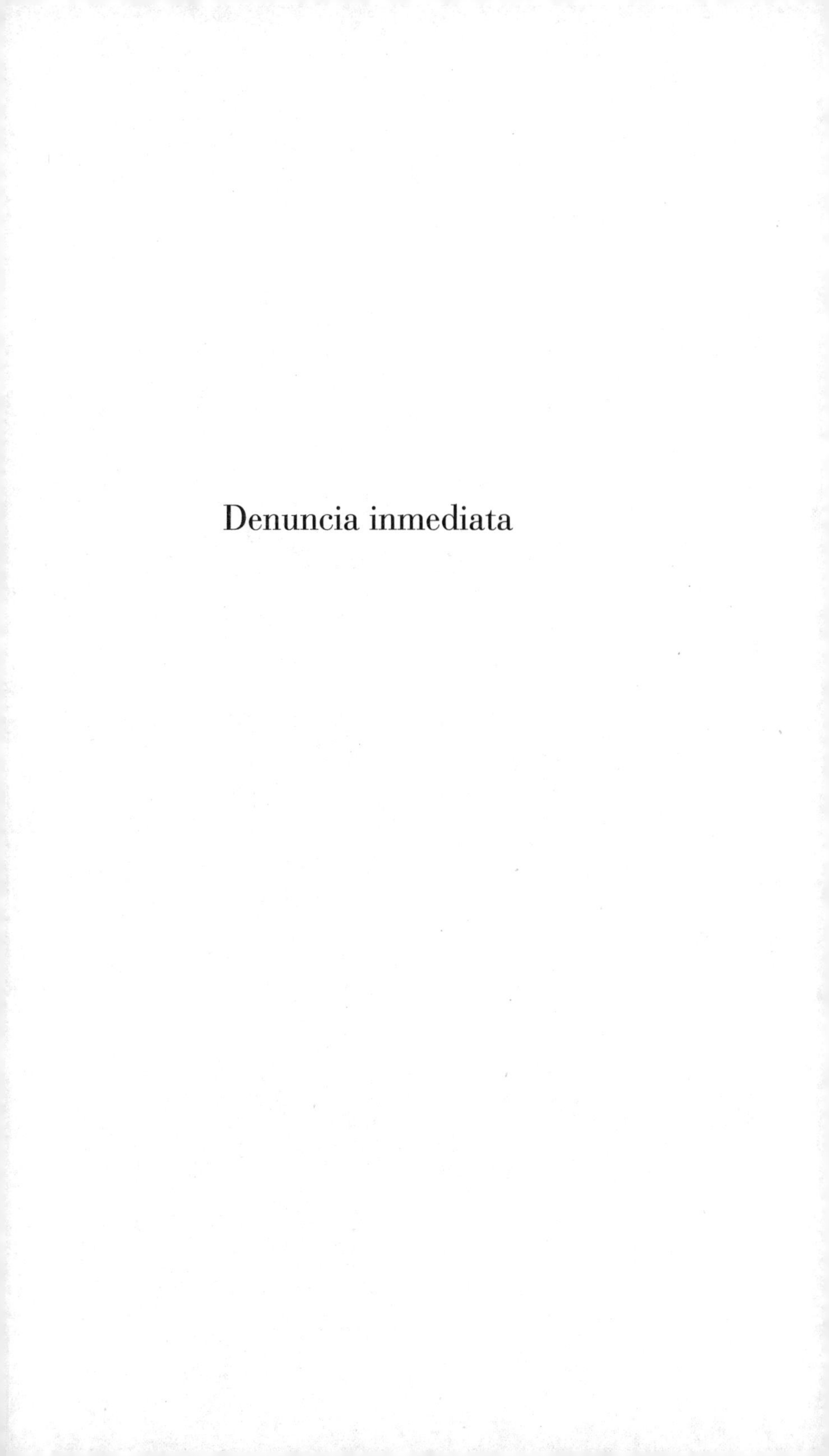

Denuncia inmediata

Jeffrey Eugenides

Denuncia inmediata

Traducción de Jesús Zulaika

EDITORIAL ANAGRAMA
BARCELONA

Título de la edición original:
Fresh Complaint
Farrar, Straus and Giroux
Nueva York, 2017

Ilustración: © Kelly Reemtsen

Primera edición: mayo 2018

Diseño de la colección: Julio Vivas y Estudio A

Pedró de la Creu, 58
08034 Barcelona

ISBN: 978-84-339-8007-6
Depósito Legal: B. 8523-2018

Printed in Spain

Liberdúplex, S. L. U., ctra. BV 2249, km 7,4 - Polígono Torrentfondo
08791 Sant Llorenç d'Hortons

En memoria de mi madre, Wanda Eugenides (1926-2017),
y de mi sobrino, Brenner Eugenides (1985-2012)

QUEJAS

Al subir por el camino de entrada en el coche de alquiler, Cathy ve el cartel y tiene que echarse a reír: «Lyndham Falls - Retiro con encanto».

No se ajustaba exactamente a lo que Della había descrito.

El edificio se hace visible a continuación. La entrada principal es bastante bonita. Grande y acristalada, con bancos en el exterior y un aire de orden médico. Pero los apartamentos del jardín, al fondo de la finca, son pequeños y destartalados. Los porches son diminutos, y parecen corrales para animales. Desde fuera, frente a las ventanas con cortinas y las puertas castigadas por la intemperie, se intuye un interior habitado por vidas solitarias.

Cuando se baja del coche, el aire se le antoja diez grados más cálido que el del exterior del aeropuerto aquella mañana, en Detroit. El cielo de enero es de un azul casi sin nubes. Ni el menor indicio de la ventisca contra la que Clark le ha venido advirtiendo, tratando de persuadirla para que se quedara en casa a cuidarle.

–¿Por qué no vas la semana que viene? –dijo–. Aguantará.

Cathy está a medio camino de la puerta principal cuando se acuerda del regalo de Della y vuelve al coche para cogerlo. Al sacarlo de la maleta, se siente satisfecha una vez más de lo bien que lo ha envuelto. El papel de ese grueso, de tacto pulposo, sin blanquear, que imita la corteza de abedul. (Tuvo que ir a tres papelerías para encontrar el que le gustaba.) En lugar de decantarse por un lazo chillón, Cathy cortó unas ramitas del árbol de Navidad que estaban a punto de dejar en la acera y compuso una guirnalda. Ahora el regalo parecía hecho a mano, y orgánico, como una ofrenda ceremonial de los pobladores autóctonos de Norteamérica, algo no para una persona sino para la tierra.

Lo que hay dentro no es nada original. Es lo que Cathy le regala siempre a Della: un libro.

Pero esta vez es más que eso. Es una especie de medicina.

Desde que se mudó a Connecticut Della se ha quejado de que ya no puede leer. «Últimamente no soy capaz de fijar la atención en un libro», es lo que me ha dicho por teléfono. No dice por qué. Las dos saben por qué.

Una tarde de agosto pasado, durante la visita anual de Cathy a Contoocook, donde Della vivía entonces, Della mencionó que su doctora le había mandado hacerse unos análisis. Eran poco más de las cinco, y el sol se ponía tras los pinos. Para protegerse de los vapores de pintura estaban tomándose las margaritas en el porche con mosquitera.

–¿Qué clase de análisis?

–Todo tipo de análisis tontos –dijo Della, con una mueca–. Por ejemplo, esa terapeuta a la que me ha estado mandando... Se *llama* a sí misma terapeuta, pero no aparenta más de veinticinco años. Me manda dibujar manecillas de reloj. Como si hubiera vuelto al jardín de infancia. O me enseña un montón de fotos y me dice que las recuerde. Pero luego se pone a hablar de otras cosas. Tratando de distraerme. Y luego me pregunta qué había en esas fotos.

Cathy miró la cara de Della a la luz mortecina. A los ochenta y ocho años, Della sigue siendo una mujer vivaracha y guapa, con un sencillo corte del pelo blanco que recuerda a Cathy las pelucas empolvadas. A veces habla sola, o se queda con la mirada fija en el vacío, pero no mucho más que cualquier persona que pasa mucho tiempo sin hablar con nadie.

–¿Cómo te ha ido?

–No demasiado bien.

El día anterior, volviendo en coche de la ferretería, en Concord, Della se había inquietado mucho a causa del tono de la pintura que habían elegido. ¿Era lo bastante brillante? ¿No sería mejor que la devolvieran? No era tan alegre como les había parecido en el muestrario de la ferretería. ¡Oh, qué derroche de dinero! Al final, Cathy dijo:

–Della, te estás angustiando otra vez.

Y eso bastó. La expresión de Della se apaciguó como si la hubieran espolvoreado con polvos mágicos.

–Lo sé, sí –dijo–. Cuando me pongo así tienes que decírmelo.

En el porche, Cathy dio un sorbo a su bebida y dijo:

–Yo no me preocuparía por eso, Della. Esos análisis ponen nerviosa a cualquiera.

Unos días después Cathy regresó a Detroit. Y ya no volvió a oír hablar de los análisis. Luego, en septiembre, Della la llamó para decirle que la doctora Sutton iba a ir a verla a su casa y le había pedido a Bennett, el hijo mayor de Della, que estuviera presente.

–Si quiere que Bennett venga hasta aquí –dijo Della–, seguramente serán malas noticias.

El día en cuestión –un lunes– Cathy esperó la llamada de Della. Cuando esta llamó finalmente, su voz sonaba agitada, casi aturdida. Cathy supuso que la doctora la había visto bien de salud. Pero Della no mencionó los resultados del análisis. En lugar de ello, y en un estado de ánimo de felicidad casi delirante, dijo:

–¡La doctora Sutton no podía creerse lo preciosa que me ha quedado la casa! Le conté lo ruinosa que estaba cuando me mudé, y cómo tú y yo planeamos algo cada vez que vienes a visitarme, y no podía creérselo. ¡Le pareció que estaba fantástica!

Tal vez Della no era capaz de encarar las noticias, o tal vez las había olvidado ya. Sea como fuere, Cathy se asustó.

Fue Bennett quien se encargó de explicarle los detalles médicos. Y lo hizo en un tono seco, pragmático. Bennett trabaja para una compañía de seguros, en Hartford, calculando las probabilidades de enfermedad y muerte día a día, y tal vez fue esta la razón.

–La doctora dice que mi madre ya no puede conducir. Ni utilizar la cocina. Va a medicarla con algo; para estabilizarla, supongo. Durante un tiempo. Pero la conclusión es que no puede vivir sola.

–Fui a verla hace un mes y estaba bien –dijo Cathy–. Le entra ansiedad, angustia, eso es todo.

Hubo una pausa, y al cabo Bennett dijo:

–Sí, ya. La ansiedad es parte de lo que tiene.

¿Qué podía hacer Cathy en su situación? No solo no tenía nada que hacer en el Medio Oeste, sino que era una especie de *rara avis* o intrusa en la vida de Della. Cathy y Della eran amigas desde hacía cuarenta años. Se conocieron cuando ambas trabajaban en la Escuela de Enfermería. Cathy tenía treinta años y se acababa de divorciar. Había vuelto a casa de sus padres; así su madre podría cuidar de Mike y de John mientras ella estaba en el trabajo. Della era una madre cincuentona que vivía en una elegante casa de un barrio residencial cercano al lago. Había vuelto a trabajar no porque necesitase con urgencia el dinero –como Cathy–, sino porque no tenía nada que hacer. Sus dos hijos mayores se habían ido ya de casa. El benjamín, Robbie, estaba en el instituto.

En circunstancias normales nunca se habrían relacionado en la Escuela de Enfermería. Cathy trabajaba abajo, en Tesorería, y Della era secretaria ejecutiva del decano. Pero un día, en el comedor del autoservicio, Cathy oyó a Della hablar con entusiasmo del programa Weight Watchers, de lo fácil que era seguirlo, y sin tener que pasar hambre.

Cathy acababa de volver a salir con hombres. Otra forma de decirlo sería que se acostaba con varios a la vez. A raíz de su divorcio se había visto apremiada por la urgencia de recuperar el tiempo perdido. Era tan temeraria como una adolescente, y lo hacía con hombres que apenas conocía, en asientos traseros de coches o en el suelo enmoquetado de furgonetas aparcadas en calles urbanas frente a casas donde dormían apaciblemente buenas familias cristianas. Además del placer esporádico que obtenía con esos hombres, Cathy buscaba una especie de autoenmienda, como si las arremetidas y los embates masculinos fueran capaces de hacerla entrar en razón y disuadirla para siempre de volver a casarse con alguien parecido a su exmarido.

Al volver a casa pasada la medianoche después de uno de estos lances, Cathy se dio una ducha. Luego se quedó de pie frente al espejo del cuarto de baño, evaluándose con la misma mirada objetiva que tiempo después aplicaría a la remodelación de casas. ¿Qué podía arreglarse? ¿Qué disimularse? ¿De qué debía hacerse caso omiso y convivir con ello?

Empezó a ir a Weight Watchers. Della la llevaba a las reuniones. Menuda y vivaz, de pelo escarchado, grandes gafas de montura translúcida y rosada y blusa de rayón satinada, Della se sentaba en un cojín para poder ver por encima del volante de su Cadillac. Llevaba cursis pasadores en forma de abejorros o perros salchicha, y se empapaba de perfume. Era de una marca de grandes almacenes, floral y empalagoso, diseñado más para enmascarar el aroma natural de la mujer que para acentuarlo, como hacían los aceites corporales que se aplicaba Cathy con unos toquecitos en sus puntos de presión. Visualizaba a Della rociándose de perfume con el aerosol y luego pavoneándose en medio de la niebla como una idiota.

Después de haber perdido unos cuantos kilos, se regalaban una vez a la semana con cena y copas. Della llevaba en el bolso su contador de calorías, para asegurarse de que no se desmadraban demasiado. Así es como descubrieron las margaritas.

–Oye, ¿sabes de algo que sea bajo en calorías? –dijo Della.

–El tequila. Solo tres calorías por gramo.

Intentaron no pensar en el azúcar del combinado.

Della era solo cinco años menor que la madre de Cathy. Ambas compartían numerosas opiniones sobre el sexo y el matrimonio, pero era más fácil escuchar estas proclamas en boca de alguien que no se arrogaba la propiedad de tu cuerpo. Además, la forma en que Della difería de la madre de Cathy dejaba bien claro que su madre no era el árbitro moral que siempre había sido en la cabeza de Cathy, sino solo una manera de ser.

Resultó que Cathy y Della tenían en común un montón de cosas. A las dos les gustaban los trabajos manuales: adornos de papel cortado, cestería, restauración de muebles antiguos..., todo tipo de artesanías. Y les encantaba leer. Se prestaban los libros que sacaban de la biblioteca, y al cabo de un tiempo dieron en sacar los mismos libros, de forma que podían leerlos al mismo tiempo y debatir sobre ellos. No se consideraban intelectuales, pero distinguían la buena escritura de la mala. Y, sobre todo, sabían disfrutar de una buena historia. Recordaban las tramas de los libros mucho mejor que sus títulos o autores.

Cathy evitaba la casa de Della, en Grosse Pointe. No quería tener que sufrir las alfombras de pelo largo o los cortinajes de tono pastel, o tropezar con el marido republicano de Della. Tampoco invitaba nunca a Della a la casa de sus padres. Era mejor encontrarse en un terreno neutral, donde nadie pudiera recordarles su incompatibilidad.

Una noche, dos años después de conocerse, Cathy llevó a Della a la fiesta de unas amigas. Una de ellas había asistido a una charla de Krishnamurti, y todo el mundo se sentó en el suelo, sobre cojines, a escuchar lo que contaba. Y empezó a circular un porro.

Oh, no..., pensó Cathy cuando este llegó a Della. Pero, para su sorpresa, Della inhaló el humo y lo pasó a la de al lado.

–Bien, es el no va más... –dijo Della luego–. Aquí me tienes fumando hierba.

–Lo siento –dijo Cathy, riendo–. Pero... ¿te ha gustado?

–No, no me ha gustado. Y me alegro. Si Dick supiera que he estado fumando marihuana se pondría como una fiera.

Pero estaba sonriendo. Feliz de tener un secreto.

Tenían otros. Unos años después de casarse con Clark, Cathy se hartó un día y se fue de casa. Se registró en un motel, en Eight Mile.

–Si te llama Clark, no le digas dónde estoy –le dijo a Della. Y Della hizo lo que le decía. Y se limitó a llevarle algo de comer todas las noches, durante una semana, y a escucharla despotricar contra su marido hasta que se desahogó por completo. O lo bastante, al menos, para reconciliarse con él.

–¿Un regalo? ¿Para mí?

Della, aún llena de un entusiasmo de chiquilla, mira con ojos muy abiertos el envoltorio que Cathy le tiende. Está sentada en un sillón azul, junto a la ventana; en el único asiento, de hecho, del pequeño estudio atestado. Cathy está encaramada con desmaña en la meridiana de al lado. Las persianas venecianas están echadas, y el estudio está en penumbra.

–Es una sorpresa –dice Cathy, con una sonrisa forzada.

Tenía la impresión, por Bennett, de que Wyndham Falls era una residencia de ancianos. La página web menciona «servicios de urgencia» y «ángeles visitadores». Pero el folleto que Cathy ha cogido en recepción, a su llegada, dice que Wyndham se anuncia a sí misma como una «comunidad de retiro de mayores de cincuenta y cinco años». Además de los muchos residentes ancianos que tratan de abrirse camino por los pasillos tras sus andadores de aluminio, hay veteranos de guerra más jóvenes, con barba, chaleco y gorra, moviéndose de un lado a otro en sillas de ruedas eléctricas. No hay personal de enfermería. Es más barato que un cuidado asistencial y los servicios son mínimos: comidas preparadas en el comedor, cambio de sábanas una vez a la semana. Eso era todo.

En cuanto a Della, parecía idéntica a la última vez que Cathy la vio en agosto. En atención a la visita de Cathy se había puesto un jersey sin mangas de tela vaquera limpio y un top amarillo. Se había pintado los labios y maquillado en los sitios adecuados y en la medida justa. La única diferencia es que ahora Della también utiliza andador. Una semana después de ingresar en el centro, resbaló y se golpeó la cabeza contra el pavimento del exterior de la entrada. Perdió el conocimiento. Cuando volvió en sí, un auxiliar médico grande, guapo y de ojos azules la miraba fijamente. Della alzó los ojos hacia él y preguntó:

–¿Me he muerto y he ido al cielo?

En el hospital, le hicieron una resonancia magnética para comprobar si había una hemorragia cerebral. Luego la examinó un médico joven por si tenía otras heridas.

–Así que heme aquí –le dijo Della a Cathy por teléfono–. Tengo ochenta y ocho años y aquí está este joven doctor examinando cada centímetro de mi cuerpo. Y cuando digo cada centímetro quiero decir cada centímetro. Le he dicho: «No sé cuánto le pagan, pero seguro que no es suficiente.»

Estas muestras de humor confirman lo que Cathy ha pensado a todo lo largo del proceso: que la confusión mental de Della es de origen emocional. A los médicos les encantan los diagnósticos y las pastillas y apenas prestan atención al humano que tienen delante.

Della, por su parte, nunca ha mencionado su diagnóstico médico; siempre se refiere a él como «su dolencia», o «esto que tengo». Una vez dijo:

–Nunca puedo recordar el nombre de lo que tengo. Es algo que tienes cuando eres viejo. Eso que casi nadie quiere tener. Eso es lo que tengo.

Otra vez dijo:

–No es alzhéimer, sino lo siguiente menos grave.

A Cathy no le sorprende que Della reprima la terminología. «Demencia» no es una palabra bonita. Suena violenta, invasiva, como si tuvieras un demonio vaciándote el cerebro a paladas, lo cual, en realidad, es lo que es.

Ahora mira el andador de Della que está en un rincón, un infame artilugio color magenta con un asiento negro de polipiel. Sobresalen unas cajas de debajo de la meridiana. Hay cacharros apilados en el fregadero de la minúscula cocina. Nada demasiado llamativo. Pero Della siempre ha tenido la casa en el orden más escrupuloso; cualquier cosa fuera de sitio se le antojaba un engorro.

Cathy está contenta de haberle traído el regalo.

–¿No vas a abrirlo? –le pregunta.

Della mira el paquete como si de pronto se hubiera materializado en sus manos.

–Oh, claro.

Le da la vuelta y examina la parte de abajo. Su sonrisa es incierta. Es como si supiera que sonreír es algo obligado en ese momento, pero no supiera bien por qué.

–¡Mira qué papel de regalo! –dice al cabo–. Es precioso. Voy a abrirlo con cuidado para no romperlo. Quizá lo utilice otra vez.

–Puedes romperlo. No me importa.

–No, no –insiste Della–. Es un papel de regalo muy bonito y quiero conservarlo.

Sus viejas manos llenas de manchas de la edad manipulan el papel hasta abrir el envoltorio sin romperlo. El libro cae en su regazo.

No da muestras de reconocerlo.

Aunque eso no tiene por qué significar nada necesariamente. Los editores han sacado una edición nueva. La cubierta original, con la ilustración de las dos mujeres sentadas con las piernas cruzadas dentro de una tienda india, se ha reemplazado por una fotografía en color de montañas coronadas de nieve, y los tipos del título son mucho más llamativos.

Un segundo después, Della exclama:

–¡Eh, mira! ¡Nuestra historia favorita!

–No solo eso –dice Cathy, señalando la cubierta–. Fíjate. «¡Edición del vigésimo aniversario! ¡Más de dos millones de ejemplares vendidos!» ¿No es increíble?

–Bueno, siempre supimos que era un buen libro.

–Sí, claro. La gente tendría que hacernos caso. –Con voz más suave, Cathy añade–: He pensado que a lo mejor hace que vuelvas a leer, Della. Ya que este te lo conoces tan bien...

–Oh, ya... Como para calentar motores. El último libro que me mandaste, *La habitación*... Llevo ya dos meses leyéndolo y apenas he pasado de la página veinte.

–Es un libro muy intenso.

–¡Sobre alguien que no puede salir de su habitación! Me toca un poquito de cerca, ¿no?

Cathy se ríe. Pero Della no bromea en absoluto, y Cathy ve la oportunidad. Deslizándose fuera de la meridiana, gesticula en dirección a las paredes, como en señal de queja.

–¿No podrían Bennett y Robbie conseguirte un sitio mejor que este?

–Probablemente sí –dice Della–. Pero *dicen* que no pueden. Robbie tiene que pagar la pensión alimenticia y la manutención de un menor. Y por lo que se refiere a Bennett, esa Joanne seguramente no quiere que gaste más dinero en mí. Nunca le he gustado.

Cathy asoma la cabeza al cuarto de baño. No está tan mal como se temía; no hay nada sucio ni sonrojante. Pero la cortina de hule de la ducha parece más propia de un asilo. Por suerte es algo que se puede arreglar enseguida.

–Tengo una idea –dice Cathy, volviéndose hacia Della–. ¿Te has traído el álbum de fotos?

–Por supuesto. Le dije a Bennett que no iba a ninguna parte sin mi álbum de fotos. Tal como están las cosas, me hizo dejar todos mis muebles buenos en la casa, para poder venderla fácilmente. Pero ¿sabes qué? Hasta ahora no ha ido nadie a verla.

Si Cathy está escuchándola, no lo parece. Va hasta la ventana y sube de golpe la persiana.

–Podemos empezar por animar un poco el cuarto. Colgar unas cuantas fotos de las paredes. Hacer que esto parezca un sitio donde se vive.

–Estaría bien. Si esto no tuviera un aire tan lastimoso, creo que me sentiría mejor. Es casi como estar... presa. –Della sacude la cabeza–. Algunos de los residentes están nerviosísimos.

–Crispados, ¿no?

–*Muy* crispados –dice Della, riéndose–. Tienes que andarte con cuidado con quién te sientas en el comedor.

Cuando Cathy se ha ido, Della mira el aparcamiento desde la silla. A lo lejos se forman masas de nubes. Cathy le ha dicho que la tormenta no llegará hasta el lunes, después de que ella se haya ido, pero Della, aprensiva, alarga la mano para coger el mando a distancia.

Apunta hacia el televisor y aprieta el botón. El aparato sigue igual.

–Esta tele nueva que me ha traído Bennett es una porquería –dice, como si Cathy, u otra persona, estuviera allí para escucharla–. Tienes que encender la tele tú misma, y luego esa otra caja de debajo. Pero hasta cuando consigo encender esta maldita tele me es imposible encontrar ninguno de mis programas favoritos.

Ha dejado el mando a distancia justo cuando Cathy surge de un punto del edificio y se dirige hacia su coche. Della la sigue con la mirada, fascinada y perpleja. Su intento de disuadir a Cathy de que viniera a visitarla no se había debido por completo al mal tiempo. Temía no estar a la altura de la visita. Desde su caída y su estancia en el hospital, no se sentía demasiado bien. Se sentía consumida. Tener que ir de aquí para allá con Cathy, verse atrapada en un torbellino de actividad, se le antojaba excesivo.

Por otra parte, estaría bien animar un poco el cuarto. Della trata de imaginar las paredes repletas de caras amadas, esenciales en su vida.

Y luego sigue un período en que nada parece suceder; nada del presente, en cualquier caso. Últimamente estos interludios caen sobre Della cada vez con más frecuencia. Está buscando, por ejemplo, su libreta de direcciones, o haciendo café, cuando de pronto siente que algo tira de ella hacia atrás y la enfrenta a gente y objetos en los que no ha pensado en años. Tales remembranzas la inquietan no porque le traigan cosas desagradables (si bien a menudo lo hacen), sino porque resultan tan vívidas y exceden de tal modo su vida cotidiana que hacen que esta parezca tan desvaída como una blusa vieja que se ha lavado demasiadas veces. Uno de los recuerdos que vuelve y vuelve últimamente es el de la carbonera en la que había tenido que dormir de niña. Fue después de que se mudaran a Detroit desde Paducah. Y después de que su padre se fuera de casa. Della, su madre y su hermano vivían en una casa de huéspedes. Su madre y Glenn tenían cuartos normales, en el piso de arriba, pero Della tenía que dormir en el sótano. Un sótano en el que ni siquiera se podía entrar desde el interior de la casa. Había que salir al patio trasero y levantar las puertas que daban acceso al sótano. La patrona había blanqueado el habitáculo y puesto una cama y unos cojines hechos de sacos de harina. Pero eso no engañaba a Della. La puerta era de metal, y no había ventanas. Era oscuro como boca de lobo. ¡Oh, cómo odiaba tener que bajar todas las noches a aquella carbonera! ¡Era como bajar a una cripta!

Pero nunca se quejó. Se limitaba a hacer lo que se le decía.

La casita de Della, en Contoocook, era el único lugar que había sido exclusivamente suyo. Por supuesto, a su edad empezaba a ser un quebradero de cabeza. Subir la colina en invierno, o encontrar a alguien que le quitara la nieve del tejado para que no se hundiera y la enterrase viva. Quizá la doctora Sutton, Bennett y Robbie tenían razón. Quizá Della está mejor en esta residencia.

Cuando vuelve a mirar por la ventana el coche de Cathy ya no está. Así que coge el libro que Cathy le ha traído. Las montañas azules de la cubierta siguen confundiéndola. Pero el título es el mismo: *Las dos ancianas*. Abre el libro y pasa las hojas, deteniéndose aquí y allá para admirar las ilustraciones.

Luego vuelve a la primera página. Fija la mirada en las palabras y la desplaza hasta el final de la línea. Una frase. Dos. Luego un párrafo entero. Desde la última vez que la leyó, ha olvidado la historia hasta el punto de que le parece nueva, aunque familiar. Bienvenida sea. Pero, más que nada, es el acto mismo de leer lo que le procura alivio, el olvido de sí misma y el zambullirse y bucear en las vidas de sus semejantes.

Como muchos de los libros que Della ha leído a lo largo de los años, *Las dos ancianas* se lo recomendó Cathy. Después de dejar la Escuela de Enfermería, Cathy empezó a trabajar en una librería. Se había vuelto a casar y se había ido a vivir con su marido Clark a una vieja granja. Una vez instalada en ella, Cathy se pasó los diez años siguientes arreglándola.

Della se aprendió de memoria el horario de Cathy, y pasaba a verla en horas de trabajo, sobre todo los jueves por la tarde, cuando no había muchos clientes y Cathy tenía tiempo para charlar.

Así que Della eligió un jueves para contarle sus nuevas a Cathy.

–Adelante, te escucho –dijo Cathy. Empujaba un carro de libros por la tienda, reponiendo las existencias, mientras Della estaba sentada en un sillón de la sección de poesía. Cathy le ofreció un té, pero Della dijo:

–Preferiría una cerveza.

Cathy encontró una en la nevera de la oficina, había sobrado de una firma de ejemplares de cierto autor. Eran más de las siete de una tarde de abril y no había ningún cliente en la librería.

Della empezó a contarle a Cathy el comportamiento extraño que su marido estaba teniendo últimamente. Dijo que no sabía qué le estaba pasando.

–Por ejemplo, hace unas semanas Dick se levantó de la cama en mitad de la noche. Acto seguido oigo cómo su coche baja marcha atrás por el camino de entrada. Pensé para mí misma: «Bien, tal vez ha llegado el momento. Tal vez ya está harto de mí y no voy a volver a verle más.»

–Pero volvió –dijo Cathy, poniendo un libro en una estantería.

–Sí. Como una hora después. Bajé y allí estaba él. De rodillas sobre la alfombra, con un montón de mapas de carretera a su alrededor.

Cuando Della le preguntó a su marido qué diablos estaba haciendo, Dick dijo que estaba estudiando la posibilidad de hacer unas inversiones en Florida. Terrenos en primera línea de playa en zonas infravaloradas a las que se podía llegar en vuelos directos desde las ciudades más importantes.

–Le dije: «Pero si ya tenemos dinero suficiente. Puedes jubilarte, y estaremos perfectamente. ¿Por qué quieres correr ese riesgo ahora?» ¿Y sabes lo que me contestó? Me contestó: «La palabra *jubilación* no está en mi vocabulario.»

Cathy desapareció en la sección de autoayuda. Della estaba demasiado absorta en su historia como para levantarse y seguirla. Dejó caer la cabeza con gesto de desaliento, y fijó la mirada en el suelo. Su tono estaba lleno de pasmo y escándalo ante las ideas que los hombres eran capaces de concebir, sobre todo cuando se hacían viejos. Eran como arrebatos de demencia, solo que ellos, los maridos, vivían estos dislates como fogonazos de sagacidad. «¡Se me acaba de ocurrir una idea!», decía a todas horas Dick. Podían estar haciendo cualquier cosa, cenando, yendo al cine, cuando la inspiración se apoderaba de él y se quedaba quieto para proclamar: «Eh, acabo de tener un pensamiento...» Y allí seguía inmóvil, con un dedo en la barbilla, haciendo cálculos, maquinando.

Su última idea versaba sobre un centro de recreo en los Everglades. En las imágenes de Polaroid que le mostró a Della, el resort aparecía como una encantadora pero desvencijada cabaña de cazadores rodeada de robles de hoja perenne. La diferencia de esta última vez era que Dick ya había puesto en marcha su idea. Sin decirle nada a Della, había pedido un crédito hipotecario para comprar el lugar en cuestión, y había utilizado parte de sus planes de pensiones para pagar la entrada.

–¡Somos los ufanos propietarios de un resort propio en los Everglades de Florida! –anunció.

Por mucho que le doliera contarle aquello a Cathy, también le producía cierto placer. Sostenía la botella de cerveza con las dos manos. La librería estaba en silencio; el cielo, fuera, oscuro, y las tiendas de alrededor habían cerrado ya hasta el día siguiente. Era como si fueran las dueñas del recinto.

–Así que ahí nos tienes empantanados con ese maldito resort –dijo Della–. Dick quiere convertirlo en un montón de apartamentos. Y para eso, dice, tiene que irse a Florida. Y, como de costumbre, quiere que vaya con él.

Cathy reapareció con el carro. Della esperaba encontrar una expresión de solidaridad en su semblante, pero, en lugar de ello, Cathy tenía la boca apretada y tensa.

–¿Así que os mudáis? –dijo con frialdad.

–No me queda más remedio. Me obliga a hacerlo.

–Nadie te obliga a hacerlo.

Esto lo dijo Cathy con su recientemente adquirido tono de sabelotodo. Como si se hubiera leído la sección de autoayuda entera y pudiera ahora dispensar asesoramiento matrimonial y ayuda psicológica.

–¿Qué quieres decir con que nadie me obliga a hacerlo? Dick me obliga.

–¿Y qué pasa con tu trabajo?

–Tendré que dejarlo. Y no quiero. Me gusta trabajar. Pero...

–Pero cederás, como de costumbre.

El comentario parecía no solo cruel sino injusto. ¿Qué esperaba Cathy que hiciera Della? ¿Divorciarse de su marido después de cuarenta años de matrimonio? ¿Alquilar un apartamento y empezar a citarse con desconocidos, como hacía Cathy cuando se conocieron?

–Si quieres dejar el trabajo e irte a Florida, allá tú –dijo Cathy–. Pero yo *tengo* un trabajo. Así que, si no te importa, tengo cosas que hacer antes de cerrar.

Nunca se habían peleado. Durante las semanas siguientes, cada vez que Della pensaba en llamar a Cathy se daba cuenta de que estaba demasiado enfadada para hacerlo.

¿Quién era Cathy para decirle cómo llevar su matrimonio? Ella y Clark se pasaba la mitad del tiempo tirándose los trastos a la cabeza.

Un mes después, justo cuando Della estaba haciendo las últimas cajas para la mudanza, Cathy se presentó en su casa.

–¿Estás enfadada conmigo? –dijo Cathy cuando Della abrió la puerta.

–Bueno, hay veces en que piensas que lo sabes todo.

Aquello fue tal vez demasiado cruel, porque Cathy se echó a llorar desconsoladamente. Se inclinó hacia delante y dijo con voz lastimera:

–¡Voy a echarte de menos, Della!

Las lágrimas se le deslizaban por las mejillas. Abrió los brazos como para abrazar a su amiga. Della no aprobaba la primera de estas respuestas y vacilaba respecto de la segunda.

–Vamos, déjalo ya –dijo–. Vas a hacer que yo también me ponga a llorar.

Pero los sollozos de Cathy se hicieron más fuertes.

Alarmada, Della dijo:

–Podremos hablar por teléfono, Cathy. Y escribirnos cartas. Y visitarnos. Puedes venir y alojarte en nuestro «resort». Seguramente estará lleno de serpientes y caimanes, pero serás bienvenida.

Cathy no se rió. Entre lágrimas, dijo:

–Dick no querrá que vaya a visitarte. Me odia.

–No te odia.

–¡Bien, pues yo le odio a él! Te trata como a una mierda, Della. Lo siento, pero es la verdad. Y ahora te está haciendo dejar tu trabajo para irte con él a Florida. ¿A hacer qué?

–Ya basta –dijo Della.

–¡De acuerdo, de acuerdo! ¡Es que me siento tan *frustrada!*

Cathy, no obstante, se estaba tranquilizando. Al cabo de un momento dijo:

–Te he traído una cosa. –Abrió el bolso–. Llegó a la librería el otro día. De un pequeño editor de Alaska. No lo habíamos pedido, pero empecé a leerlo y no pude dejarlo. No voy a contarte de qué va la historia, pero, bueno..., ¡me ha parecido que viene que ni pintado al caso! Ya lo verás cuando lo leas. –Miraba a Della a los ojos–. A veces los libros le llegan a uno por un motivo, Della. Es algo muy extraño.

Della nunca sabía qué hacer cuando Cathy se ponía mística con ella. A veces decía que la luna le afectaba el estado de ánimo, y atribuía a las coincidencias significados especiales. Aquel día, Della le dio las gracias a Cathy por el libro y se las arregló para no llorar cuando al final se dieron el abrazo de despedida.

El libro tenía un dibujo en la cubierta. Dos indias sentadas en un tipi. Cathy se había aficionado a ese tipo de lecturas recientemente: historias sobre los nativos norteamericanos o los esclavos sublevados en Haití, historias con fantasmas o acontecimientos mágicos. A Della, por su parte, le gustaban unas más que otras.

Metió el libro en una caja de cosas diversas que aún no había cerrado con cinta adhesiva.

¿Y qué pasó luego con él? Envió la caja a Florida junto a todas las demás. Resultó que no había sitio suficiente para todas sus pertenencias en la cabaña de caza de una sola pieza, así que tuvieron que dejarlas en un guardamuebles. El resort se fue al garete al año siguiente. Dick pronto hizo que Della lo siguiera a Miami, y luego a Daytona, y finalmente a Hilton Head, a medida que iba intentando un negocio tras otro. Y cuando murió su marido, al verse enfrentada a la bancarrota, Della se vio forzada a abrir el guardamuebles para vender todos sus muebles. Examinando las cajas que había enviado a Florida casi una década antes, abrió la de objetos diversos y se topó con *Las dos ancianas.*

El libro retoma una vieja leyenda atabascana, que la autora, Velma Wallis, oyó de niña. Una leyenda que pasaba «de madres a hijas» y que contaba la historia de las dos ancianas del título. Ch'idzigyaak y Sa', a quienes su tribu las deja atrás en un tiempo de hambruna.

Dicho de otro modo, las abandonan a una muerte cierta. Como dictaba la costumbre.

Solo que las dos ancianas no mueren. Se ponen a charlar en medio del bosque. ¿No supieron un día cazar y pescar y buscar comida? ¿No podían volver a hacerlo? Así pues, eso es lo que hacen: vuelven a aprender todo lo que aprendieron de jóvenes. Buscan animales que cazar y pescan en las aguas heladas, y en un momento dado se esconden de unos caníbales que cruzan su territorio. Pasan por todo tipo de trances.

Una ilustración del libro muestra a las dos mujeres atravesando la tundra de Alaska. Con zamarras esquimales con capucha y botas de piel de foca, arrastran sendos trineos, la que va en cabeza un tanto más encorvada que la otra. Al pie de la estampa se lee: *Nuestras tribus se han ido en busca de comida a la tierra de la que nos hablaron nuestros abuelos, más allá de las montañas. Pero a nosotras nos han considerado no aptas para ir con ellos, porque caminamos con bastón y somos lentas.*

Hay pasajes que destacan, como uno en el que Ch'idzigyaak dice:

–Sé que estás segura de que vamos a sobrevivir. Eres la más joven.

No pudo evitar sonreír con amargura ante este comentario, ya que el día anterior mismo las habían considerado demasiado viejas para vivir con los jóvenes.

–Es como tú y como yo –dijo Della cuando por fin leyó

el libro y llamó a Cathy–. Una es más joven que la otra, pero las dos están en el mismo aprieto.

Había empezado como una broma. Era divertido comparar su situación, en el Detroit residencial suburbano y la rural New Hampshire, con el apuro existencial en que se encontraban las dos ancianas inuit. Pero los paralelismos les parecían reales. Della se mudó a Contoocook para estar más cerca de Robbie y Robbie, dos años después, se mudaba a Nueva York, dejando a su madre abandonada en los bosques. La librería de Cathy cerró. Y ella empezó un negocio de tartas caseras. Clark se había retirado, y se pasaba el día delante del televisor, extasiado ante las hermosas mujeres del tiempo. De senos generosos, con ceñidos vestidos de vivos colores, se movían ondulantemente ante los mapas meteorológicos, como remedando los frentes de tormenta. Los cuatro hijos de Cathy se habían ido de Detroit. Vivían lejos, al otro lado de las montañas.

Había una ilustración del libro que a Della y a Cathy les gustaba especialmente. Mostraba a Ch'idzigyaak en el acto de lanzar el hacha mientras Sa' la observaba. La leyenda rezaba: *Si vemos una ardilla, quizá podamos matarla con las hachas, como hacíamos de jóvenes.*

E hicieron de tal pensamiento su consigna. Siempre que una de ellas se sentía desanimada, o necesitaba afrontar un problema, la otra la llamaba y le decía: «Es hora de coger el hacha.»

Sobreponte, querían decir. No te deprimas.

Era otra cualidad que compartían con las mujeres inuit. La tribu no había dejado atrás a Ch'idzigyaak y a Sa' solo porque fueran viejas. También porque eran quejicas. Siempre lamentándose de sus achaques.

Los maridos a menudo pensaban que sus mujeres se quejaban demasiado. Pero esta era también una queja en sí misma. Un modo de callar a las mujeres. Sin embargo, Della y Cathy sabían que su infelicidad, en parte, era culpa suya. Dejaban que las cosas se enconaran, tomaran un sesgo sombrío, se pusieran feas. Aunque sus maridos les preguntaran qué pasaba, no respondían. Hacerse las víctimas era demasiado placentero. Verse aliviadas les exigiría no seguir siendo ellas mismas.

¿Qué hay en la queja que le hace a uno sentirse tan bien? ¿Qué hace que el sufriente y su compinche en el sufrimiento salgan de una sesión concienzuda de quejumbre como si salieran de una sauna, frescos y cosquilleantes?

Della y Cathy se habían olvidado de *Las dos ancianas* durante largos períodos de tiempo. Entonces una de ellas volvía a leerlo, recuperaba el entusiasmo y hacía que la otra lo releyera también. El libro no estaba en la misma categoría que las historias de detectives y misterio que solían consumir. Estaba más cerca de un manual de vida. Les servía de *inspiración*. Y no permitirían que los esnobs de sus hijos lo denigraran. Pero ya no era necesario defenderlo. ¡Dos millones de ejemplares vendidos! Prueba palmaria de su buen criterio.

Cuando a la mañana siguiente Cathy llega a Wyndham Falls, se percibe la nieve en el aire. La temperatura ha bajado, todo es quietud, no hay viento, los pájaros están ocultos.

De jovencita, en Michigan, solía encantarle esa quietud ominosa. Era promesa de cancelación de clases, tiempo de quedarse en casa con su madre, de construir castillos de nieve sobre el césped. Incluso ahora, a los setenta años, las grandes tormentas le exaltan el ánimo. Pero su expectación tiene en su raíz un deseo oscuro, un deseo (casi) de autodestrucción, o de purificación. A veces, pensando en el cambio climático, en el fin del mundo provocado por cataclismos sin cuento, Cathy se dice a sí misma: «Oh, acabemos de una vez. Nos lo merecemos. Borremos la pizarra y volvamos a empezar.»

Della está vestida y lista para salir. Cathy le dice que está muy guapa, pero no puede evitar añadir:

–Tienes que decirle a la peluquera que no te ponga acondicionador. Tienes el pelo demasiado fino. El acondicionador te lo aplana más.

–Sí, tú intenta decirle algo a esa mujer... –dice Della, mientras empuja el andador por el pasillo–. Ni siquiera escucha.

–Entonces dile a Bennett que te lleve a la peluquería.

–Oh, claro. No hay nada que hacer.

Cuando salen al exterior, Cathy decide que va a mandarle un e-mail a Bennett. Seguramente no entiende cómo una nimiedad como esa –que la peinen bien– es capaz de levantar el ánimo de una mujer.

Con Della y su andador avanzan muy lento. Ha de ir sorteando los obstáculos de la acera y bajar el bordillo para llegar al aparcamiento. En el coche, Cathy la ayuda a montar en el asiento del acompañante, y luego lleva el andador hasta la parte de atrás y lo mete en el maletero. Le lleva algo de tiempo descubrir cómo plegarlo y levantar el asiento.

Un minuto después, están en camino. Della se inclina hacia delante en el asiento, explorando atentamente la carretera y dando instrucciones a Cathy.

–Ya sabes cómo ir a los sitios –dice Cathy en tono de aprobación.

–Sí –dice Della–. Puede que esas pastillas estén haciendo su efecto.

Cathy habría preferido comprar los marcos en algún sitio agradable, en un Pottery Barn o un Crate & Barrel, pero Della la conduce al Goodwill de un centro comercial cercano. En el aparcamiento, Cathy hace la operación inversa: despliega el andador y lo lleva hasta la puerta del acompañante para que Della pueda ponerse de pie. Cuando echa a andar, se desplaza a buen paso.

Para cuando entran en la tienda ya es como en los viejos tiempos. Se mueven por el piso satinado, por el espacio iluminado con luz fluorescente con el ojo penetrante de unas buscadoras de tesoros. Al ver la sección de cristalería, Della dice:

–Oye, necesito unos vasos bonitos.

Y se distraen de su propósito inicial.

Los marcos de fotografías están al fondo del local. A medio camino, el linóleo da paso a un piso desnudo de cemento.

–Más vale que tenga cuidado con este suelo –dice Della–. Es muy irregular.

Cathy la coge del brazo. Cuando llegan al pasillo, dice:

–Quédate aquí, Della. Déjame echar una ojeada.

Como siempre con los artículos de segunda mano, el problema es encontrar un juego completo.

No hay nada ordenado. Cathy va hurgando de marco en marco, todos de tamaños y estilos diferentes. Al cabo de un minuto encuentra un juego entero de marcos sencillos de madera negra. Los está reuniendo cuando oye un sonido a su espalda. No es un grito exactamente. Es una mera inhalación de aire. Se vuelve y ve a Della con una expresión de sorpresa en el semblante. Está adelantando un poco el cuerpo para mirar algo –Cathy no sabe qué– y deja que su mano se deslice hasta soltar por completo la barra del andador.

Una vez, años atrás, cuando Della y Dick tenían el velero, Della casi se ahoga. El velero estaba anclado en ese momento, y Della resbaló al intentar subir a bordo y se hundió en las aguas verdes y turbias del puerto. «Nunca he aprendido a nadar, ¿sabes?», le contó a Cathy. «Pero no tuve miedo. Sentí como una gran paz allí abajo. Y me las arreglé como pude para subir a la superficie. Dick estaba llamando a gritos al mozo del muelle, que al final vino y logró agarrarme y sacarme.»

La cara de Della tiene la expresión que Cathy imagina que debió de tener en aquella ocasión bajo el agua. Un poco asombrada. Serena. Como si unas fuerzas superiores a ella hubieran tomado las riendas de la situación y no tuviera ningún sentido resistirse.

Esta vez, el asombro no logra salvarla. Della cae de costado sobre el expositor. El borde metálico le hace un fino tajo en la piel del brazo con un sonido sordo parecido al de una cortadora de fiambre, y se golpea la sien contra el expositor. Cathy grita. El cristal se hace añicos.

Della pasa la noche en el hospital. Le hacen una resonancia magnética para detectar si ha sufrido un derrame cerebral y una radiografía de la cadera, y le ponen una venda fuerte en el brazo erosionado que tendrá que llevar durante una semana, entonces verán si la herida ha cicatrizado o no; a su edad tiene un cincuenta por ciento de probabilidades de curación.

Esto es lo que les dice la doctora Mehta, una joven facultativa con un glamour tal que podría interpretar a una doctora en una serie de televisión. Dos hileras de perlas le adornan el cuello esbelto. El vestido gris de punto envuelve holgadamente su figura grácil. Su único defecto está en las pantorrillas larguiruchas, pero se las enmascara con unas atrevidas medias de dibujo de diamantes y unos tacones altos que casan a la perfección con su vestido. La doctora Mehta representa algo para lo que Cathy no está totalmente preparada: una generación más joven de mujeres que supera a la suya no solo en logros profesionales sino en el terreno antes retrógrado del embellecimiento. La doctora Mehta lleva un anillo de compromiso con un diamante de buen tamaño. Seguramente se casará con algún médico, con el que en su día llegará a disfrutar de un enjundioso doble salario.

–¿Y si la piel no se cura? –pregunta Cathy.

–Tendrá que seguir llevando el vendaje.

–¿Para siempre?

–Esperemos a ver qué aspecto tiene dentro de una semana –dice la doctora Mehta.

Todo esto les ha llevado varias horas. Son las siete de la tarde. Aparte de la herida del brazo, a Della se le empieza a poner un ojo a la funerala.

A las ocho y media la doctora Mehta dictamina que Della pase la noche en observación en el hospital.

–¿Quiere decir que no puedo irme a casa? –le pregunta Della. Su tono es de desolación.

–Aún no. Necesitamos ver cómo evoluciona.

Cathy decide quedarse a pasar la noche con Della. El sofá verde lima es también sofá cama. La enfermera promete traerle una sábana y una manta.

Cathy está en la cafetería, consolándose con un pudin de chocolate, cuando ve entrar a los hijos de Della.

Años atrás, su hijo Mike le había hecho ver una película de ciencia ficción sobre unos asesinos que regresan a la Tierra del futuro. Incluía toda la violencia y las ridiculeces de rigor, pero Mike, que a la sazón estaba en la universidad, argumentó que las escenas acrobáticas de lucha del filme estaban imbuidas de un profundo sentido filosófico. *Cartesiano*, fue la palabra que utilizó.

Cathy no lo captó en absoluto. Sin embargo, es en esa película en la que piensa ahora, cuando Bennett y Robbie entran en la cafetería. Sus semblantes pálidos, en extremo serios, y los trajes oscuros les dan una apariencia a un tiempo discreta y ominosa, como si se tratara de agentes de una conspiración universal.

Con ella como blanco.

–Ha sido culpa mía –dice Cathy cuando llegan a su mesa–. No estaba vigilándola.

–No se culpe –dice Bennett.

Parece una muestra de delicadeza, hasta que añade:

–Es vieja. Se cae. Así es la cosa.

–Es lo que tiene la ataxia –dice Robbie.

A Cathy no le interesa qué quiere decir *ataxia.* Un diagnóstico más.

–Estaba perfectamente hasta que se cayó –dice–. Nos lo estábamos pasando bien. Me di la vuelta un momento y... zas.

–Con unos segundos basta –dice Bennett–. Es imposible impedirlo.

–Esa medicina que está tomando, el Aricept... –dice Robbie–. No es más que un tratamiento paliativo. Al cabo de un año o dos el efecto es casi nulo.

–Tu madre tiene ochenta y ocho años. Dos años podrían ser suficientes.

Lo que se infiere de estas palabras queda en el aire hasta que Bennett dice:

–A menos que se siga cayendo. Y que acabe en un hospital.

–Vamos a tener que trasladarla –dice Robbie en tono un poco más alto, y más tenso–. Wyndham no es un lugar seguro. Necesita más supervisión.

Robbie y Bennett no son hijos de Cathy. Son más mayores que los suyos, y no tan atractivos. No siente ningún vínculo con ellos, ni ternura maternal ni amor. Y sin embargo le recuerdan a sus hijos de un modo en el que prefiere no pensar.

Ninguno de los dos se ha ofrecido a llevar a su madre a vivir con ellos. Robbie viaja mucho, dice. La casa de Bennett tiene demasiadas escaleras. Pero no es su egoísmo lo que más mortifica a Cathy, sino cómo están allí delante de ella ahora mismo, imbuidos –inflados– de racionalidad. Quieren solucionar el problema con rapidez, de una vez por todas y con el mínimo esfuerzo. Al despojar de emoción la ecuación se han convencido a sí mismos de que están actuando con prudencia, aunque su deseo de resolver la situación no emane *sino de* emociones: miedo, en primer lugar, pero también culpa e irritación.

¿Y quién es Cathy para ellos? La vieja amiga de su madre. La que trabajaba en una librería. La que hizo que se colocara fumando hierba.

Cathy se vuelve para mirar hacia el fondo de la cafetería, que ahora se está llenado de personal médico en su descanso para la cena. Está cansada.

–De acuerdo –dice–, pero no se lo digáis ahora. Esperemos un poco.

Las máquinas zumban y chasquean durante toda la noche. De cuando en cuando suena una alarma en los monitores, y Cathy se despierta. E invariablemente aparece una enfermera –nunca la misma– y aprieta un botón para apagarla. Tales alarmas no significan nada, al parecer.

Hace mucho frío en la habitación. El sistema de ventilación incide de lleno en ella, y la manta que le han dado es fina como una servilleta de papel.

Una amiga de Cathy de Detroit, que lleva yendo a un terapeuta regularmente unos treinta años, le ha contado hace poco el consejo que este le ha dado en sus sesiones de terapia. No hay que hacer el menor caso al miedo que nos asalta por la noche. La psique está en su punto más bajo y es incapaz de defenderse. La desolación que te embarga la sientes como cierta, pero no lo es. No es sino fatiga mental enmascarada de penetración psicológica.

Cathy se recuerda esto mientras yace insomne sobre el colchón duro. Su impotencia para ayudar a Della llena su mente de pensamientos nihilistas. Admite cosas con claridad y frialdad lacerantes en su rigorismo. Nunca ha sabido realmente quién es Clark. El suyo es un matrimonio vacío de intimidad. Si Mike, John, Chris y Palmer no fueran sus hijos, serían personas que ella reprobaría. Se ha pasado la vida atendiendo a unas personas que desaparecían, como la librería en la que trabajó un día.

Al final llega el sueño. Cuando Cathy despierta a la mañana siguiente, con el cuerpo rígido, la alivia comprobar que la terapeuta de su amiga tenía razón. El sol está en lo alto y el universo no es tan lúgubre. Sin embargo, debe de quedar cierta oscuridad. Porque ha tomado su decisión. La idea le quema por dentro. No es ni bonita ni amable. Y es tan nueva que no sabe cómo llamarla.

Cathy está sentada junto a la cama de Della cuando su amiga abre los ojos. No le dice nada sobre el cambio de residencia. Solamente le dice:

–Buenos días, Della. ¿Sabes qué hora es?

Della parpadea, aún aturdida por el sueño. Y la propia Cathy responde:

–Hora de coger el hacha.

Empieza a nevar cuando cruzan la frontera estatal de Massachusetts. Están a un par de horas de Contoocook, y al verse inmersas en una súbita pérdida de visibilidad su único faro es el GPS.

Clark lo verá todo en el Canal del Tiempo. Llamará a Cathy o le pondrá un mensaje interesándose por la cancelación de su vuelo.

El pobre no tiene ni idea.

Ahora, en el coche, con el limpiaparabrisas y el desempañador en funcionamiento, Della no parece hacerse cargo de la situación. No para de hacerle a su amiga las mismas preguntas.

–¿Y cómo dices que entraremos en la casa?

–Dijiste que Gertie tiene una llave.

–Ah, es verdad. Se me había olvidado. Podemos pedirle la llave a Gertie y entrar en la casa. Hará un frío helador dentro. La manteníamos templada para ahorrar gasoil. Con la temperatura suficiente para que no se helasen las tuberías.

–La calentaremos nada más llegar.

–¿Y me voy a quedar allí?

–Vamos a quedarnos las dos. Hasta que se solucionen las cosas. Podemos pedir que nos manden a alguien de la asistencia médica a domicilio. Y apuntarnos al servicio de comidas a domicilio.

–Eso suena caro.

–No siempre. Lo miraremos.

Verbalizar esto de nuevo ayuda a Cathy a creer en ello. Mañana llamará a Clark y le dirá que va a quedarse con Della un mes; quizá más, quizá menos. No le gustará, pero tendrá que aceptarlo. Y Cathy se lo compensará de algún modo.

Bennett y Robbie suponen un problema mayor. Ha recibido ya en el móvil tres mensajes de Bennett y uno de Robbie, además de unos correos de voz preguntándole dónde están.

A Cathy le resultó más fácil de lo que esperaba sacar a Della del hospital a escondidas. Por fortuna, le habían retirado la vía intravenosa. Cathy la guió por el pasillo, como si estuvieran haciendo ejercicio, y bajaron en el ascensor. Durante todo el camino hasta el coche estuvo temiendo que sonara una alarma, o que los guardias de seguridad se acercaran a ellas corriendo. Pero no sucedió nada de eso.

La nieve cubre los árboles, pero aún no cuaja en la autopista. Cuando el tráfico se hace menos denso, Cathy deja el carril lento. Sobrepasa el límite de velocidad, ansiosa por llegar a su destino antes de que anochezca.

–A Bennett y Robbie no va a gustarles esto –dice Della, mirando cómo se arremolina la nieve–. Creen que soy demasiado estúpida para vivir sola ahora. Y seguramente tienen razón.

–No vas a estar sola –dice Cathy–. Estaré contigo hasta que arreglemos las cosas.

–No sé si la demencia es algo que pueda arreglarse.

Como si tal cosa: el trastorno identificado y nombrado. Cathy mira a Della para ver si es consciente de este cambio, pero la expresión de su amiga es de mera resignación.

A su llegada a Contoocook, la nieve está tan alta que temen no poder seguir con el coche. Cathy toma la pendiente a la velocidad suficiente y, tras un ligero patinazo, pisa a fondo el acelerador. Della prorrumpe en vítores. Su vuelta a casa empieza con una nota de triunfo.

–Mañana por la mañana tendremos que comprar comida –dice Cathy–. Ahora nieva demasiado para ir al supermercado.

A la mañana siguiente, sin embargo, sigue nevando. Y nieva durante todo el día. Y el buzón de voz de Cathy se llena de mensajes de Bennett y Robbie. No se atreve a contestarles.

Una vez, en los comienzos de su amistad con Della, a Cathy se le olvidó dejar la cena en la nevera para que Clark pudiera luego calentársela. Cuando volvió a casa tarde aquella noche, Clark fue directo al grano: «¿Qué os traéis entre manos Della y tú? Dios... Parecéis una pareja de lesbianas.»

No era eso. No era una efusión de deseo prohibido. Era un modo de compensar facetas de la vida que les procuraban menos felicidad de la esperada. El matrimonio, sin duda. La maternidad bastante más a menudo de lo que les habría gustado admitir.

Hay un grupo de mujeres sobre el que Cathy ha leído en los periódicos. Una especie de movimiento de mujeres de la tercera edad. Las que lo componen, mujeres de edad mediana y de mucha más edad, se visten de punta en blanco y llevan sombreros recargados y de vivos colores: rosas, morados..., no logra recordar cuáles. Al grupo se le conoce por esos sombreros, con los que irrumpen en restaurantes y ocupan comedores enteros. No admiten hombres. Su acicalamiento indumentario es solo para disfrute mutuo, y al diablo con todos los demás. A Cathy esto se le antoja divertido. Cuando le pregunta a Della sobre ello, Della dice:

–Yo no me visto de gala ni me pongo un sombrero ridículo solo para cenar con un puñado de mujeres con las que seguramente ni siquiera tengo ganas de hablar. Además, ya no tengo ropa bonita.

Cathy lo podrá hacer sola, después de dejar a Della bien instalada. Cuando vuelva a Detroit.

En el congelador encuentra unos bagels, que descongela en el microondas. Hay también comida congelada, y café. Lo pueden tomar solo.

Aún tiene la cara bastante maltrecha, pero aparte de eso Della se siente bien. Está contenta de haber salido del hospital. Allí no podía dormir, con todo el ruido y el revuelo del personal entrando continuamente en el cuarto para examinarla o llevarla en silla de ruedas a hacerle alguna prueba.

Eso o que no viniera nadie a ayudarla, por mucho que tocara y tocara el timbre.

Salir del hospital para meterse en una fuerte nevada parecía una locura, pero tuvieron suerte en la elección del momento. Si hubieran esperado un día más, no habrían podido llegar nunca a Contoocook. Cuando llegaron, la ladera de la colina estaba resbaladiza. La nieve cubría el camino de entrada y los escalones traseros. Pero una vez dentro de casa y con la calefacción encendida, se pusieron cómodas y disfrutaron viendo cómo la nieve golpeaba las ventanas, como confeti.

En la televisión, los comentaristas del tiempo dan cuenta con gesto grave de la tormenta de nieve. Boston y Providence están aislados. Olas marinas han barrido tierra firme y hay casas sólidas cubiertas de hielo, congeladas.

Llevan aisladas una semana. La nieve tapa hasta media altura la puerta trasera de la casa. Aun en caso de que pudieran llegar hasta el coche, no podrían bajar por el camino de entrada. Cathy ha tenido que llamar a la agencia donde alquilaron el coche para prorrogar la duración del alquiler, y ello hace que Della se sienta mal. Se ofrece para pagar, pero Cathy se niega.

En su tercer día de aislamiento, Cathy brinca del sofá y dice:

–¡El tequila! ¿No nos quedaba algo?

En la alacena de encima de la cocina encuentra una botella de tequila y otra, mediada, de margarita.

–Ahora sí que podemos sobrevivir –dice Cathy, levantando la botella al aire.

Ríen las dos.

Todas las tardes, a eso de las seis, justo antes de poner a Brian Williams, se preparan unos margaritas helados. Della se pregunta si beber alcohol es una buena idea en su estado. Pero ¿quién va a chivarse si lo hace?

–Yo no –dice Cathy–. Soy la que te lo da.

Hay veces en que vuelve a nevar, y Della se hace un lío con los días. Cree que la tormenta continúa y que acaba de regresar del hospital.

Un día mira el calendario y ve que es febrero. Ha pasado un mes. En el espejo del cuarto de baño ve que ya no tiene el ojo a la funerala, que solo le queda una mancha amarilla en una comisura.

Della lee un poco de su libro todos los días. A ella le parece que lleva a cabo esta tarea de forma más o menos competente. Sus ojos se mueven sobre las palabras, que a su vez suenan en su cabeza y dan lugar a imágenes. La historia es tan absorbente y rápida como la recuerda. A veces no sabría decir si está releyendo el libro o solo recordando pasajes de tanto haberlos leído antes. Pero concluye que la diferencia no es tanta.

–¡Ahora sí que somos como esas dos ancianas esquimales! –le dice Della a Cathy un día.

–Pero yo sigo siendo la más joven. No lo olvides.

–Muy bien. Tú eres la vieja joven y yo soy la vieja vieja.

No necesitan cazar para procurarse el alimento. Gertie, la vecina de Della, que fue esposa de un pastor, sube desde su casa abriéndose paso entre la nieve y les lleva pan, leche y huevos de Market Basket. Lyle, que vive detrás de Della, cruza el patio nevado y les lleva otros víveres. La electricidad no se ha ido. Y eso es lo más importante.

En un momento dado Lyle, que tiene un segundo empleo quitando la nieve de la gente, aparece para quitar la de Della, y luego Cathy coge el coche y va a comprar al supermercado.

La gente empieza a ir a la casa. Un fisioterapeuta que hace que Della haga ejercicios de equilibrio y es muy estricto con ella. Una enfermera privada que la visita para comprobar sus constantes vitales. Una chica del vecindario que le prepara cenas sencillas cuando Della no utiliza el microondas.

Para entonces Cathy ya se ha ido. Ocupa su lugar Bennett. Va los fines de semana; se queda toda la noche del domingo y se levanta temprano para ir al trabajo en coche el lunes por la mañana. Unos meses después, cuando Della enferma de bronquitis y se despierta una mañana sin poder respirar, el servicio de Urgencias la traslada a un hospital y es Robbie el que llega desde Nueva York para quedarse una semana, hasta que su madre esté mejor.

A veces Robbie va con su novia, una chica canadiense de Montreal que se gana la vida con la cría de perros. Della no hace muchas preguntas sobre ella, aunque la chica la trata con suma amabilidad, al menos cuando la tiene delante. La vida privada de Robbie ya no es de su incumbencia. No vivirá lo bastante para que pueda llegar a importarle.

Relee un poco *Las dos ancianas* de cuando en cuando, pero no parece que vaya a acabarla nunca. Tampoco le importa mucho. Ya sabe cómo acaba. Las dos ancianas sobreviven al crudo invierno, y cuando su tribu vuelve, aún famélica, las dos mujeres les enseñan lo que han aprendido. Y a partir de entonces esa comunidad esquimal nunca abandona a sus mayores.

Della pasa mucho tiempo sola en casa. La gente que va a ayudarla acaba su jornada, o es su día libre, y Bennett está muy ocupado. Es invierno de nuevo. Han pasado dos años. Tiene casi noventa años. No parece haber perdido facultades mentales, o tal vez solo un poco. No lo bastante para que sea algo patente, en cualquier caso.

Un día vuelve a nevar. Della está mirando por la ventana y siente que la invade una necesidad urgente de salir de la casa y caminar por la nieve. Y llegar hasta donde la lleven sus viejos pies. Ni siquiera necesitaría el andador. No necesitaría nada. Mira la nieve, que cae al otro lado de la ventana, y tiene la sensación de que está mirando su propio cerebro. Sus pensamientos son así en ese momento, evolucionan incesantemente, se mueven de un sitio para otro como una gran ventisca dentro de su cabeza. Salir a la nieve, desaparecer en ella no sería nada nuevo. Sería como el exterior juntándose con el interior. Aunándose. Todo blanco. Salir de la casa. No dejar de andar. Tal vez se encontraría con alguien allí fuera, o tal vez no. Con una amiga.

2017

CORREO AÉREO

A través del bambú, Mitchell vio cómo la mujer alemana, indispuesta como él, salía de nuevo al retrete exterior. Salió al porche de su cabaña, con una mano sobre los ojos –hacía un sol criminal–, mientras la otra, sonámbula, buscaba la toalla de playa colgada de la baranda. Al encontrarla, se envolvió con ella holgadamente –con cierto ademán de atenuación– el cuerpo desnudo y salió con paso tambaleante al sol. Pasó junto a la cabaña de Mitchell. A través de las tablillas su piel tenía una tonalidad enfermiza, como de caldo de pollo. Llevaba únicamente una chancla. Cada pocos pasos tenía que detenerse y levantar el pie desnudo de la arena abrasadora. Descansaba, con una pierna levantada al estilo flamenco, y respiraba con dificultad. Parecía a punto de caer redonda. Pero no lo hacía. Cruzaba el trecho de arena hasta la linde de la jungla frondosa. Cuando llegaba al retrete abría la puerta y escudriñaba la oscuridad. Y se metía en ella.

Mitchell echó la cabeza hacia atrás y la posó sobre el suelo. Estaba echado en una estera de paja, con un bañador de L. L. Bean de cuadros por almohada. En la cabaña hacía fresco y no quería levantarse. Por desgracia, el estómago le estallaba. Sus tripas habían estado tranquilas durante la noche, pero aquella mañana Larry le había convencido de que se comiera un huevo, y ahora las amebas tenían algo con que alimentarse. «Te dije que no quería ese huevo», se dijo ahora, y solo entonces recordó que Larry no estaba allí. Larry estaba en la playa, de fiesta con los australianos.

A fin de no enfadarse, Mitchell cerró los ojos e inspiró profundamente unas cuantas veces. Al cabo de las primeras, empezó a oírse el tintineo. Aguzó el oído, inspirando y espirando, tratando de no prestar atención a nada más. Cuando el tintineo se hizo más fuerte, se incorporó sobre un codo y buscó la carta que estaba escribiendo a sus padres. La más reciente de ellas. La encontró encajada en la Epístola a los Efesios, en su Nuevo Testamento de bolsillo. La cara frontal del telegrama aéreo estaba ya garabateada con su letra. Sin molestarse en releer lo que llevaba ya escrito, cogió el bolígrafo –encajado en el bambú y al alcance de la mano– y empezó:

¿Os acordáis de aquel profesor de inglés que tuve, el señor Dudar? Cuando yo estaba en cuarto de secundaria tuvo un cáncer de esófago. Y resultó que era miembro de la Iglesia de la Ciencia Cristiana, algo de lo que nos enteramos en ese momento. Se negó a que le administraran quimioterapia. ¿Y adivináis qué pasó? Curación total y absoluta.

La puerta de hojalata del retrete chirrió y la mujer alemana volvió a salir al sol. Su toalla tenía una mancha de humedad. Mitchell dejó la carta y gateó hasta la puerta de su cabaña. En cuanto asomó la cabeza sintió el calor. El cielo tenía el color azul retocado de una postal de souvenir, y el mar era de un tono un poco más oscuro. La arena blanca era como un reflector de bronceado. Pestañeó ante la silueta que se acercaba hacia él cojeando.

–¿Cómo te encuentras?

La mujer alemana no contestó hasta que llegó a la franja de sombra entre las cabañas. Levantó el pie y lo miró con enojo.

–Cuando voy a hacerlo, no es más que agua marrón.

–Se te pasará. No tienes más que seguir ayunando.

–Llevo ya tres días de ayuno.

–Tienes que hacer que las amebas se mueran de hambre.

–*Ja*, pero puede que sean ellas las que me maten a mí de hambre.

Seguía desnuda, con excepción de la toalla, pero desnuda como puede estarlo una persona enferma. Mitchell no sentía nada. Ella le dijo adiós con la mano y empezó a alejarse.

Cuando se hubo ido, Mitchell volvió gateando al interior de la cabaña y se tendió de nuevo sobre la estera. Cogió el bolígrafo y escribió: *Mahatma Gandhi solía dormir con sus sobrinas nietas, una a cada lado, para poner a prueba su voto de castidad; es decir, los santos son siempre fanáticos.*

Recostó la cabeza sobre el traje de baño y cerró los ojos. Instantes después volvió a oírse el tintineo.

Al cabo de un rato el tintineo se vio interrumpido por un estremecimiento del suelo. El bambú brincó bajo la cabeza de Mitchell, que se incorporó. En el umbral, la cara de su compañero de viaje pendía en el aire como una luna llena. Larry llevaba un sarong birmano y un pañuelo de seda indio. Su pecho, más velludo de lo que podría esperarse en un tipo tan menudo, estaba desnudo y tenía una tonalidad rosada por el sol, lo mismo que su cara. El fular tenía entreveradas unas hebras metálicas de oro y plata, y lo llevaba echado de forma teatral sobre uno de los hombros. Estaba fumando un bidi, medio inclinado hacia delante, mirando a Mitchell.

–Puesta al día de la diarrea –dijo.

–Estoy bien.

–¿Estás bien?

–Estoy perfectamente.

Larry pareció decepcionado. Se le arrugó la piel rosada por el sol de la frente. Levantó una pequeña botella de cristal.

–Te he comprado unas pastillas. Para la cagalera.

–Las pastillas te taponan –dijo Mitchell–. Y las amebas se te quedan dentro.

–Me las ha dado Gwendolyn. Deberías probarlas. El ayuno ya tendría que haberte hecho efecto. ¿Cuánto llevas? ¿Casi una semana?

–El ayuno no incluye comer huevos a la fuerza.

–Un huevo –dijo Larry, despachando el tema con un gesto.

–Estaba bien antes de comer ese huevo. Ahora me duele el estómago.

–Creía que habías dicho que estabas bien.

–Estoy bien –dijo Mitchell, y el estómago le entró en erupción. Sintió una serie de estallidos en el bajo vientre, seguidos de un aflojamiento, como de líquido que sale de un sifón, y luego la sensación familiar de una presión insistente en las tripas. Apartó la cabeza, cerrando los ojos, y volvió a respirar profundamente.

Larry dio unas chupadas más al bidi y dijo:

–Yo no te veo tan bien.

–Tú –dijo Mitchell, con los ojos aún cerrados– estás colocado.

–Puedes jurarlo –fue la respuesta de Larry–. Lo cual me recuerda que nos hemos quedado sin papel. –Pasó por encima de Mitchell, del montón de aerogramas terminados y sin terminar, del pequeño Nuevo Testamento, para acceder a su (es decir, de Larry) mitad de la cabaña. Se puso en cuclillas y empezó a hurgar en su bolsa. La bolsa de Larry era de una arpillera del color del arco iris. Hasta entonces, nunca había pasado por una aduana sin que la registrasen de forma exhaustiva. Era el tipo de bolsa que anunciaba: «Llevo droga.» Larry encontró su chilum, le quitó la cazoleta de piedra y la limpió de ceniza con unos golpecitos.

–No la tires al suelo.

–Tranquilo, cae por las rendijas. –Se frotó los dedos una y otra vez–. ¿Ves? Todo en orden.

Se llevó el chilum a la boca para asegurarse de que pasaba el aire. Y al hacerlo miró de soslayo a Mitchell.

–¿Crees que podrás viajar pronto?

–Creo que sí.

–Porque supongo que tendríamos que volver a Bangkok. Tarde o temprano, quiero decir. Yo voy a Bali, ¿tú vienes?

–En cuanto me levante –dijo Mitchell.

Larry asintió con la cabeza una vez, como mostrando su satisfacción. Se quitó el chilum de la boca y volvió a ponerse el bidi entre los labios. Y siguió allí, encorvado, bajo el techo, mirando el suelo.

–El barco del correo llega mañana.

–¿Qué?

–El barco del correo. Para tus cartas. –Larry empujó unas cuantas con el pie–. ¿Quieres que las lleve yo? Tú tienes que bajar a la playa.

–Puedo hacerlo yo. Mañana me levantaré.

Larry alzó una ceja, pero no dijo nada. Luego fue hacia la puerta.

–Te dejo esas pastillas por si cambias de opinión.

En cuanto se fue, Mitchell se levantó. No tenía que posponerlo más. Volvió a atarse el sarong y salió al porche protegiéndose los ojos. Buscó por el suelo las chanclas. Más allá adivinaba la playa y las olas deslizantes. Bajó los escalones y se puso a caminar. No levantó la mirada. Se veía solo los pies y la arena levantada a su paso. Las huellas de la mujer alemana seguían siendo visibles, entre fragmentos de basura, sobrecitos rotos de Nescafé o servilletas de papel estrujadas que se acercaban volando desde la tienda del cocinero. Le llegaba el olor de pescado a la parrilla, pero no le hizo sentir hambre.

El retrete era un cubículo de chapa ondulada. Junto a la puerta había un bidón oxidado lleno de agua y un cubo pequeño de plástico. Mitchell llenó el cubo y se metió con él en el retrete. Antes de cerrar la puerta, mientras aún podía ver, puso los pies sobre las plataformas de ambos lados del agujero. Luego cerró la puerta y todo se oscureció. Se soltó el sarong y se lo levantó hasta que la tela le rodeó el cuello. El uso de retretes asiáticos le había dado mucha flexibilidad: podía estar diez minutos en cuclillas sin el menor esfuerzo. Y en cuanto al olor, ya casi ni lo notaba. Mantuvo la puerta cerrada para que nadie pudiera interrumpir lo que estaba haciendo.

La cantidad de líquido que salía de él seguía causándole sorpresa, pero siempre lo sentía como un alivio. Imaginó cómo aquel flujo barría las amebas: caerían en remolino por el desagüe de su cuerpo. La disentería le había hecho intimar con sus entrañas; poseía un claro sentido de su estómago; sentía el sistema de «tuberías» que constituía su ser. La combustión empezaba en lo alto de los intestinos. Luego se abría paso hacia abajo, como un huevo tragado por una serpiente, dilatando y expandiendo los tejidos, hasta que, entre espasmos, caía, y todo él reventaba en agua.

Llevaba enfermo no una semana sino trece días. Al principio no le había dicho nada a Larry. Una mañana, en una pensión de Bangkok, Mitchell se había despertado con el estómago revuelto. Cuando se levantó y salió del interior de la mosquitera se sintió mejor. Luego, aquella noche, después de la cena, había sentido una serie de golpecitos, como si unos dedos le tamborilearan dentro de las tripas. A la mañana siguiente empezó la diarrea. No fue una gran novedad. Había tenido antes en la India, pero se le había pasado después de unos días. Esta, no. Esta empeoró; tenía que ir al retrete varias veces después de cada comida. Pronto empezó a sentir fatiga. Y se mareaba al levantarse. El estómago le ardía después de comer. Pero siguió viajando. No creía que fuera nada grave. Larry y él cogieron un autobús en Bangkok con destino a la costa, donde subieron al ferry que llevaba a la isla. El ferry llegó sin prisa a la pequeña cala, donde apagó el motor y fondeó en las aguas poco profundas. Tuvieron que caminar por el agua hasta la orilla. Y eso –saltar al agua y hundir las piernas en ella– había confirmado algo. El chapoteo del mar parecía imitar el chapoteo de las tripas de Mitchell. En cuanto se instalaron, Mitchell empezó a ayunar. Llevaba ya una semana sin tomar nada más que té negro, y solo salía de la cabaña para ir al excusado. Un día, al salir de la cabaña, se encontró con la mujer alemana, y charló con ella y la convenció para que empezase a ayunar también. Por lo demás, se pasaba el día tumbado en la estera, pensando y escribiendo cartas a casa.

Saludos desde el paraíso. Larry y yo estamos en una isla tropical del golfo de Siam (mirad en el atlas mundial). Tenemos una cabaña para los dos en la misma playa, por la que pagamos la bonita suma de cinco dólares por noche. La isla aún está por descubrir, así que no hay casi nadie. Seguía describiendo la isla (o lo que podía atisbar de ella a través del bambú), pero pronto volvió a enfrascarse en sus preocupaciones más importantes. *La religión oriental enseña que toda materia es ilusoria. Y eso lo incluye todo, nuestra casa, cada uno de los trajes de papá, los soportes para plantas de mamá... Según Buda, todo es* maya. *Y tal categoría engloba también, por supuesto, el cuerpo. Una de las razones por las que decidí hacer este gran viaje es que nuestro marco de referencia allí en Detroit parecía un poco estrecho. Y hay unas cuantas cosas que he llegado a creer. Y a poner a prueba. Una de ellas es que podemos controlar el cuerpo con la mente. Hay monjes en el Tíbet que pueden controlar mentalmente su fisiología. Juegan a un juego que llaman «bolas de nieve que se derriten». Se ponen una bola de nieve en una mano y meditan, enviando a la mano todo su calor interno. Y el que primero logre que se le derrita la bola de nieve gana.*

De vez en cuando dejaba de escribir y se quedaba sentado con los ojos cerrados, como a la espera de inspiración. Y era exactamente así como había estado dos meses atrás –ojos cerrados, espalda recta, cabeza erguida, nariz alerta– cuando empezó el tintineo. Le había acontecido en la habitación verde claro de un hotel indio de Mahabalipuram. Mitchell estaba sentado en la cama, en la postura del medio loto. Su inflexible pierna izquierda occidental seguía enhiesta en el aire. Larry estaba fuera explorando las calles. Mitchell estaba completamente solo. No esperaba que sucediera nada especial. Tan solo estaba allí sentado, tratando de meditar, y su mente vagaba de una cosa a otra. Por ejemplo, pensaba en su exnovia, Christine Woodhouse, y en su asombroso vello púbico rojo, que nunca había vuelto a ver. Pensaba en comida. Esperaba que en aquella ciudad tuvieran algo más que *idli sambar.* De cuando en cuando se daba cuenta de lo mucho que erraba su cabeza, y entonces trataba de hacer que volviera a la respiración. Luego, en algún punto de todo esto, cuando menos lo esperaba, cuando había dejado incluso de intentar o esperar que pasara algo (que era exactamente cuando todos los místicos *decían* que pasaba), los oídos de Mitchell empezaron a campanillear. Muy tenuemente. No era un tintineo desconocido por completo. De hecho, lo reconocía. Recordaba un día de su niñez en que estaba en el jardín delantero y de pronto percibió este tintineo en los oídos, y preguntó a sus hermanos mayores: «¿Oís ese ruidito?» Ellos le dijeron que no pero que sabían de lo que hablaba. En la habitación verde claro de aquel hotel, al cabo de casi veinte años, Mitchell lo oyó de nuevo. Pensó que quizá se referían a eso cuando hablaban del Om Cósmico. O la música de las esferas. Y a partir de ese día intentaba volver a oírlo. Allí adonde fuera, aguzaba el oído para percibir el tintineo, y no tardó mucho en oírlo casi a voluntad. Lo oía en Calcuta, en medio de Sudder Street, atestada de taxis que hacían sonar el claxon y de golfillos que pedían a gritos unas monedas. Lo oía en el tren camino de Chiang Mai. Era el sonido de la energía universal, de todos los átomos que se aunaban para crear los colores que tenía ante los ojos. Había estado allí siempre. Lo único que tenía que hacer era «despertar» y escuchar y oírlo.

Escribió a casa, al principio a modo de tanteo, luego ganando confianza sobre lo que le estaba sucediendo. *El flujo de la energía del universo puede percibirse. Somos, cada uno de nosotros, radios bien sintonizadas. Lo único que tenemos que hacer es soplar y quitar el polvo de nuestros conductos.* Enviaba a sus padres unas cuantas cartas a la semana. También enviaba cartas a sus hermanos. Y a sus amigos. Y les escribía lo que estuviera pensando en ese momento. No pensaba en las reacciones de quienes iban a leerlo. Se sentía poseído por la necesidad de analizar sus intuiciones, de describir lo que veía y sentía. *Queridos mamá y papá, he visto la cremación de una mujer esta tarde. Se sabe que es una mujer por el color de la mortaja. La suya era roja. Fue lo que primero se quemó.*

Luego la piel. Mientras lo estaba mirando, los intestinos se le llenaron de un gas caliente, como el de un gran globo aerostático. Y fueron hinchándose e hinchándose hasta que acabaron reventando. Y le salió todo ese fluido. Traté de encontrar algo parecido en alguna postal para mandároslo, pero no tuve suerte.

O: *Querida Petie, ¿alguna vez se te ha ocurrido que este mundo de quitacerúmenes y de engorrosas micosis inguinales puede no ser toda la Meguilá? A mí a veces me lo parece. Blake creía en la recitación angélica. Quién sabe. Sus poemas lo respaldan. Pero a veces, por la noche, cuando la luna se pone de ese tono tan pálido, juro que siento un revuelo de alas contra la barba de tres días de mis mejillas.*

Mitchell solo había llamado a casa una vez, desde Calcuta. La conexión había sido mala. Era la primera vez que Mitchell y sus padres vivían el desfase transatlántico. Contestó su padre. Mitchell dijo hola, y no oyó nada hasta que la última sílaba, la *la,* resonó en sus oídos. Después de eso, la interferencia cambió de registro y le llegó la voz de su padre. Al viajar a través de medio planeta, perdía parte de su fuerza característica.

–Escucha, tu madre y yo queremos que te subas a un avión y vuelvas a casa.

–Acabo de llegar a la India.

–Llevas fuera seis meses. Es tiempo más que suficiente. No nos importa lo que cueste. Usa esa tarjeta de crédito que te dimos y cómprate un billete de vuelta.

–Volveré dentro de unos dos meses.

–¿Qué diablos haces allí? –le gritó su padre, a voz en cuello, al satélite–. ¿Qué es eso de cadáveres en el Ganges? Vas a volver con alguna enfermedad.

–No, no lo haré. Estoy bien.

–Bueno, tu madre no está bien. Está medio muerta de preocupación por ti.

–Papá, esta ha sido la mejor parte del viaje. Europa ha estado bien y demás, pero sigue siendo Occidente.

–¿Y qué tiene de malo Occidente?

–Nada. Solo que resulta muy estimulante alejarte de tu cultura.

–Habla con tu madre –dijo su padre.

Y entonces entró en la línea la voz de su madre, casi un gimoteo.

–Mitchell, ¿estás bien?

–Sí. Estoy bien.

–Estamos preocupados por ti.

–No os preocupéis por mí. Estoy *bien*.

–No suenas muy bien en las cartas. ¿Qué te pasa?

Mitchell se preguntó si podría contárselo. Pero no había forma de decirlo. Uno no puede decir: He encontrado la verdad. A la gente no le gusta oír eso.

–Suenas como uno de esos hare krishna.

–Aún no soy uno de ellos, mamá. Lo único que he hecho hasta ahora ha sido afeitarme la cabeza.

–¡Que te has afeitado la cabeza, Mitchell!

–No –dijo Mitchell, aunque lo cierto es que sí se la había afeitado.

Volvió a ponerse su padre. Su voz era ahora fría, con tono empresarial, una voz de alguien de mala calaña que Mitchell nunca le había oído.

–Mira, deja de hacer el tonto por ahí en la India y mueve el culo para volver ahora mismo a casa. Seis meses de viaje ya es suficiente. Te dimos esa tarjeta de crédito para posibles emergencias y ahora queremos que...

Justo entonces, cual toque divino, se cortó la comunicación. Mitchell se quedó con el teléfono en la mano, con una larga cola de bengalíes esperando a su espalda. Decidió dejarles que hablaran. Colgó el auricular, pensando que no debía volver a llamar. Seguramente sus padres no podrían entender en qué estaba, o lo que aquel maravilloso lugar le había enseñado. También había suavizado las cartas. A partir de aquel momento se ceñiría al paisaje que tenía delante.

Pero, por supuesto, no lo había hecho. No habían pasado más de cinco días cuando se vio escribiendo de nuevo a casa, contando cómo el cuerpo incorrupto de San Francisco Javier se mostraba por las calles de Goa desde hacía cuatrocientos años, hasta que una peregrina superexaltada le había arrancado al santo un dedo del pie de un mordisco. Mitchell no podía reprimirse. Todo lo que veía –las fantásticas higueras de Bengala, las vacas pintadas– le hacía ponerse a escribir, y tras describir lo que veía hablaba de los efectos que ello causaba en él, y de los colores del mundo visible pasaba sin transición a la oscuridad y los timbres de lo invisible. Cuando se puso enfermo, también escribió a casa sobre ello. *Queridos mamá y papá, creo que tengo un poco de disentería amebiana.* Luego había descrito los síntomas y las medicinas que habían tomado otros viajeros. *Todo el mundo se contagia tarde o temprano. Voy a ayunar y a meditar hasta sentirme mejor. He perdido un poco de peso, no mucho. En cuanto esté mejor, Larry y yo nos vamos a Bali.*

Tenía razón en una cosa: tarde o temprano, todo el mundo se contagia. Además de su vecina alemana, dos viajeros más de la isla habían padecido dolencias digestivas. Uno, francés, postrado por una ensalada, se había encerrado en su cabaña y no paraba de gemir y pedir ayuda como un emperador agonizante. Pero el día anterior Mitchell lo había visto curado, emergiendo de las aguas poco profundas de la bahía con un pez loro clavado en la punta de su arpón. La otra afectada era una mujer sueca. Mitchell la había visto por última vez cuando la llevaban al ferry debilitada y exhausta. La tripulación tailandesa la había subido a bordo con las botellas de soda y los recipientes de combustible vacíos. Estaban acostumbrados a ver extranjeros languideciendo. En cuanto hubieron acomodado a la mujer en cubierta, empezaron a sonreír y a decir adiós con la mano. Luego la embarcación dio marcha atrás y se llevó a la mujer a la clínica de la península.

Llegado el caso, Mitchell sabía que siempre podría ser evacuado. No esperaba, sin embargo, tener que llegar a ese punto. Una vez expulsado el huevo de su organismo, se sentía mejor. Ya no le dolía el estómago. Larry le llevaba té negro cuatro o cinco veces al día. Se negaba a darles a las amebas una sola gota de leche. En contra de lo que hubiera imaginado, su energía mental no se había visto mermada sino más bien incrementada. *Es increíble la cantidad de energía que exige la digestión. Más que una extraña penitencia, el ayuno es en realidad un método sano y científico de aquietar el cuerpo, de* apagar *el cuerpo. Y cuando el cuerpo deja de funcionar la mente se pone en funcionamiento. El término sánscrito para esto es* moksha, *que significa liberación total del cuerpo.*

Lo extraño era que allí en la cabaña, objetivamente enfermo, Mitchell no se había sentido mejor, más tranquilo, más brillante en toda su vida. Se sentía seguro y vigilante de un modo que no podría explicar. Se sentía *feliz.* Y este no era el caso de la mujer alemana, que parecía empeorar día tras día. Y ahora apenas hablaba cuando se cruzaban. Tenía la piel más pálida y llena de manchas. Al poco Mitchell dejó de animarla para que siguiera ayunando. Tendido boca arriba y con el traje de baño sobre los ojos, ya no prestaba atención a los viajes al excusado de la mujer alemana. En lugar de ello, permanecía atento a los sonidos de la isla; a los bañistas y al griterío de la playa, a alguien que aprendía a tocar una flauta de madera unas cabañas más abajo. Las olas rompían con suavidad, y de cuando en cuando caía una hoja muerta de cocotero o de palma. Por la noche, los perros salvajes aullaban en la jungla. Cuando iba él al retrete, Mitchell los oía moviéndose fuera, acercándose y oliéndole, olisqueando sus evacuaciones a través de las rendijas de las paredes. La mayoría de quienes utilizaban el retrete golpeaba la chapa de la puerta con la linterna para ahuyentarlos. Mitchell ni siquiera llevaba linterna. Se quedaba quieto, atento a los perros que se agrupaban en la vegetación. Con los hocicos afilados apartaban las cañas y asomaban a la luz de la luna sus ojos rojos. Mitchell los encaraba con la mirada, serenamente. Extendía los brazos, ofreciéndose, y cuando los perros no lo atacaban se daba la vuelta y volvía a la cabaña.

Una noche, cuando volvía del retrete, oyó una voz australiana que decía:

–Aquí viene ahora el paciente.

Alzó la vista y vio a Larry y a una mujer de avanzada edad sentados en el porche de la cabaña. Larry liaba un porro encima de su guía *Let's Go: Asia.* La mujer fumaba un cigarrillo y miraba directamente a Mitchell.

–Hola, Mitchell, soy Gwendolyn –dijo–. Me han dicho que has estado enfermo.

–Un poco.

–Larry dice que no te tomas las pastillas que te he mandado.

Mitchell no respondió enseguida. No había hablado con ningún ser humano en todo el día, o quizá en un par de días. Tenía que readaptarse. La soledad lo había hecho en exceso sensible a la rudeza de la gente. El tono de voz alto y embebido en whisky de Gwendolyn, por ejemplo, era como si le arañara el pecho con un rastrillo. La mujer llevaba una especie de tocado de batik que parecía un vendaje.

Y montones de joyas tribales: huesos y conchas en cuello y muñecas. Y en medio de todo ello su cara enjuta y quemada por el sol, en cuyo centro parpadeaba, avivándose y atenuándose, el redondel rojo del cigarrillo. Larry no era más que un halo de pelo rubio a la luz de la luna.

–Yo también tuve una diarrea terrible –siguió Gwendolyn–. Absolutamente épica. En Irian Jaya. Y esas pastillas fueron mano de santo.

Larry dio un último lametón al pitillo de marihuana recién liado y lo encendió. Inhaló, mirando a Mitchell, y luego dijo con voz tensa por el humo:

–Estamos aquí para que te tomes la medicina.

–Eso es. El ayuno está muy bien –dijo Gwendolyn–. Pero después de... ¿Cuánto tiempo llevas?

–Casi dos semanas.

–Después de dos semanas tienes que dejarlo –dijo Gwendolyn con expresión grave, pero en ese momento le llegó el porro y dijo–: Oh, genial.

Dio una chupada, mantuvo el humo dentro y sonrió a Mitchell y a Larry. Luego tuvo un acceso de tos que le duró unos treinta segundos. Y al final bebió un trago de cerveza, con la mano pegada al pecho. Luego siguió fumando el cigarrillo.

Mitchell miraba una gran franja de luna sobre el océano, y de súbito dijo:

–Acabas de divorciarte. Por eso estás haciendo este viaje.

Gwendolyn se puso rígida.

–Casi aciertas. No ha sido divorcio sino separación. ¿Es tan obvio?

–Eres peluquera –dijo Mitchell, sin dejar de mirar el mar.

–No me habías dicho que tu amigo fuera vidente, Larry...

–Debo de habérselo contado yo. ¿Te lo conté, Mitchell?

Mitchell no respondió.

–Bien, señor Nostradamus, te voy a hacer una predicción. Si no te tomas ahora mismo esas pastillas, van a tener que llevarse en el ferry a un *chico muy enfermo*. Y no quieres que pase eso, ¿verdad?

Mitchell miró a Gwendolyn a los ojos por primera vez. Le sorprendió la ironía: aquella mujer pensaba que *él* era el enfermo, cuando a sus ojos la enferma era ella. Gwendolyn estaba encendiéndose otro cigarrillo. Tenía cuarenta y tres años, se estaba colocando en una isla cercana a la costa de Tailandia y llevaba un trocito de coral en cada lóbulo de la oreja. Su infelicidad brotaba de ella como un efluvio. No es que Mitchell fuera vidente: es que se trataba de algo obvio.

Apartó la vista.

–Larry, ¿dónde están mis pastillas?

–En la cabaña.

–¿Podrías traérmelas?

Larry encendió la linterna y se agachó para pasar bajo el umbral. El haz de luz cruzó el suelo.

–No has mandado las cartas.

–Se me ha olvidado. Cuando las termino me da la sensación de que ya las he mandado.

Larry volvió con el frasco de pastillas y anunció:

–Empieza a oler ahí dentro.

Le tendió el frasco a Gwendolyn.

–Muy bien, señor testarudo. Abre la boca.

Le dio una pastilla.

–No te preocupes. De verdad. Estoy bien.

–Tómate esta pastilla –dijo Gwendolyn.

–Venga, Mitch. Estás hecho una piltrafa. Hazlo. Tómate la maldita pastilla.

Por un instante se hizo el silencio; los dos le miraban con fijeza. Mitchell quería explicar su postura, pero estaba claro que ninguna explicación podría persuadirles de que tenía sentido lo que hacía. Nada de lo que se le ocurría decir resultaba en absoluto convincente. Todo lo que se le ocurría decir se quedaba corto respecto de cómo se sentía. Así que se decidió por la estrategia de la menor resistencia. Abrió la boca.

–Tienes la lengua amarillo brillante –dijo Gwendolyn–. Solo he visto ese amarillo en un pájaro. Venga. Trágatela con un poco de cerveza.

Le alargó la botella.

–Bravo. Toma una cuatro veces al día durante una semana. Larry, encárgate de que se las tome.

–Creo que tengo que irme a dormir –dijo Mitchell.

–Muy bien –dijo Gwendolyn–. Pues nos vamos con la fiesta a mi cabaña.

Cuando se hubieron ido, Mitchell arrastró los pies hasta el interior de la cabaña y se echó en la estera. Sin mover un músculo más, escupió la pastilla que tenía debajo de la lengua. Esta golpeó sobre el bambú, se coló entre las rendijas y cayó en la arena de abajo. Como había hecho Jack Nicholson en *Alguien voló sobre el nido del cuco,* pensó, sonriendo para sí mismo. Pero estaba demasiado agotado para consignarlo por escrito.

Con el traje de baño sobre los ojos, los días eran más perfectos, resultaban más desdibujados. Dormía a ratos, siempre que le apetecía, y dejó de prestar atención al tiempo. Llegaban hasta él los ritmos de la isla: las voces adormiladas de la gente que desayunaba tortitas de banana y café; más tarde, gritos en la playa; al atardecer, el humo de las parrillas, y la cocinera china con su wok y su larga espátula metálica. Se abrían botellas de cerveza; la tienda de la cocinera rebosaba de voces, y al cabo los pequeños grupos bullían en las cabañas cercanas. En un momento dado Larry volvía, oliendo a cerveza, a humo y a loción bronceadora. Mitchell fingía dormir. A veces se pasaba toda la noche despierto mientras Larry dormía. Sentía el suelo a través de la espalda, y también la isla misma, y también el discurrir del océano. Era luna llena y, al salir, iluminó la cabaña. Mitchell se levantó y bajó hasta la orilla plateada del agua. Se internó en ella y se dejó llevar flotando boca arriba, mirando la luna y las estrellas. La bahía era un cuarto de baño cálido; la isla flotaba en él, también. Cerró los ojos y se concentró en la respiración. Al cabo de un rato sintió que desaparecían las nociones de fuera y dentro. Más que respirar, *era* respirado. Tal estado duraba solo unos segundos, y al final salía de él, y acto seguido volvía a experimentarlo.

Su piel empezaba a saber a sal. El viento la traía y la introducía a través del bambú, y lo cubría cuando estaba tendido sobre la espalda. O soplaba sobre todo él cuando iba al excusado. Mientras estaba agachado, se lamía la sal de los hombros desnudos. Era su único alimento. A veces sentía el impulso de ir a la tienda de la cocinera y pedir un pescado a la parrilla entero, o una pila de tortitas. Pero las punzadas de hambre eran raras, y después no sentía sino una paz más honda y más plena. Seguía haciendo deposiciones líquidas, que ahora expelía con menos violencia pero de forma cruda, como de una herida. Abría el bidón del agua y llenaba el cubo, y se limpiaba con la mano izquierda. Unas cuantas veces se quedó dormido, en cuclillas sobre el agujero, y despertó solo cuando alguien tocó en la puerta metálica.

Escribió más cartas. *¿Os he hablado alguna vez de la madre y el hijo leprosos que vi un día en Bangalore? Iba yo calle abajo y allí estaban, acurrucados junto al bordillo. Estaba ya bastante acostumbrado a ver leprosos, pero no como aquellos. Estaban casi en las últimas. Sus dedos no eran ya ni unos mí-*

nimos salientes. Sus manos eran unos muñones redondos al final de los brazos. Y la cara se les escurría hacia un lado, como si fuera de cera y se les estuviera derritiendo. El ojo izquierdo de la madre era una masa transparente y gris, y miraba fijamente al cielo. Pero cuando le di cincuenta paisas me miró con el ojo bueno, un ojo lleno de inteligencia. Para darme las gracias, juntó los dos extremos de los muñones de los brazos. En ese momento mi moneda golpeó el fondo del platillo de las limosnas, y su hijo, que era ciego, dijo: «Atcha.» *Y sonrió, creo. Aunque no sabría decirlo con certeza, de lo desfigurado que estaba. Pero lo que sucedió entonces fue lo siguiente: vi que eran gente normal, no mendigos o marginados; eran una madre y su hijo. Pude verlos antes de que contrajeran la lepra, cuando solían salir tranquilamente a dar un paseo. Y entonces tuve otra revelación: tuve la intuición de que al chico le gustaba con locura el* lassi *de mango. Y eso, a la sazón, se me antojó una revelación muy profunda. La revelación más grande que haya podido desear o merecer en la vida. Cuando la moneda tocó el fondo del platillo y el chico dijo* «Atcha» *supe que estaba pensando en un frío y sabroso* lassi *de mango.* Mitchell dejó el bolígrafo mientras recordaba. Luego salió de la cabaña para contemplar la puesta de sol. Se sentó en el porche con las piernas cruzadas. La rodilla izquierda ya no se le subía hacia el costado. Cuando cerró los ojos, el tintineo volvió a sonar, más fuerte, más íntimo, más cautivador que nunca.

Desde aquella distancia tantas cosas le parecían ridículas... Su preocupación sobre si elegir una materia principal de estudios u otra. Su negativa a salir de su cuarto de la residencia universitaria por tener la cara llena de aparatosos granos. Incluso su absoluta desesperación la vez que pasó a buscar a Christine Woodhouse a su cuarto y ella no apareció en toda la noche le parecía ahora risible. Uno podía echar a perder su vida. Y él lo había hecho, en gran medida, hasta el día en que subió a aquel avión con Larry, vacunado contra el tifus y el cólera, y huyó de todo. Solo ahora, cuando nadie le estaba mirando, podía Mitchell saber quién era de verdad. Era como si al viajar en todos aquellos autobuses, al sufrir todos aquellos tropiezos y colisiones, se hubiera ido desprendiendo poco a poco de su ser antiguo, y este hubiera acabado por alzarse del suelo y volatilizarse en el aire indio. No quería volver al mundo de la universidad y de los cigarrillos de clavo de olor. Estaba tendido boca arriba, esperando ese instante en que el cuerpo roza la iluminación, o en que no sucede nada en absoluto, lo cual sería lo mismo.

Entretanto, en la cabaña contigua, la mujer alemana volvía a moverse. Mitchell la oyó ir de un lado para otro. Bajó los escalones, pero en lugar de dirigirse hacia el excusado subió los escalones de la cabaña de Mitchell. Este se quitó el traje de baño de encima de los ojos.

–Voy a la clínica. En el ferry.

–Me imaginaba que irías.

–Voy a que me pongan una inyección. Y me quedo una noche. Y vuelvo. –Hizo una pausa–. ¿Quieres venir conmigo? ¿A que te pongan una inyección?

–No, gracias.

–¿Por qué no?

–Porque estoy mejor. Me siento mucho mejor.

–Ven a la clínica. Para estar bien. Vamos juntos.

–Estoy bien.

Se levantó, sonriendo, para probar lo que había dicho. El ferry, en la bahía, hizo sonar la sirena.

Mitchell salió al porche para despedirla.

–Te veré cuando vuelvas –dijo.

La mujer alemana fue andando por el agua hasta el ferry

y subió a bordo. Se quedó de pie en cubierta, sin decirle adiós con la mano pero mirando hacia él. Mitchell la vio alejarse, hacerse más y más pequeña. Cuando por fin desapareció, cayó en la cuenta de que había dicho la verdad: estaba *mejor*.

Tenía el estómago quieto. Se puso la mano en el vientre, como para comprobar lo que había dentro. El estómago lo sentía hueco. Y ya no se mareaba. Tuvo que encontrar un aerograma nuevo, y a la luz del atardecer escribió: *En este día, creo que de noviembre, me gustaría anunciar que el sistema gastrointestinal de Mitchell B. Grammaticus se ha curado por medios exclusivamente espirituales. Quiero agradecer especialmente a mi más firme apoyo, que ha estado a mi lado a lo largo de todo el proceso: Mary Baker Eddy. Mi siguiente defecación sólida se la dedico a ella, ciertamente.* Aún estaba escribiendo cuando entró Larry.

–Vaya, estás despierto.

–Estoy mejor.

–¿De veras?

–¿Y sabes qué?

–¿Qué?

Mitchell dejó el bolígrafo y dirigió una gran sonrisa a su amigo.

–Estoy hambriento.

Para entonces, todo el mundo en la isla había oído hablar del ayuno gandhiano de Mitchell. Su llegada a la tienda de la cocinera levantó aplausos y vítores. Y bocas abiertas de algunas de las mujeres, a quienes no agradó en absoluto ver lo delgado que estaba aquel muchacho. Movidas por el instinto maternal, le hicieron sentarse y le palparon la frente para ver si tenía aún algo de fiebre. La tienda estaba llena de mesas de pícnic, y los mostradores atestados de piñas y sandías, judías, cebollas, patatas y lechugas. Pescados largos y azules yacían en tablas de cortar. Termos de café se alineaban contra una pared, con agua caliente o té, y al fondo había otra pieza con una cuna en la que dormía el bebé de la cocinera china. Mitchell miró las caras nuevas a su alrededor. Bajo la mesa de pícnic, la tierra tenía un tacto sorprendentemente fresco contra sus pies desnudos.

Los consejos médicos comenzaron al instante. La mayoría de los presentes habían ayunado un día o dos durante sus viajes asiáticos, y después habían vuelto a comer todo tipo de alimentos. Pero el ayuno de Mitchell había sido tan largo que un viajero norteamericano, antiguo estudiante de medicina, dijo que era peligroso volver a ingerir «demasiada comida demasiado rápido». Recomendaba que al principio se tomaran solo líquidos. La cocinera china se mofó de tal consejo. Después de echar una mirada a Mitchell, le sirvió una lubina, un plato de arroz frito y una tortilla de cebolla. La mayoría del grupo abogaba también por la pura glotonería. Mitchell llegó a un acuerdo a ese respecto. Primero se bebió un zumo de papaya. Dejó pasar unos minutos y, despacio, empezó a comerse el arroz frito. Luego, sintiéndose aún bien, atacó con tiento la lubina. A cada bocado que daba, el antiguo estudiante de medicina decía: «Oh, ya es suficiente», pero enseguida se oía un coro que entonaba: «Mírale. Está esquelético. Sigue comiendo. ¡Come!»

Era agradable volver a verse rodeado de gente. Mitchell no se había convertido en alguien tan ascético como pensaba. Echaba de menos la vida social. Todas las chicas llevaban sarongs. Todas tenían bronceados perfectos y seductores acentos. No paraban de tocar a Mitchell; le daban palmaditas en las costillas o le rodeaban las muñecas con los dedos. «Daría lo que fuera por unos pómulos como los tuyos», le dijo una de ellas. Luego le hizo comerse unas bananas fritas.

Cayó la noche. Alguien anunció la celebración de una fiesta en la cabaña número seis. Antes de que Mitchell se diera cuenta de lo que estaba sucediendo, dos chicas holandesas lo acompañaban por la playa. Trabajaban de camareras en Ámsterdam cinco meses al año, y el resto del tiempo lo pasaban viajando. Al parecer Mitchell se parecía muchísimo al Cristo de Van Honthorst del Rijksmuseum. Las chicas holandesas pensaban que tal parecido inspiraba a un tiempo temor reverencial e hilaridad. Mitchell se preguntó si no se había equivocado al quedarse tanto tiempo en la cabaña. Una suerte de vida tribal había brotado en la isla. No era extraño que Larry se estuviera divirtiendo tanto. Todo el mundo era sumamente amable. No era tanto algo sexual como íntimo y cálido. Una de las chicas holandesas tenía un sarpullido muy desagradable en la espalda. Se dio la vuelta para enseñárselo a Mitchell.

La luna se alzaba en lo alto de la bahía, y arrojaba una franja de luz sobre la orilla. Iluminaba los troncos de las palmeras y daba una fosforescencia lunar a la arena. Todo poseía un matiz azulado; todo salvo las cabañas relucientes y anaranjadas. Mientras caminaba detrás de Larry, Mitchell sentía cómo el aire le envolvía la cara y fluía a través de sus piernas. Había una liviandad en su interior, un globo de helio alrededor de su corazón. No había nada que nadie pudiera necesitar más allá de aquella playa.

Gritó:

–Eh, Larry...

–¿Qué?

–Ya hemos ido a todas partes, tío.

–A todas partes no. Siguiente parada: Bali.

–Y luego a casa. Después de Bali, a casa. Antes de que a mis padres les dé una crisis nerviosa.

Dejó de caminar y retuvo a las chicas holandesas. Le había parecido oír el tintineo, más intensamente que nunca, pero cayó en la cuenta de que era la música que llegaba de la cabaña seis. Más adelante, justo enfrente, la gente estaba sentada en círculo en la arena. Y cuando vieron llegar a Mitchell y a las chicas, les hicieron sitio en el corro.

–¿Qué dice usted, doctor? ¿Podemos darle una cerveza?

–Muy gracioso –dijo el antiguo estudiante de medicina–. Sugiero que una. No más.

A su debido tiempo, la cerveza pasó de mano en mano hasta llegar a Mitchell. Luego la persona que estaba a su derecha le puso la mano en la rodilla. Era Gwendolyn. No la había reconocido en la oscuridad. La mujer dio una larga chupada al cigarrillo. Apartó la cara, en primer lugar para echar el humo, pero también para dar a entender sus sentimientos heridos, y dijo:

–No me has dado las gracias.

–¿Por qué?

–Por las pastillas.

–Oh, es cierto. Fue un verdadero detalle por tu parte.

Ella sonrió durante unos segundos y acto seguido se puso a toser. Era una tos de fumadora, gutural y profundamente enraizada. Intentó contenerla inclinándose hacia delante y tapándose la boca, pero la tos se hizo aún más violenta, como si le estuviera abriendo agujeros en los pulmones. Cuando finalmente cesó, Gwendolyn se secó los ojos.

–Dios, me muero... –Paseó la mirada por la gente del corro, que charlaba y reía–. Y a nadie le importa.

Durante todo este tiempo Mitchell había estado estudiando detenidamente a Gwendolyn. Para él estaba claro que si no padecía ya algún cáncer, no tardaría mucho en contraer uno.

–¿Quieres saber cómo supe que eras separada?

–Bueno, supongo que sí.

–Es por esa especie de brillo que tienes. Las mujeres que se divorcian o se separan siempre tienen ese brillo. Lo he notado antes. Es como si se hicieran más jóvenes.

–¿De veras?

–Sí, de veras –dijo Mitchell.

Gwendolyn sonrió.

–Me siento muy recuperada.

Mitchell alargó la mano con la cerveza e hicieron chocar las botellas.

–Salud –dijo ella.

–Salud.

Mitchell tomó un trago. Le pareció la mejor cerveza que había bebido en su vida. De pronto se sintió feliz, como en éxtasis. No estaban en torno a un fuego de campamento, pero era una sensación parecida: todo el mundo resplandecía y se sentía cálido por dentro. Mitchell miraba de reojo las distintas caras que había en el corro, y luego miraba la bahía. Pensaba en su viaje. Trataba de recordar todos los lugares que Larry y él habían visitado, las pensiones malolientes, las ciudades barrocas, las poblaciones de montaña. Si no pensaba en ningún lugar en particular, podía sentirlos todos; giraban en el interior de su cabeza como en un caleidoscopio. Se sentía satisfecho y pleno. En un momento dado el tintineo había vuelto a empezar. Mitchell se había concentrado en él, de forma que al principio no acusó la punzada en los intestinos. Luego, como de lejos, le penetró la conciencia otra punzada, aunque tan tenue que incluso era posible que la hubiera imaginado. Instantes después sintió otra, más insistente. Sentía que una válvula se abría en su interior, y un hilo de líquido caliente, como ácido, que empezaba a salirle hacia el exterior quemándole a su paso. No se alarmó. Se sentía tan bien. Se limitó a ponerse de pie y a decir:

–Voy a bajar al agua un momento.

–Voy contigo –dijo Larry.

La luna estaba más alta. Mientras se acercaban a la orilla, iluminaba la bahía como si fuera un espejo. Lejos de la música, Mitchell pudo oír los ladridos de los perros salvajes en la jungla. Avanzó por delante de Larry en dirección a la orilla. Luego, sin detenerse, dejó caer el sarong en la arena y se libró de él con los pies. Y se metió en el agua.

–¿Un chapuzón?

Mitchell no respondió.

–¿Cómo está el agua?

–Fría –dijo Mitchell, aunque no era cierto: el agua estaba caliente. Pero quería estar solo en ella. Siguió avanzando hasta que le cubrió la cintura. Ahuecando las dos manos, se echó agua en la cara. Luego se dejó caer sobre la superficie del agua y se puso a flotar boca arriba.

Se le taponaron los oídos. Oyó cómo fluía, rozándole, el agua, y luego el silencio del mar, y luego, otra vez, el tintineo. Más claro que nunca. No era tanto un tintineo como un faro penetrándole.

Levantó la cabeza y dijo:

–Larry.

–¿Qué?

–Gracias por cuidarme.

–No te preocupes.

Ahora que estaba en el agua, se volvió a sentir mejor. Sintió el tirón de la marea en la bahía, se replegaba con el viento de la noche y la luna en lo alto. Un pequeño chorro caliente salió de él, y se alejó un poco remando con las manos y luego siguió flotando. Miró el cielo. No tenía el bolígrafo ni los aerogramas a mano, así que empezó a dictar en silencio: *Queridos mamá y papá, la tierra es la única prueba que necesitamos. Sus ritmos, su regeneración perpetua, el ascen-*

so y descenso de la luna, la marea acercándose hasta la tierra y alejándose de nuevo mar adentro..., todo ello supone una lección para ese aprendiz tan lento que es la raza humana. La tierra repite y repite su magisterio, una y otra vez, hasta que logramos aprenderlo.

–Nadie creería lo de este sitio –dijo Larry desde la arena–. Es un puto paraíso.

El tintineo se hizo más fuerte. Transcurrió un minuto, o unos cuantos. Al final Mitchell oyó que Larry decía:

–Oye, Mitch, me vuelvo a la fiesta. ¿Estás bien?

Sonaba muy lejano.

Mitchell extendió los brazos a ambos lados, y eso le permitió flotar un poco más arriba en el agua. No sabía si Larry se había ido o no. Miraba la luna. Y empezaba a reparar en algo de la luna en lo que nunca había reparado. Podía percibir las longitudes de onda de la luz de la luna. Había logrado ralentizar la mente hasta percibirlas. La luz de la luna aceleraba un segundo, ganaba en luminosidad, y volvía a hacerse más lenta y a atenuarse. *Latía.* La luz de la luna era una suerte de tintineo también ella. Mitchell siguió meciéndose en el agua cálida, observando la correspondencia entre la luz de la luna y el tintineo, constatando cómo crecían y decrecían a un tiempo. Al poco empezó a ser consciente de que él era igual. Su sangre latía con la luz de la luna, con el tintineo. Algo se desprendía de él y se perdía muy lejos. Sentía que sus entrañas se vaciaban. La sensación de que el agua lo abandonaba no era ya dolorosa o explosiva; ahora era un flujo continuo de su propia esencia hacia la naturaleza. Un segundo después, Mitchell sintió como si estuviera cayendo a través del agua, y luego ya no se sintió más a sí mismo. No era él quien estaba mirando la luna u oyendo el tintineo. Y sin embargo era consciente de ambas cosas. Por un instante pensó que debería avisar a sus padres, decirles que no se preocuparan. Había encontrado el paraíso allende aquella isla. Estaba tratando de recuperar las fuerzas necesarias para dictar aquel último mensaje, pero cayó en la cuenta de que no quedaba nada de él capaz de hacerlo, nada en absoluto, no quedaba ninguna persona para asir la pluma o enviar un aviso a las personas que amaba, y que jamás entenderían.

1996

JERINGA DE COCINA

La receta llegó por carta:

Mezclar semen de tres hombres.
Revolver enérgicamente.
Llenar la jeringa.
Tenderse.
Insertar la boquilla.
Apretar fuerte.

INGREDIENTES:
1 pizca de Stu Wadsworth
1 pizca de Jim Freeson
1 pizca de Wally Mars

La carta venía sin remitente, pero Tomasina sabía quién la había enviado: Diane, su mejor amiga y, desde hacía poco, especialista en fertilidad. Desde la última y catastrófica ruptura de Tomasina, Diane había estado auspiciando lo que habían dado en llamar Plan B. En el Plan A ya llevaban tiempo trabajando. Incluía amor y boda. Y llevaban dándole vueltas la friolera de ocho años. Pero en los análisis finales

–y en esto se basaba rotundamente Diane– el Plan A había resultado ser demasiado idealista. Así que ahora estaban echando un vistazo al Plan B.

El Plan B era más tortuoso e inspirado, menos romántico, más solitario y triste, pero más valiente. Estipulaba que había que recurrir a un hombre de dientes aceptables, cuerpo y cerebro libres de las dolencias más graves, que estuviera deseoso de calentarse con fantasías íntimas (que no debían implicar a Tomasina) a fin de obrar la efusión mínima indispensable para el gran logro de que una mujer tuviera un bebé. Como dos Schwarzkopfs[1] gemelos, las dos amigas se percataron de cómo había cambiado últimamente el campo de batalla: la reducción de la artillería (las dos acababan de cumplir los cuarenta); las tácticas de guerrilla cada día más en auge del enemigo (los hombres ya ni siquiera salían a campo abierto); y la total extinción del código de honor. El último hombre que había dejado preñada a Tomasina –no el del banco de inversión boutique sino el anterior, el instructor en Técnica Alexander– no había cumplido siquiera con la formalidad de proponerle matrimonio. Su idea del honor se limitó a avenirse a compartir el coste del aborto. No tenía ningún sentido negarlo: los mejores soldados habían abandonado el campo de batalla y se habían incorporado a la paz del matrimonio. Lo que quedaba era una chusma de adúlteros y perdedores; tipos que después de conseguir a una mujer, «si te he visto no me acuerdo», juerguistas... Tomasina tuvo que abandonar la idea de conocer a alguien con quien poder pasar la vida. En lugar de ello, debía dar a luz a alguien que se pasara la vida entera con ella.

1. Norman Schwarzkopf: comandante de las fuerzas de la Coalición en la Guerra del Golfo de 1991. *(N. del T.)*

Pero solo cuando recibió la receta de su amiga cayó en la cuenta Tomasina de que estaba tan desesperada como para ponerla en práctica. Lo supo incluso antes de dejar de reírse. Lo supo cuando se sorprendió pensando: Lo de «Stu Wadsworth» quizá podría entenderlo. Pero ¿Wally Mars?

Tomasina –repito como un reloj de tictac– tenía cuarenta años, y casi todo cuanto deseaba en la vida. Un magnífico trabajo como ayudante de producción en *CBS Evening News with Dan Rather*. Un apartamento increíble y grandísimo en Hudson Street. Era guapa, y se conservaba muy joven. Sus pechos no es que se mantuvieran intocados por el tiempo, pero seguían erguidos. Y tenía dentadura nueva: un juego completo de dientes radiantes encajados en las encías. Al principio silbaban un poco, antes de que Tomasina hubiera podido acostumbrarse a ellos, pero ahora eran perfectos. Y tenía bíceps. Y un fondo personal de jubilación de ciento setenta y cinco mil dólares. Pero no tenía ningún hijo. Ni un marido que pudiera dárselo. No tener marido era, en determinados aspectos, preferible. Pero quería un bebé.

«Después de los treinta y cinco», decía la revista, «una mujer empieza a tener problemas para concebir.» Tomasina no podía creerlo. Justo cuando había conseguido tener la cabeza en su sitio, el cuerpo empezaba a derrumbársele. A la naturaleza le tenía sin cuidado su grado de madurez. La naturaleza quería que se casara con su novio de la facultad. De hecho, desde un punto de vista puramente reproductivo, la naturaleza habría preferido que se casara con su novio de *secundaria*. Mientras Tomasina había llevado una vida normal, no había sido consciente de ello: sus óvulos, mes tras mes, se perdían en el olvido. Ahora lo veía. Mientras hacía proselitismo para que la gente se afiliara al RIPIRG[1] en la facultad, las paredes uterinas se le estaban adelgazando. Mientras conseguía licenciarse en periodismo, sus ovarios reducían su producción de estrógenos. Y mientras se acostaba con tantos hombres como le venía en gana, sus trompas de Falopio habían empezado a estrecharse, a ocluirse. Fue la década en la que era una veinteañera. Ese período prolongado de la infancia norteamericana. La época en que, ya con formación y empleo, podía al fin divertirse un poco. Tomasina tuvo una vez cinco orgasmos con un taxista llamado Ignacio Veranes mientras estaban aparcados en Gansevoort Street. El hombre tenía el pene curvo, estilo europeo, y olía a aceite de motor. A la sazón Tomasina tenía veinticinco años. Hoy no volvería a hacerlo, pero estaba contenta de haberlo hecho entonces. Para no tener arrepentimientos. Pero al eliminar ciertos arrepentimientos se generan otros. Era apenas una veinteañera. Y se había desmelenado un poco, eso era todo. Pero los veinte años se convierten en treinta, y unas cuantas relaciones fallidas te ponen en los treinta y cinco, y un buen día coges el *Mirabella* y lees: «A partir de los treinta y cinco años, la fertilidad de la mujer empieza a decrecer. Y con cada año la proporción de abortos espontáneos y malformaciones congénitas aumenta.»

Llevaba, pues, cinco años aumentando. Tomasina tenía cuarenta años, un mes y catorce días. Y a veces era presa del pánico y a veces no. A veces estaba absolutamente tranquila y lo aceptaba todo.

Pensó en ellos, en los hijos que no había tenido. Formaban hilera en las ventanillas de un fantasmal autobús escolar: caras pegadas contra el cristal, ojos enormes, pestañas hú-

1. Grupo de consumidores norteamericanos que denuncia los abusos y manipulaciones de los poderes económicos. *(N. del T.)*

medas... Miraban hacia fuera y gritaban: «Lo entendemos. No era el momento. Lo entendemos. De verdad.»

El autobús inició la marcha, y Tomasina vio al conductor. Este alzó la mano huesuda hasta la palanca de cambios, y se volvió hacia Tomasina al tiempo que se le iluminaba el semblante con una amplia sonrisa.

La revista también decía que los abortos espontáneos se producían constantemente, sin que la mujer lo notara siquiera. Diminutas blástulas arañaban las paredes del útero y, al no encontrar asidero, se precipitaban a través del sistema de desagüe, humano u otro. Puede que siguieran con vida en el inodoro unos segundos, como peces de colores. No lo sabía. Pero con tres abortos, un aborto espontáneo oficial y quién sabe cuántos extraoficiales, el autobús escolar de Tomasina estaba lleno. Cuando se despertaba por la noche, lo veía separarse lentamente del bordillo, y oía el ruido de los niños sentados en los asientos, esos gritos infantiles que nadie sabe decir si son chillidos o carcajadas.

De todos es sabido que los hombres cosifican a las mujeres. Pero ninguna de nuestras evaluaciones de pechos y piernas de las féminas puede compararse con el frío cálculo de una mujer en el mercado del semen. La propia Tomasina se sentía un poco desconcertada al respecto, pero no podía evitarlo: una vez que hubo tomado la decisión, empezó a ver a los hombres como espermatozoides andantes. En las fiestas, con una copa de Barolo en la mano (como pronto tendría que dejarlo, bebía como un cosaco), Tomasina examinaba los especímenes que salían de la cocina, o deambulaban por los pasillos, o charlaban sin parar en los sillones. Y a veces, con los ojos anublados, sentía que podía discernir la calidad del material genético de cada individuo. Algunas auras del semen refulgían de claridad; en otras se apreciaban tentadoras rasgaduras de brutalidad; y otras fluctuaban y perdían fuerza a causa de un voltaje inferior. Tomasina sabía con toda certeza el grado de salud de un hombre por su olor o la tonalidad de su tez. Una vez, para divertir a Diane, ordenó a todos los hombres de una fiesta que sacaran la lengua. Los hombres le habían obedecido sin hacer preguntas. Los hombres siempre acceden a estas cosas. A los hombres *les gusta* que los cosifiquen. Pensaron que les iba a inspeccionar la lengua para evaluar su agilidad, en función de una eventual expectativa de habilidades orales. «Ábrela y di ah», estuvo ordenando Tomasina durante toda la velada. Y las lenguas se desplegaron para su exhibición. Algunas tenían manchas amarillas, o las papilas gustativas irritadas; otras estaban azules como carne de vacuno pasada. Algunas hicieron acrobacias lascivas, moviéndose de arriba abajo con rapidez o curvándose hacia arriba para mostrar unos picos de la cara inferior parecidos a la armadura de ciertos peces de las profundidades. Y, por último, había dos o tres lenguas de aspecto impecable, opalescentes como ostras y tentadoramente rollizas. Eran las lenguas de los hombres casados, que ya donaban su semen –y en abundancia– a las afortunadas mujeres que paseaban por la sala los cojines del sofá. Esposas y madres que en aquel momento albergaban otras quejas –sueño insuficiente o carreras estancadas–, quejas que en Tomasina no eran sino anhelos desesperados.

Creo que en este punto debo presentarme. Soy Wally Mars. Un viejo amigo de Tomasina. De hecho, soy un antiguo novio. Salimos juntos tres meses y siete días en la primavera de 1985. En aquellos días casi ningún amigo de Tomasina podía creer que estuviera saliendo conmigo. Solían decir lo que hacía cuando veía mi nombre en la lista de ingredientes. Decían: «¿Wally Mars?» Se me consideraba demasiado bajo (mido solo uno sesenta y cinco), y no lo bastante atlético. Pero Tomasina me quería. Estuvo loca por mí durante un tiempo. Algún oscuro gancho de nuestro cerebro, que nadie era capaz de ver, nos unía de alguna forma. Ella solía sentarse al otro lado de la mesa, dando golpecitos en el tablero y diciendo: «¿Qué más?» Le gustaba oírme hablar.

Y siguió gustándole. Cada varias semanas me llamaba para invitarme a comer. Y yo siempre iba. Una de esas veces, nos citamos para vernos un viernes. Cuando llegué al restaurante, Tomasina ya estaba allí. Me quedé un momento tras el mostrador de recepción, mirándola de lejos y preparándome para el encuentro. Tomasina estaba recostada en su asiento, succionando con furia el primero de los tres cigarrillos que se permitía fumar durante la comida. Más arriba de su cabeza, sobre una repisa, un enorme arreglo floral estallaba de color. ¿Lo han notado? También las flores se han vuelto multiculturales. Ni una humilde rosa, tulipán o narciso se erguían en el jarrón. En su lugar, reventaba toda una flora selvática: orquídeas del Amazonas, atrapamoscas de Sumatra. Las mandíbulas de una de estas, estimuladas por el perfume de Tomasina, temblaban. Tomasina llevaba el pelo echado hacia atrás sobre los hombros desnudos. No llevaba parte de arriba; bueno, sí, pero de color carne y muy muy ceñida. Tomasina no viste exactamente «estilo empresa», a menos que se llame empresa a un burdel. Lo que tenía para mostrar estaba a la vista (y lo estaba todas las mañanas para Dan Rather, que disponía de todo un surtido de apodos para Tomasina, todos relacionados con la salsa de Tabasco). Sea como fuere, Tomasina se las había arreglado para salirse con la suya en cuanto a vestimentas de corista. De alguna forma, las atenuaba con sus cualidades maternales: su lasaña casera, sus abrazos y besos, sus remedios para el resfriado.

En la mesa, recibí un abrazo y un beso.

–Hola, cariño... –dijo, y se pegó a mí. Su cara estaba toda iluminada. Su oreja izquierda, a centímetros de mi mejilla, era de un rosa ardiente. Sentía su calor. Se apartó y nos miramos.

–¿Y? –dije–. ¿Cuál es la gran noticia?

–Voy a hacerlo, Wally. Voy a tener un hijo.

Nos sentamos. Tomasina dio una chupada al cigarrillo; luego frunció y ahuecó los labios hacia un lado y expelió el humo.

–He pensado, y joder... –dijo–. Tengo cuarenta años. Soy adulta. Puedo hacerlo. –Yo aún no me había acostumbrado a su dentadura nueva. Cada vez que abría la boca era como si se encendiera un flash. Pero eran unos dientes bonitos–. No me importa lo que piense la gente. La gente puede aprobarlo o no. Y no voy a criar a mi hijo sola: va a ayudarme mi hermana. Y Diane. Tú también podrás cuidarle, Wally. Si quieres.

–¿Yo?

–Puedes ser su tío.

Se me acercó a través de la mesa y me apretó la mano. Yo le apreté la suya a mi vez.

–He oído que tienes una lista de candidatos en una receta –dije.

–¿Qué?

–Diane me contó que te había mandado una receta.

–Oh, eso. –Inhaló. Se le ahuecaron las mejillas.

–¿Y estaba yo en ella, por casualidad?

–Mis exnovios. –Tomasina exhaló hacia lo alto–. Todos mis exnovios.

Entonces llegó el camarero para tomar nota de las bebidas.

Tomasina seguía mirando el humo que acababa de lanzar.

–Un martini muy seco con dos aceitunas –dijo. Luego miró al camarero. Y siguió mirándole–. Es viernes –explicó. Se pasó la mano por el pelo y se lo echó hacia atrás. El camarero sonrió.

–Yo también tomaré un martini –dije.

El camarero giró la cabeza y me miró. Levantó las cejas y volvió a mirar a Tomasina. Sonrió de nuevo y se retiró.

En cuanto se hubo alejado, Tomasina se inclinó sobre la mesa para susurrar en mi oído. Yo me incliné hacia ella. Nuestras frentes se tocaron. Y entonces dijo:

–¿Y qué tal él?

–¿Quién?

–*Él.*

Señaló con la cabeza. Los glúteos prietos del camarero se alejaban a través de la sala del restaurante, contoneándose.

–Es un camarero.

–No voy a casarme con él, Wally. Solo quiero su esperma.

–Quizá te traiga un poco como guarnición.

Tomasina se echó hacia atrás en su silla y apagó el cigarrillo. Me midió desde la distancia y buscó el cigarrillo número dos.

–¿Vas a estar así de hostil otra vez?

–No estoy hostil.

–Sí lo estás. Estuviste hostil cuando te hablé de ello y estás hostil ahora.

–No sé por qué quieres utilizar al camarero, eso es todo.

Se encogió de hombros.

–Está muy bien.

–Puedes encontrar algo mejor.

–¿Dónde?

–No sé. En montones de sitios. –Cogí la cuchara de la sopa. Vi mi cara en ella, diminuta y deformada–. Vete a un banco de esperma. Consigue un Premio Nobel.

–No quiero que sea solo inteligente. El cerebro no es lo único que importa. –Tomasina entrecerró los ojos, aspirando el humo, y apartó la mirada con expresión ensoñadora–. Lo quiero todo.

Durante unos segundos no dije nada. Levanté la carta. Leí las palabras *Fricassée de Lapereau* nueve veces. Lo que me inquietaba era lo siguiente: el estado natural. Estaba viendo con claridad –con más claridad que nunca– cuál era mi estatus en el estado natural de las cosas. Un estatus bajo. A la altura de la hiena, más o menos. Pero, volviendo al mundo civilizado, y que yo supiera, no era el caso. Desde un punto de vista pragmático, soy un «chollo». Gano mucho dinero, por mencionar algo. Mi fondo personal de jubilación asciende a doscientos cincuenta y cuatro mil dólares. Pero, en la selección de semen, el dinero al parecer no cuenta. Los glúteos prietos del camarero contaban más.

–Estás en contra, ¿verdad? –dijo Tomasina.

–No estoy en contra. Pero pienso que si vas a tener un hijo es mejor que lo hagas con alguien que no sea él. Alguien de quien estés enamorada. –La miré–. Y que esté enamorado de ti.

–Sería maravilloso. Pero no es el caso.

–¿Cómo lo sabes? –dije–. Puedes enamorarte de alguien mañana mismo. Puedes enamorarte de alguien dentro de seis meses. –Aparté la mirada y me rasqué la mejilla–. Puede que ya hayas encontrado el amor de tu vida y ni siquiera lo sepas. –Entonces volví a mirarla a los ojos–. Y un día te des cuenta. Y sea demasiado tarde. Y hete ahí. Con el bebé de alguien que no conoces de nada.

Tomasina sacudía la cabeza.

–Tengo cuarenta años, Wally. No me queda mucho tiempo.

–Yo también tengo cuarenta años –dije–. ¿Qué te parezco yo?

Me miró muy detenidamente, como si percibiera algo en mi voz, y luego rechazó la idea con un gesto de la mano.
–Tú eres un hombre. Tú tienes tiempo.

Después de la comida, paseé por las calles. La puerta de cristal del restaurante me lanzó a la inminente noche del viernes. Eran las cuatro y media y oscurecía ya en los tugurios de Manhattan. Una chimenea rayada y hundida en el asfalto lanzaba vapor hacia lo alto. Unos turistas hacían corro en torno a ella. Emitían tenues sonidos ininteligibles, asombrados ante nuestras calles volcánicas. Me detuve también para observar el vapor. Estaba pensando en la emisión de gases, en cualquier caso; en humos y escapes. ¿Aquel autobús escolar de Tomasina? Mirando desde una de las ventanillas estaba mi cara de niño. La cara de nuestro niño. Llevábamos tres meses saliendo cuando Tomasina se quedó embarazada. Se fue a su casa en New Jersey para hablarlo con sus padres y volvió a los tres días, después de haber abortado. Rompimos poco después. Así que a veces pienso en él, o en ella, en mi único, real, «eliminado» descendiente. Y pensé en él en aquel momento. ¿A quién se habría parecido esa criatura? ¿A mí, con estos ojos saltones y esta nariz de patata? ¿O a Tomasina? A ella, concluí. Con un poco de suerte, nuestro hijo se habría parecido a ella.

Durante las semanas siguientes no tuve más noticias suyas. Traté de apartar de mi cabeza todo aquel asunto. Pero la ciudad no me permitía hacerlo. La ciudad, por el contrario, empezó a llenarse de bebés. Los veía en los ascensores y vestíbulos, y en las aceras de las calles. Los veía con los cinturones abrochados en los asientos traseros de los coches, babeando y desgañitándose. Veía bebés en el parque, atados con correa. Los veía en el metro, mirándome con ojos dulces y melosos por encima del hombro de niñeras dominicanas. Nueva York no es lugar para tener niños. ¿Por qué los tenía la gente, entonces? Una de cada cinco personas con las que te cruzabas en la calle llevaba una bolsa que contenía una larva con gorrito. Era como si estas necesitaran volver al interior del útero.

Generalmente los veías con sus madres. Yo siempre me preguntaba quiénes serían sus padres. ¿Qué aspecto tendrían? ¿De qué tamaño serían? ¿Por qué tenían un hijo y yo no? Una noche vi a toda una familia mexicana acampando en un vagón del metro. Dos niños pequeños tiraban del pantalón de chándal de su madre mientras otro, recién nacido, una oruga envuelta en una hoja, mamaba del odre de su teta. Y sentado enfrente de ellos, con ropa de cama y una bolsa con pañales en los brazos, estaba el progenitor con las piernas bien abiertas. Menudo, rechoncho, de no más de treinta años, manchado de pintura, con la cara ancha y plana de un azteca. Una cara antigua, una cara de piedra, llegada desde siglos atrás a aquel mono de trabajo, a aquel tren que avanzaba a toda velocidad, a aquel instante.

La invitación me llegó cinco días más tarde. Descansaba apaciblemente en mi buzón, entre facturas y catálogos. Vi el remite de Tomasina y rasgué el sobre. En el anverso de la invitación se veía una botella de champán de la que salía una espuma burbujeante con las palabras:

¡Voy
a
que
darme
emba
razada!

Dentro, con alegres caracteres verdes, se anunciaba: «El sábado 13 de abril ¡ven a celebrar la vida!»

La fecha, supe después, había sido calculada con precisión. Tomasina había utilizado un termómetro basal para precisar sus días de ovulación. Todas las mañanas, antes de levantarse, se tomaba la temperatura en reposo y anotaba los resultados en un cuadro gráfico. También se inspeccionaba diariamente las bragas. Una secreción clara, albuminosa, significaba que el óvulo había bajado. Tenía un calendario pegado en la puerta de la nevera, tachonado de estrellas rojas. No estaba dejando nada al azar.

Pensé en no asistir. Barajé viajes de negocio ficticios y enfermedades tropicales. No quería ir. No quería que existieran fiestas de ese tipo. Me pregunté si me sentía celoso o si solo estaba siendo cauteloso, y concluí que ambas cosas. Y luego, por supuesto, al final, fui. Fui para no quedarme en casa sentado pensando en ello.

Tomasina llevaba viviendo once años en el mismo apartamento. Pero cuando fui allí aquella noche todo me pareció completamente diferente. La familiar moqueta rosa con motas, cual alargado fiambre de mortadela veteada de aceitunas, partía del vestíbulo, dejaba atrás la misma planta moribunda del rellano y llevaba a la puerta amarilla que podía abrir con mi llave. La misma mezuzá, olvidada por los anteriores inquilinos, seguía clavada en el dintel de la puerta. Según la placa de latón (2-A), era el mismo apartamento caro de un dormitorio en el que, casi diez años atrás, pasé noventa y ocho noches seguidas. Pero cuando llamé y después empujé la puerta para abrirla no lo reconocí. La única iluminación procedía de unas velas diseminadas por el salón. Mientras mis ojos se adaptaban a la penumbra, avancé a tientas a lo largo de la pared hasta el armario –que seguía donde siempre– y colgué el abrigo. Había una vela encendida sobre un arcón que había a un lado, y cuando dediqué a todo ello una mirada más atenta, empecé a hacerme una idea de las intenciones de Tomasina y Diane en lo relativo a la decoración de la fiesta. Aunque inverosímilmente grande, la vela era una réplica exacta de un miembro viril en orgullosa erección, con detalle casi hiperrealista, hasta el punto de marcar los afluentes de las venas y el banco de arena del escroto. El cabo encendido iluminaba otros dos objetos que había encima del arcón: una reproducción en arcilla de la antigua diosa cananea de la fertilidad, del tipo que se vende en las librerías feministas y en las tiendas New Age, con el vientre muy hinchado y los pechos a punto de reventar; y un paquete de incienso del Amor con la silueta de una pareja entrelazada.

Me quedé allí quieto, mientras se me iban dilatando las pupilas. Lentamente, la sala se fue llenando de formas. Había un montón de gente, quizá unas setenta y cinco personas. Parecía una fiesta de Halloween. Las mujeres que durante todo el año habían deseado en secreto vestirse de forma sexy *se habían vestido* de forma sexy. Llevaban tops de conejitas muy escotados, o vestidos atrevidos con aberturas a los lados. Muchas de ellas acariciaban las velas provocativamente, o jugueteaban con la cera caliente. Pero no eran jóvenes. Nadie era joven. Los hombres tenían el aspecto que en general habían tenido desde hacía veinte años: amenazado pero agradable. Es decir, mi aspecto.

Las botellas de champán se descorchaban alegremente, como en la estampa de la invitación. Tras cada plop, una mujer gritaba: «¡Huuuy! ¡Estoy preñada!», y todos reían. Luego reconocí algo: la música. Era Jackson Browne. Una de las cosas que me enternecía de Tomasina era su colección de discos, sentimental y anticuada. Aún la tenía. Recordaba cómo había bailado con ella mientras sonaba aquel álbum. Una noche, ya tarde, nos quitamos la ropa y nos pusimos a bailar cada uno por su cuenta. Era uno de esos bailes espontáneos que tienen lugar en la sala al principio de una relación. Sobre una alfombra de cáñamo, cada uno daba vueltas en torno al otro, desnudos y sin gracia, en secreto, y ya no volvió a suceder nunca más. Seguí allí, recordando, hasta que alguien se me acercó por detrás.

–Hola, Wally.

Miré de reojo. Era Diane.

–Solo dime –dije– que no tenemos que mirar.

–Tranquilo. Es para todos los públicos. Tomasina lo va a hacer más tarde. Cuando se haya ido todo el mundo.

–No puedo quedarme mucho –dije, echando una ojeada alrededor.

–Tendrías que ver la jeringa que tenemos. Cuatro noventa y cinco, de la sección de ofertas de Macy's.

–Tengo una cita luego para tomar unas copas.

–También tenemos la taza para el donante. No lográbamos encontrar ningún recipiente con tapa, así que acabamos comprando esa taza de plástico para niños pequeños. Roland ya la ha llenado.

Algo se me atravesó en la garganta. Tragué saliva.

–¿Roland?

–Ha venido pronto. Le hemos dado a elegir entre un *Hustler* y un *Penthouse*.

–Tendré mucho cuidado con lo que bebo de la nevera.

–No está en la nevera. Está debajo del lavabo, en el baño. Temía que alguien pudiera bebérselo.

–¿No hay que congelarlo?

–Vamos a usarlo dentro de una hora. Se conserva bien.

Asentí con la cabeza, no sabría decir por qué. Ahora empezaba a ver con claridad. Sobre la repisa de la chimenea había una larga hilera de fotografías familiares. Tomasina y su padre. Tomasina y su madre. El clan Genovese al completo junto a un roble. Y dije:

–Llámame anticuado, pero...

No terminé la frase.

–Tranquilo, Wally. Toma un poco de champán. Es una *fiesta*.

En el bar había una camarera. Rechacé el champán con un gesto y le pedí un whisky escocés, solo. Mientras esperaba, recorrí la sala con la vista en busca de Tomasina. En voz muy alta, aunque bastante tranquila, dije, con vigoroso sarcasmo:

–Roland.

Era el tipo de nombre que venía como anillo al dedo. Alguien de la épica medieval. «El esperma de Roland.» Estaba disfrutando todo lo que era posible disfrutar con aquello cuando de pronto oí una voz profunda un poco más arriba de donde yo estaba:

–¿Hablabas conmigo?

Alcé la mirada, no precisamente al sol sino a su representación antropomórfica. Era rubio y anaranjado, y grande, y la vela que había detrás de él en un estante iluminaba como con un halo su melena.

–¿Nos conocemos? Soy Roland DeMarchelier.

–Y yo Wally Mars –dije–. He pensado que serías tú. Diane te ha señalado antes para indicarme quién eras.

–Todo el mundo me señala. Me siento como un cerdo premiado –dijo, sonriendo–. Mi mujer me acaba de informar de que nos vamos. Pero he conseguido negociar un trago más.

–¿Estás casado?

–Desde hace siete años.

–¿Y no le importa?

–Bueno, no le importaba. Ahora ya no estoy tan seguro.

¿Qué podría decir de su cara? Era franca. Era una cara acostumbrada a que la mirasen, a que la estudiasen, sin que se le moviera un músculo. Su tez tenía una sana tonalidad albaricoque. Sus cejas, también albaricoque, eran desgreñadas como las de un viejo poeta. Evitaban que su cara resultase demasiado aniñada. Era esta la cara que Tomasina había mirado. La había mirado y había dicho: «Estás contratado.»

–Mi mujer y yo tenemos dos hijos. Con el primero tuvo problemas para quedarse embarazada. Así que sabemos lo que se siente. La ansiedad y los momentos propicios y demás.

–Tu mujer debe de ser una persona de mente muy abierta –dije.

Roland entornó los ojos, como sometiéndome a un test de sinceridad; no era ningún estúpido, era obvio (Tomasina probablemente se había informado sobre sus estudios y calificaciones). Al final me concedió el beneficio de la duda:

–Dice que se siente halagada. Y a mí me pasa lo mismo.

–Salí con Tomasina –dije–. Y vivimos juntos.

–¿De veras?

–Ahora solo somos amigos.

–Cuando eso se da, es estupendo.

–Cuando estábamos juntos no pensaba en niños y esas cosas –dije.

–Así suele ser. Piensas que tienes todo el tiempo del mundo. Y de pronto ¡bum! Te das cuenta de que no.

–Las cosas podrían haber sido distintas –dije.

Roland me miró otra vez, no sabiendo muy bien cómo interpretar mi comentario, y luego miró la sala. Sonrió a alguien y levantó la copa. Y volvió a mirarme.

–No ha funcionado. Mi mujer quiere irse. –Dejó la copa y se volvió para marcharse–. Encantado de conocerte, Wally.

–Sigue así –dije, pero no me oyó, o hizo como que no me había oído.

Yo ya me había terminado la copa, así que pedí que me sirvieran otra. Acto seguido empecé a buscar a Tomasina. Me abrí paso por la sala, y enfilé el pasillo atestado. Caminaba muy tieso, presumiendo de traje. Me miraron algunas mujeres y enseguida se desentendieron. La puerta del dormitorio de Tomasina estaba cerrada, pero aún me sentía con derecho a abrirla.

Estaba de pie junto a la ventana, fumando y mirando la calle. No me oyó entrar, y no dije nada. Me quedé allí quieto, mirándola. ¿Qué tipo de vestido debía ponerse una chica para su Fiesta de Inseminación? Respuesta: el que llevaba puesto Tomasina. No era un vestido exiguo, técnicamente hablando. Empezaba en el cuello y terminaba en los tobillos. Entre ambos puntos, sin embargo, había una serie de «mirillas» ingeniosamente practicadas en la tela que dejaban a la vista un retazo de muslo aquí, un lustroso hueso de cadera allá; y, más arriba, el albo flanco de un pecho. Atisbos que te llevaban a pensar en orificios secretos y canales oscuros. Conté los satinados retazos de piel. Y me descubrí dos corazones: uno arriba y otro abajo. Y latían los dos.

Y luego dije:

–Acabo de ver a Secretariat.

Se volvió. Sonrió, aunque de un modo no del todo convincente.

–¿No es un encanto?

–Sigo pensando que deberías haberte ido con Isaac Asimov.

Se acercó y nos besamos en la mejilla. Bueno, la besé yo en la mejilla. Tomasina besó mayormente aire. Besó el aura de mi semen.

–Diane dice que debería olvidar la jeringa y acostarme con él.

–Está casado.

–Todos están casados. –Hizo una pausa–. Ya sabes a qué me refiero.

No le hice seña alguna de que lo supiera.

–¿Qué estás haciendo aquí? –dije.

Tomasina dio un par de chupadas rápidas al cigarrillo, como para darse fuerzas, y luego dijo:

–Estoy alucinando.

–¿Qué pasa?

Se tapó la cara con la mano.

–Esto es *deprimente*, Wally. No es así como quería tener un hijo. Pensé que con esta fiesta sería divertido, pero en realidad es deprimente. –Dejó caer la mano y me miró a los ojos–. ¿Crees que estoy loca? Lo crees, ¿verdad?

Enarcó las cejas, suplicante. ¿He contado ya lo de la peca de Tomasina? La tiene en el labio inferior, y es como una pizca de chocolate. Todo el mundo intenta siempre quitársela del labio.

–No creo que estés loca, Tom –dije.

–¿No?

–No.

–Porque confío en ti, Wally. Eres raro, así que confío en ti.

–¿Qué quieres decir con que soy raro?

–No raro «malo». Raro «bueno». ¿No estoy loca?

–Quieres tener un niño. Es natural.

De pronto Tomasina se inclinó hacia delante y apoyó la cabeza en mi pecho. Tuvo que agacharse un poco para hacerlo. Cerró los ojos y dejó escapar un largo suspiro. Le puse una mano en la espalda. Mis dedos encontraron uno de los retazos abiertos de la tela y le acaricié la piel desnuda. Con voz cálida, minuciosamente agradecida. dijo:

–Tú lo entiendes, Wally. Lo entiendes perfectamente.

Se irguió y sonrió. Bajó la cabeza para mirarse el vestido, y se lo ajustó de modo que se le viera el ombligo. Y luego me cogió del brazo.

–Vamos –dijo–. Volvamos a la fiesta.

No esperaba lo que sucedió a continuación. Cuando salimos del cuarto, todo el mundo estalló en vítores. Tomasina se aferró a mi brazo y nos pusimos a saludar con la mano a los invitados, como una pareja real. Por unos instantes olvidé el propósito de la fiesta. Me quedé allí quieto con Tomasina, cogidos del brazo, y acepté los aplausos. Cuando estos cesaron, caí en la cuenta de que seguía sonando Jackson Browne. Me incliné hacia Tomasina y le susurré:

–¿Te acuerdas de cómo bailábamos esta canción?

–¿Bailábamos esta canción?

–¿No te acuerdas?

–He tenido este disco siempre. Habré bailado con esta música cientos de veces.

Calló. Me soltó el brazo.

Mi vaso volvía a estar vacío.

–¿Puedo preguntarte algo, Tomasina?

–¿Qué?

–¿Alguna vez piensas en nosotros?

–Wally, por favor... –Apartó la mirada y miró al suelo. Al cabo de un momento, con voz aguda, nerviosa, dijo–: En aquel tiempo estaba jodida de verdad. No creo que hubiera podido estar con nadie de forma estable.

Asentí con la cabeza. Tragué saliva. Me dije a mí mismo que no dijera lo que iba a decir a continuación. Miré la chimenea, como si me interesase, y al cabo lo dije:

–¿Alguna vez piensas en nuestro hijo?

La única señal de que me había oído fue un pequeño espasmo junto al ojo izquierdo. Inspiró profundamente y luego espiró.

–Eso fue hace mucho tiempo.

–Lo sé. Solo que cuando te veo pasando estos desasosiegos pienso que hay veces en que todo podría ser distinto.

–Yo no lo creo, Wally. –Cogió una pelusa del hombro de mi chaqueta y frunció el ceño. Luego la dejó caer al suelo–. ¡Dios! A veces me gustaría ser Benazir Bhutto o alguien...

–¿Querrías ser primera ministra de Pakistán?

–Querría un matrimonio bueno, sencillo, concertado. Así, después de dormir con mi marido, él podría irse a jugar al polo.

–¿Querrías eso?

–Por supuesto que no. Sería horrible. –Se le cayó un mechón sobre los ojos y se lo apartó con el dorso de la mano. Miró a su alrededor. Luego se enderezó y dijo–: Tengo que ocuparme de los invitados.

Levanté el vaso.

–Creced y multiplicaos –dije.

Tomasina me apretó el brazo y acto seguido se fue.

Me quedé donde estaba, bebiendo de mi vaso vacío, por hacer algo. Paseé la mirada por la sala en busca de alguna mujer a quien aún no me hubieran presentado. No encontré ninguna. En el bar me pasé al champán. Le pedí a la camarera que me llenase la copa: una, dos, tres veces. Se llamaba Julie y estudiaba historia del arte en la Universidad de Columbia. Mientras estaba allí, bebiendo, Diane se plantó en mitad de la sala e hizo tintinear su copa para recabar la atención general. La imitaron enseguida otros invitados, y la sala quedó en silencio.

–En primer lugar –empezó Diane–, antes de mandar fuera de aquí a todo el mundo, me gustaría proponer un brindis por el generoso donante de esta noche, Roland.

Hicimos un casting de ámbito nacional y, dejadme deciros, las pruebas fueron *agotadoras*.

Rió todo el mundo. Alguien gritó:

–Roland se ha ido.

–¿Se ha ido? Bueno, pues brindemos por su semen. Lo seguimos teniendo bien guardado.

Más risas, unos cuantos vítores beodos. Algunos de los presentes, hombres y mujeres ahora, cogieron velas y se pusieron a hacerlas ondear por la sala.

–Y, finalmente –siguió Diane–, finalmente me gustaría brindar por nuestra pronto embarazada (toquemos madera) madre. Su valentía al recurrir a la fuente y hacerse con los medios de producción es un ejemplo inspirador para todos nosotros.

Los presentes empujaban a Tomasina hacia el centro de la sala. Y lanzaban alaridos. A Tomasina le caía ahora el pelo sobre los hombros, y se había ruborizado, y sonreía. Le di unas palmaditas a Julie en el brazo y tendí la copa de champán vacía. Todo el mundo miraba a Tomasina cuando me di la vuelta y me deslicé hasta el baño.

Tras cerrar la puerta, hice algo que normalmente no hago. Me puse delante del espejo y me miré. Había dejado de hacerlo hacía mucho tiempo, digamos veinte años. Mirarse en los espejos es fantástico cuando se tienen trece años. Pero aquella noche volví a hacerlo. En el cuarto de baño de Tomasina, donde un día nos habíamos duchado y limpiado los dientes con hilo dental juntos, en aquella pequeña y alegre gruta de paredes de relucientes azulejos, me presenté a mí mismo. ¿Y saben en qué estaba pensando? Estaba pensando en la naturaleza. Estaba pensando otra vez en las hienas. La hiena, recordé, es un predador fiero. Las hienas, en ocasiones, atacan incluso a leones. No son muy agradables de mirar, las hienas, pero son criaturas que están bien para sí mismas. Así que levanté la copa. Levanté la copa y brindé por mí mismo.

–Creced y multiplicaos.

La taza estaba allí, justo donde había dicho Diane que estaba. Roland la había dejado allí, con religioso esmero. Encima de una bolsa de bolas de algodón. La taza de niño estaba entronizada en una pequeña nube. La abrí e inspeccioné la donación de Roland. Una capa amarillenta que apenas cubría el fondo de la taza. Parecía pegamento de caucho transparente. Terrible, si te pones a pensar en ello. Es terrible que las mujeres necesiten esto. Es algo tan ínfimo. Tiene que darles una rabia tremenda: tenerlo todo para crear vida salvo esta levadura mísera. Limpié la taza debajo del grifo hasta eliminar por completo a Roland. Luego comprobé que la puerta estaba cerrada. No quería que nadie la abriera de pronto y se diera de bruces conmigo.

Eso fue hace diez meses. Poco después, Tomasina quedó embarazada. Engordó hasta adquirir unas proporciones enormes. Yo estaba fuera por negocios cuando dio a luz con la ayuda de una comadrona del hospital St. Vincent's. Pero estuve de vuelta a tiempo para recibir la notificación:

Tomasina Genovese anuncia con orgullo
el nacimiento de su hijo
Joseph Mario Genovese
el 15 de junio de 1996.
Peso: 2 kilos 500 gramos.

El exiguo tamaño bastaba por sí solo para levantar la sospecha. Sin embargo, el otro día, al llevarle una cuchara de Tiffany al pequeño heredero y verle en la cuna, quedó zanjada la cuestión. La nariz de patata. Los ojos saltones. Había esperado diez años para ver aquella cara en la ventanilla del autobús escolar. Ahora que la había visto, solo me quedaba levantar la mano y decirle adiós.

1995

MÚSICA ANTIGUA

En cuanto entró por la puerta principal, Rodney fue directamente a la salita de música. Así la llamaba él, irónicamente pero no sin cierta esperanza: la salita de música. Era un espacio pequeño, en ángulo, el cuarto extra resultante cuando el edificio se dividió en apartamentos de cuatro dormitorios. Se podía considerar una salita de música porque en ella había un clavicordio.

Allí estaba, en pie, sobre el suelo sin barrer: el clavicordio de Rodney. Era de color verde manzana con un ribete dorado, y la parte interna de la tapa la adornaba una escena de jardines geométricos. Fabricado a la manera de los clavicordios de Bodechtel de la década de 1790, Rodney lo había comprado hacía tres años en la Early Music Shop de Edimburgo. Erguido, descansando con majestuosidad en la penumbra –era invierno en Chicago–, parecía que estuviera esperando a que Rodney lo tocara no solo durante las nueve horas y media pasadas desde que se había ido al trabajo sino durante un par de siglos como mínimo.

No se necesitaba un cuarto tan espacioso para tener en él un clavicordio. Un clavicordio no era un piano. Las espinetas, los virginales, los pianofortes, los clavicordios e incluso los clavicémbalos eran instrumentos relativamente pequeños. Los músicos del siglo XVIII que los tocaban eran menudos. Pero Rodney era grande: medía uno noventa. Se sentaba con delicadeza en el taburete estrecho. Deslizaba con cuidado las rodillas bajo el teclado. Y con los ojos cerrados se ponía a tocar de memoria un preludio de Sweelinck.

La música antigua es racional, matemática, un poco rígida, y así era el propio Rodney. Y lo había sido desde mucho antes de que hubiera visto un clavicordio o escrito una tesis doctoral (inacabada) sobre los sistemas de temperamento durante la Reforma en Alemania. Pero la inmersión de Rodney en las obras de Bach *père et fils* no habían hecho sino fortalecer sus inclinaciones naturales. La otra pieza de mobiliario de la salita de música era un pequeño escritorio de teca. En sus cajones y casilleros Rodney guardaba sus superorganizadas carpetas: expedientes del seguro médico; manuales de aparatos (por orden alfabético) junto a sus garantías; historia de las vacunas de las gemelas, partidas de nacimiento y carnets de la Seguridad Social; más tres años del presupuesto mensual estipulado para que los gastos del hogar se mantuvieran por debajo del máximo permitido para la calefacción (Rodney mantenía el apartamento a una temperatura vigorizante de catorce grados centígrados). Un poco de tiempo frío siempre venía bien. El frío era como Bach: te ordenaba la cabeza. Encima del escritorio se veía la carpeta del mes, con la fecha escrita en la cara delantera: FEB 2005. Contenía tres extractos de una tarjeta de crédito con saldos horripilantes y la correspondencia corriente de la agencia de cobros de morosos que apremiaba a Rodney por retrasos en el pago de las mensualidades a la Early Music Shop.

Mientras tocaba mantenía la espalda recta. La cara se le

crispaba. Detrás de los párpados cerrados, los globos oculares fluctuaban al compás de las notas veloces.

Y entonces la puerta se abrió de golpe e Imogene, que tenía seis años, gritó con su voz de estibador:

–¡Papi! ¡La cena!

Y, una vez cumplido su cometido, cerró, también de golpe, la puerta. Rodney dejó de tocar. Miró su reloj y vio que había estado tocando –practicando– cuatro minutos exactamente.

La casa en la que creció Rodney siempre había estado ordenada y pulcra. Solía ser así en aquellos tiempos. Solían limpiar la casa. Este plural impersonal significaba, lógicamente, la madre de familia. Todos aquellos años de alfombras limpias y cocinas impolutas, de camisas que milagrosamente se recogían del suelo ellas mismas y reaparecían luego en los cajones recién planchadas; todo aquel funcionamiento perfecto que era una casa... se había acabado. Las mujeres habían abandonado todo aquello cuando salieron a trabajar fuera.

O incluso cuando no lo hacían. Rebecca, la mujer de Rodney, no trabajaba fuera de casa. Trabajaba en el apartamento, en uno de los dormitorios traseros. Ella no lo llamaba dormitorio. Lo llamaba oficina. Rodney tenía una salita de música en la que tocaba música «pequeña». Rebecca tenía una oficina en la que hacía «pequeños» negocios. Pero pasaba en ella mucho tiempo, todo el día, mientras que Rodney iba a trabajar a la ciudad a una oficina de verdad.

Al salir del santuario de la salita de música, Rodney tuvo que orillar las cajas de cartón y los rollos de plástico de burbujas para embalar y los juguetes tirados por todo el pasillo. Se puso de perfil para pasar apretándose contra el montón de ropa de abrigo que colgaba de la pared encima de botas costrosas y manoplas desparejadas. Al entrar en la sala pisó algo que parecía una manopla. Suspirando, Rodney lo levantó del suelo. Un poco más grande que un ratón de verdad, este ratón era azul celeste y llevaba una boina negra. Y parecía tener el paladar hendido.

–Se suponía que tenías que ser bueno –le dijo Rodney al ratón–. Esfuérzate.

Ratones: es lo que hacía Rebecca. Eran parte de una línea de diseño llamada Ratones y Calidez™, que incluía, a la sazón, cuatro «personajes»: el Ratón Modernista, el Ratón Bohemio, el Ratón Surfista-Realista y el Ratón Flower Power. Cada roedor estaba relleno de bolitas aromáticas y resultaba irresistiblemente «estrujable». El quid comercial (aún esencialmente teórico) residía en que podías meterlo en el microondas y sacarlo caliente como una magdalena y fragante como un ambientador de frutas y hojas secas.

Rodney llevó el ratón a la cocina en las manos ahuecadas, como si estuviera herido.

–Un fugitivo –dijo a modo de saludo.

Rebecca levantó la vista de la encimera, donde estaba amasando pasta, y frunció el ceño.

–Tíralo a la basura –dijo–. Es defectuoso.

De las gemelas, que estaban a la mesa, partió un grito de alarma. No les gustaba que los ratones tuvieran finales prematuros. Brincaron de la mesa y corrieron hacia su padre tendiendo las manos en ademán de acogida.

Rodney mantuvo en alto, fuera de su alcance, al Ratón Bohemio.

Immy, que tenía la afilada barbilla de su madre, además de su determinación sin paliativos, se subió a una silla. Tallulah, siempre la más instintiva y salvaje de las dos, le agarró el brazo a Rodney y se puso a subírsele por una pierna.

Mientras tenía lugar este asalto, Rodney le dijo a Rebecca:

–Déjame que lo adivine. Es la boca.

–Es la boca –dijo Rebecca–. Y el olor. Huélelo.

Para hacerlo, Rodney tuvo que volverse, meter el ratón en el microondas y apretar el botón de calentamiento.

Al cabo de veinte segundos, sacó el ratón caldeado y se lo llevó a la nariz.

–No huele tan mal –dijo–. Pero entiendo lo que dices. Un poco más de «sobaco» del que sería aconsejable.

–Se supone que es almizcle.

–Por otra parte –dijo Rodney–, el olor corporal le viene que ni pintado a un bohemio.

–Tengo cinco kilos de bolitas perfumadas de almizcle –se quejó Rebecca–. Y ahora no me sirven para nada.

Rodney cruzó la cocina y pisó el pedal del cubo de la basura para que se levantara la tapa. Dejó caer el ratón dentro y quitó el pie para que se cerrara la tapa. Tirar el ratón le hizo sentirse bien. Tuvo ganas de hacerlo otra vez.

Probablemente no había sido una buena decisión la compra del clavicordio. En primer lugar, costó una fortuna. Y ellos no tenían ninguna fortuna, ni grande ni pequeña, para gastar. Además, Rodney había dejado de tocar como profesional diez años atrás. Cuando nacieron las gemelas, dejó de tocar absolutamente. Conducir hasta el barrio de Hyde Park desde Logan Square, y luego dar vueltas y vueltas en busca de un sitio para aparcar (Hyde Park, decía el chiste, donde ni puedes esconderte ni puedes aparcar),[1] y

1. Juego de palabras basado en la homofonía entre Hyde (nombre) y *hide* (esconderse) y entre Park (parque) y *park* (aparcar). *(N. del T.)*

luego sacar de la cartera la tarjeta de identificación de la Universidad de Chicago, pegando un dedo contra la foto ridículamente antigua mientras la enseña al guardia de seguridad para que le permita entrar en la sala de ensayo 113, donde por espacio de una hora Rodney se sentaba ante el destartalado aunque melodioso clavicordio universitario e interpretaba algunos bourrées y rondós para no perder digitación..., todo eso se volvió demasiado difícil con el nacimiento de las gemelas. En los días en que Rodney y Rebecca hacían los dos el doctorado (no tenían hijos, estaban dedicados por completo a los estudios y sobrevivían a base de yogur y levadura de cerveza), Rodney practicaba tres o cuatro horas diarias con el clavicordio del departamento. Para el clavicémbalo de la sala contigua había una gran demanda. Pero el clavicordio estaba siempre libre. Y ello se debía a que el clavicordio era de pedal, esa rara avis, y a nadie le gustaba tocarlo. Era una réplica de un clavicordio del siglo XVIII, y la pieza del pedal (que algún alumno de pie pesado como el plomo había trabajado a conciencia) estaba un tanto dañada. Pero Rodney se había habituado a ella, y desde entonces el clavicordio fue prácticamente el instrumento personal de Rodney, hasta que dejó el programa y encontró un trabajo en North Side dando clases de piano en la Old Town School of Folk Music.

Lo que sucedía con la música antigua es que nadie sabía cómo sonaba en su tiempo realmente. Gran parte de la disciplina consistía en discusiones sobre cómo debía afinarse un clavicordio. La cuestión era la siguiente: ¿cómo había afinado Bach *su* clavicordio? Nadie lo sabía. La gente debatía sobre lo que había querido decir Johann Sebastian Bach con *wohltemperirt*. Afinaban sus instrumentos de una manera históricamente probable y estudiaban anotaciones a mano de las portadas de varias de las composiciones de Bach.

Rodney había intentado zanjar estos puntos en su tesis doctoral. Iba a esclarecer, de una vez por todas, cómo había afinado Bach exactamente su clavicordio, cómo había sonado en su tiempo su música y, por ende, *cómo debía tocarse hoy día*. Para hacerlo, tendría que ir a Alemania. Tendría que ir, de hecho, a Alemania Oriental (Leipzig) a fin de examinar el clavicordio real con el que Bach había compuesto y sobre cuyo teclado (se rumoreaba) el Maestro había hecho sus anotaciones más importantes. En el otoño de 1987, con la ayuda de una beca doctoral (y con Rebecca en una *Stiftung* de la Universidad Libre de Berlín), Rodney había partido para Berlín Oeste. Él y Rebecca vivieron subarrendados en un apartamento cercano a la Savignyplatz, con ducha de asiento y retrete de plataforma. El arrendatario era un tipo llamado Frank, de Montana, que había ido a Berlín a montar escenarios de teatro experimental. También había utilizado el lugar para recibir a sus novias cierto profesor universitario casado. En la cama con sábanas de franela en la que Rebecca y Rodney hacían el amor, estos se topaban a veces con vellos púbicos misceláneos. Los útiles de afeitar del profesor seguían en el pequeño retrete maloliente. En la plataforma del inodoro las heces caían a plomo, y quedaban allí listas para inspección. Habría sido insoportable si no hubieran tenido veintiséis años y no hubieran sido pobres y no hubieran estado enamorados. Rodney y Rebecca lavaban las sábanas y las colgaban en el balcón para que se secaran. Se acostumbraron a la bañera diminuta. Pero siguieron quejándose, absolutamente asqueados, de la plataforma de la taza.

Berlín Oeste no era lo que Rodney esperaba. No tenía nada que ver con la música antigua. Berlín Oeste era completamente irracional y «amatemático», no de una manera rígida sino laxa. Estaba lleno de viudas de guerra, prófugos del servicio militar, okupas, anarquistas. A Rodney no le gustaba el humo de los cigarrillos. La cerveza le hacía sentirse hinchado. Así que se escapaba y se iba siempre que podía a la Philarmonie o a la Deutsche Oper.

A Rebecca le había ido mejor. Se había hecho amiga de la gente de la *Wohngemeinschaft* del piso de arriba. Llevaban zapatos maoístas de suela blanda y brazaletes de tobillo o monóculos irónicos. Eran seis alemanes jóvenes que compartían el dinero, y las parejas, y mantenían conversaciones guturales sobre la ética kantiana aplicada a las discusiones de tráfico. Cada varios meses alguno de ellos desaparecía: se largaba a Túnez o a la India o volvía a Hamburgo a trabajar en el negocio de exportación de la familia. A instancias de Rebecca, Rodney asistía educadamente a sus fiestas, pero siempre se sentía demasiado al margen en su compañía, demasiado apolítico, demasiado despreocupadamente norteamericano.

En octubre, cuando fue a la embajada de Alemania Oriental a recoger su visado académico, le dijeron que su solicitud le había sido denegada. El diplomático subalterno encargado de transmitirle esta decisión no era un funcionario clásico de los países del Este sino un hombre de aspecto agradable, casi calvo y nervioso, que parecía lamentarlo de verdad. Era de Leipzig, dijo, y de niño había frecuentado la Thomaskirche, donde Bach había sido director de música y del coro. Rodney recurrió a la embajada estadounidense en Bonn, pero no pudieron ayudarle. Hizo una llamada desesperada a su director de tesis, el profesor Breskin, de Chicago, que a la sazón se estaba divorciando y no pudo mostrarse menos compasivo. Con voz sarcástica le había respondido: «¿Alguna otra idea para la tesis?»

Los tilos de la avenida Ku'damm perdieron las hojas. En opinión de Rodney, estas nunca se habían vuelto lo bastante anaranjadas, lo bastante rojizas para morir. Pero así era el otoño en Prusia. Tampoco el invierno llegaba a ser propiamente invierno: lluvia, cielos grises, nieve escasa; no más que una humedad que a Rodney se le metía en los huesos cuando iba de concierto de iglesia en concierto de iglesia. Le quedaban seis meses de estancia en Berlín y no tenía la menor idea de cómo llenarlos.

Y entonces, a principios de primavera, aconteció una cosa maravillosa. Lisa Turner, agregada cultural de la embajada estadounidense, invitó a Rodney a una gira por Alemania interpretando a Bach, como parte del programa de *Deutsch-Amerikanische Freundschaft*. Durante mes y medio, Rodney viajó por ciudades, en su mayoría pequeñas, de Suabia, Renania del Norte-Westfalia y Baviera, ofreciendo conciertos en auditorios locales. Se hospedaba en habitaciones de hotel del tamaño de casas de muñecas llenas de pequeños adornos y dormía en camas individuales bajo edredones maravillosamente mullidos. Lo acompañaba Lisa Turner, que se ocupaba de todo lo que Rodney pudiera necesitar y cuidaba muy especialmente de su compañero de viaje. Que no era Rebecca. Rebecca se había quedado en Berlín redactando el primer borrador de su tesis. El compañero de Rodney era un clavicordio fabricado por Hass en 1761 y, entonces y ahora, el clavicordio más bello, expresivo y melindroso que Rodney hubiera tenido jamás en sus trémulas y jubilosas manos.

Rodney no era famoso. Pero el clavicordio de Hass sí. En Múnich, tres fotógrafos de prensa se habían presentado a título individual en el Rathaus antes del concierto para fotografiar el clavicordio. Rodney estuvo en todo momento en segundo plano, como si no fuera más que un mero criado.

Que las audiencias que iban a verle tocar no fueran grandes, que los miembros mayoritariamente jubilados de tales audiencias exhibieran un constante semblante de piedra a fuerza de años y años de fiel y abnegado consumo de alta cultura, que a los quince minutos de dar comienzo a una pieza de Scheidemann un tercio de los oyentes se hubiera dormido con la boca abierta, como si entonara la melodía en curso o voceara una larga queja..., nada de ello molestaba a Rodney. Le pagaban, algo que nunca había sucedido antes. Las salas de conciertos que alquilaba con optimistas expectativas Lisa Turner tenían un aforo de doscientas o trescientas personas. Con veinticinco, o dieciséis, o (en Heidelberg, por ejemplo) tres asistentes, Rodney tenía la sensación de estar solo, de tocar solo para él. Trataba de oír las notas que el Maestro había concebido más de doscientos años atrás, de atraparlas al viento del instante y de reproducirlas. Era como traer de vuelta a la vida a Bach y, simultáneamente, retroceder uno mismo en el tiempo. Tales eran los pensamientos de Rodney mientras tocaba en aquellas salas cavernosas y llenas de ecos.

El clavicordio de Hass no sentía tanto entusiasmo como Rodney. Se quejaba mucho. No quería volver a 1761. Había hecho su trabajo y quería descansar, retirarse, al igual que lo hacían quienes asistían a los conciertos. Las tangentes se rompían y había que repararlas. Y todas las noches fenecía alguna tecla.

Aun así, la música sonaba, remilgada y tambaleante, e innegablemente antigua, y Rodney, su médium, cual hombre montando un caballo alado, mantenía el equilibrio en su taburete. El teclado subía y bajaba, golpeaba, y la música se arremolinaba en el aire.

Cuando volvió a Berlín a finales de mayo, Rodney se descubrió con menos entusiasmo por la musicología estricta. Ya no estaba seguro de querer ser académico. En lugar de hacer ese doctorado, barajó la posibilidad de inscribirse en la Royal Academy of Music de Londres a fin de probar fortuna como intérprete.

Berlín Oeste, entretanto, había estado «desmontando y remodelando» a Rebecca. En aquella mitad de ciudad amurallada y subsidiada nadie parecía tener trabajo. Los compañeros de la *Wohngemeinschaft* se pasaban la vida regando los naranjos tristes de su balcón de hormigón. Y ella participaba de voluntaria en el Schwarzfahrer Theater: aportaba el acompañamiento eléctrico, mitad Kraftwerk, mitad Kurt Weill, para los montajes antinucleares bufos que ponían en escena. Dada su vida de trasnochar y de levantarse muy tarde por la mañana, progresó poco en su análisis de la *Teoría universal de las bellas artes,* de Johann Georg Sulzer, y su relación con los conceptos teóricos de la música que se escuchaba en la Alemania del siglo XVIII. Más concretamente: mientras Rodney estuvo fuera Rebecca consiguió escribir cinco páginas.

Ambos pasaron un año maravilloso en Berlín. Pero su trabajo doctoral les llevó a la ineludible conclusión de que no deseaban ser doctores en nada.

Regresaron a Chicago y anduvieron un tiempo a la deriva. Rodney se unió a un grupo de música antigua de teclado que daba conciertos esporádicos. Rebecca empezó a pintar. Se mudaron a Bucktown y, un año después, a Logan Square. Vivían muy precariamente. Vivían como el Ratón Bohemio.

El día de su cuadragésimo cumpleaños Rodney tenía gripe. Se levantó de la cama con casi cuarenta de fiebre, llamó a la facultad para cancelar sus clases y volvió a acostarse.

Por la tarde, Rebecca y las niñas le llevaron una tarta de cumpleaños de aspecto harto extraño. A través de los párpados pegados, Rodney vio el bizcocho de limón de la caja de resonancia, el mazapán de las teclas y la losa de chocolate de la tapa sustentada por una barra de menta.

El regalo de Rebecca fue un billete de avión para Edimburgo y una mensualidad anticipada, explicó, para el programa «Hazlo» de la Early Music Shop.

–Hazlo. Lo necesitas. Nos las arreglaremos. Los ratones empiezan a venderse.

Habían transcurrido tres años desde entonces. Ahora estaban congregados en torno a la mesa de segunda mano y patas cojas de la cocina, y Rebecca le advertía a Rodney:

–No cojas el teléfono.

Las gemelas comían su acostumbrada pasta a secas. Y los adultos, gourmets ellos, pasta con salsa.

–Hoy ya han llamado seis veces.

–¿Quién? –preguntó Immy.

–Nadie –dijo Rebecca.

–¿La mujer? –preguntó Rodney–. ¿Darlene?

–No. Uno nuevo. Un hombre.

No era una buena señal. Para entonces Darlene había llegado a ser como de la familia. Si se tenían en cuenta todas las cartas que les había enviado –con juegos de caracteres cada vez más gruesos– y las incontables llamadas telefónicas que les había hecho, primero pidiéndoles el dinero con modos corteses, luego exigiéndolo, y finalmente amenazándoles, Darlene era como una hermana alcohólica o una prima ludópata. Solo que en este caso la ética estaba de su parte. Darlene no era la que debía veintisiete mil dólares a un interés capitalizado del dieciocho por ciento.

Darlene, cuando llamaba, lo hacía desde la colmena del centro de llamadas; al fondo podía oírse el zumbido de otras numerosas abejas obreras. Su cometido era recaudar «polen».

A tal fin, batían las alas y, en caso necesario, sacaban el aguijón. Rodney, en su calidad de músico, lo oía todo nítidamente. A veces se dejaba ir y se olvidaba de la abeja airada que tenía al otro lado de la línea.

Darlene tenía sus modos de recuperar su atención. A diferencia de un teleoperador tenaz al uso, ella no cometía errores. No pronunciaba mal el nombre de Rodney ni confundía su dirección: se los sabía de memoria. Como era más fácil resistirse a un desconocido, la primera vez que llamó por teléfono Darlene se presentó debidamente. Comunicó su cometido y dejó claro que no iba a cejar en su empeño hasta conseguir cumplirlo.

Ahora, al parecer, había tirado la toalla.

–¿Un hombre? –dijo Rodney.

Rebecca asintió con la cabeza.

–Y no muy agradable.

Immy blandió el tenedor.

–Has dicho que no había llamado nadie. ¿Cómo puede ser «nadie» un hombre?

–Quería decir nadie que tú conozcas, cariño. Nadie del que tengas que preocuparte.

Entonces sonó el teléfono y Rebecca dijo:

–No lo cojas.

Rodney se quitó la servilleta (un trozo de papel de cocina, de hecho) y lo dobló sobre el regazo. Y en tono alto, para que lo oyeran bien las niñas, dijo:

–La gente no debería llamar a la hora de la cena. Es de mala educación.

Rodney había cumplido con los pagos los dos primeros años. Pero entonces dejó de dar clases en la Old Town School of Folk Music y quiso establecerse como profesor particular. Los alumnos iban directamente a su apartamento, donde él daba las clases de clavicordio (era una preparación perfecta para el piano, les decía a los padres). Durante un tiempo ganó el doble de lo que había ganado antes, pero un buen día los alumnos empezaron a borrarse. A nadie le gustaba el clavicordio. Sonaba raro, decían los alumnos. Solo una chica lo tocaría, dijo un chico. Aterrado, Rodney alquiló una sala de ensayo con un piano, y daba clases en ella, pero pronto empezó a ganar menos de lo que ganaba en Old Town. Fue entonces cuando dejó su profesión de profesor de música y consiguió un trabajo en el departamento de historias clínicas de una compañía de seguros médicos.

Para entonces, sin embargo, había dejado de cumplir con los pagos a la Early Music Shop. La tasa de interés subió, y luego (como especificaba la letra pequeña del contrato de compra a crédito) se disparó por las nubes. Y después nunca pudo ponerse al día.

Darlene le había amenazado con exigirle la restitución del instrumento, pero eso no se había dado hasta el momento. Así que Rodney siguió tocando el clavicordio un cuarto de hora por la mañana y un cuarto de hora por la noche.

–Pero tengo buenas noticias –dijo Rebecca cuando el teléfono dejó de sonar–. Tengo un cliente nuevo.

–Genial. ¿Quién?

–Una papelería de Des Plaines.

–¿Cuántos ratones quieren?

–Veinte. Para empezar.

Rodney, que era capaz de cumplir estrictamente con los 1/6 coma quintos de los cojinetes del teclado de Bach (F–C–G–D–A–E) desde los puros quintos (E–B–F#–C#), y con los endiablados 1/12 coma quintos (C#–G#–D#–A#) no tuvo ningún problema para hacer los cálculos siguientes: la tienda vendía cada ratón a quince dólares. Rebecca se llevaba el cuarenta por ciento. Es decir, seis dólares por ratón.

Como el coste de cada ratón era aproximadamente tres dólares y medio, el beneficio por ratón era de dos dólares y medio. Veinte veces esta cantidad arrojaba la cifra de cincuenta dólares.

Hizo un cálculo más: veintisiete mil dividido entre dos y medio daban diez mil ochocientos. La papelería quería –para empezar– veinte ratones. Rebecca tendría que vender más de diez mil para pagar el clavicordio.

Rodney, con ojos sin brillo, miró a su mujer a través de la mesa.

Había montones de mujeres con empleos «auténticos». Rebecca no era una de ellas. Pero a cualquier ocupación de una mujer, hiciera lo que hiciera, se le llamaba hoy día trabajo. A un hombre que cosiera ratones de peluche se le consideraría, en el mejor de los casos, un pobre proveedor, y en el peor, un perdedor. Mientras que a una mujer con una licenciatura y casi un doctorado en musicología que cosiera a mano unos roedores aromáticos que podían meterse en el microondas la consideraría todo el mundo (sobre todo sus amigas casadas) una emprendedora.

Por supuesto Rebecca, a causa de su «trabajo», no podía hacerse cargo completamente de las gemelas. Así que se veían obligados a contratar a una canguro cuyo salario semanal era superior a lo que Rebecca ganaba vendiendo sus ratones aromáticos (razón por la que solo podían pagar el mínimo de sus tarjetas de crédito, lo cual les llevaba a endeudarse más y más). Rebecca había propuesto muchas veces dejar los ratones y buscar un trabajo en el que ganara un sueldo estable. Pero Rodney, que sabía lo que era amar un empeño inútil, siempre decía: «Démosle unos años más.»

¿Por qué lo de Rodney era un trabajo y lo de Rebecca no? En primer lugar, porque Rodney ganaba dinero. En segundo lugar, tenía que deformar su personalidad para amoldarla a su patrono. En tercer lugar, era un trabajo que no le gustaba. Y esto último era una señal inequívoca de que se trataba de un «trabajo».

–Cincuenta dólares –dijo.

–¿Qué?

–Ese es el beneficio de veinte ratones. Antes de impuestos.

–¡Cincuenta dólares! –exclamó Tallulah–. ¡Eso es mucho!

–Solo es uno de mis clientes –dijo Rebecca.

A Rodney le entraron ganas de preguntarle cuántos clientes tenía *en total*. Le entraron ganas de pedirle un estado mensual de deudas y de facturas por cobrar. Estaba seguro de que Rebecca tenía en alguna parte, garabateada en un sobre, información detallada de la situación financiera del negocio. Pero no dijo nada, porque las niñas estaban delante. Se limitó a levantarse y ponerse a recoger la mesa.

–Tengo que fregar los platos –dijo, como si fuera algo nuevo.

Rebecca llevó a las niñas a la sala y las sentó frente a un DVD alquilado. Normalmente empleaba la media hora de después de la cena para hablar por teléfono con sus proveedores de China, donde entonces era el día siguiente por la mañana, o para llamar a su madre, que padecía de ciática. Solo ante la pila, Rodney restregaba los platos y enjuagaba los vasos recubiertos de kéfir. Alimentaba al triturador de basuras como a un dragón en su guarida. Un verdadero músico tendría las manos aseguradas. Pero ¿importaría algo que Rodney metiera los dedos con fuerza entre esas cuchillas que giraban y giraban?

Lo inteligente sería asegurar las manos, primero, y *luego* meter una de ellas en el triturador. Así podría pagar el clavicordio y sentarse ante él todas las noches para tocar con el muñón vendado.

Quizá si se hubiera quedado en Berlín, si hubiera entrado en la Royal Academy, si no se hubiera casado y tenido hijos, Rodney seguiría interpretando música. Sería tal vez un concertista de renombre internacional, como Menno van Delft o Pierre Goy.

Al abrir el lavavajillas, Rodney vio que estaba lleno de agua estancada. El tubo de desagüe se había instalado mal; el casero había prometido arreglarlo, pero nunca lo hizo. Rodney se quedó mirando el agua de color de herrumbre durante un rato, como si fuera un fontanero y supiera qué hacer, pero al final llenó el cajoncito del detergente, cerró la puerta y puso el programa en marcha.

Cuando salió de la cocina, en la sala ya no había nadie. En la pantalla del televisor se veía la ventana de control del DVD, con el tema musical sonando una y otra vez, en bucle. Rodney apagó el televisor. Fue por el pasillo hacia los dormitorios. El agua corría en la bañera y oyó la voz de Rebecca engatusando a las niñas para que se metieran dentro. Y oyó las voces de las niñas. Era la música nueva, y quería escucharla durante unos instantes. Pero se lo impedía el ruido del agua.

Las noches en que Rebecca bañaba a las niñas, a Rodney le tocaba leerles el cuento para dormir. Iba por el pasillo hacia la habitación de las niñas y al pasar junto a la oficina de Rebecca hizo algo que nunca hacía: se detuvo. Cuando pasaba junto a la oficina de Rebecca normalmente miraba al suelo. Para su equilibrio emocional era mejor dejar que lo que ocurría en aquel recinto, fuera lo que fuese, ocurriera sin que él lo viera. Pero aquella noche se volvió y se quedó mirando la puerta. Y luego, levantando la mano derecha (no asegurada), la empujó suavemente hasta abrirla.

De la pared del fondo, apelmazado alrededor de las largas mesas de trabajo y estrujando la máquina de coser, un gigantesco montón de rollos de tela de tonalidades pastel descendía en torrente por el suelo. La masa llevaba consigo carretes de cinta, bolsas con agujeros que iban perdiendo bolitas perfumadas, alfileres de adorno, botones. En equilibrio sobre los troncos, algunos en posturas airosas, como de leñadores, otros aterrorizados y melosos, como víctimas de una inundación, los ratones de las cuatro variedades rodaban hacia las cataratas del mercado.

Rodney se quedó mirando aquellas pequeñas caras que alzaban la vista con lastimera súplica o *savoir faire*. Se quedó mirándolas todo el tiempo que pudo soportarlo, que fueron unos diez segundos. Luego se volvió y siguió por el pasillo con paso incómodo. Pasó por delante del cuarto de baño sin pararse a escuchar las voces de Immy y Lula y siguió hasta la salita de música, y entró en ella, y cerró la puerta a su espalda. Tras sentarse en el taburete del clavicordio, inspiró profundamente y se puso a tocar una de las partes de un dueto en mi bemol de Müthel.

Era una pieza difícil. Johann Gottfried Müthel, último discípulo de Bach, era un compositor difícil. Había estudiado con Bach solo tres meses. Y se había ido a Riga para finalmente desaparecer en el crepúsculo báltico de su genio. Ya nadie sabía quién era Müthel. Salvo los clavicordistas. Para los clavicordistas interpretar a Müthel era un logro supremo.

Rodney empezó con buen pie.

Llevaba diez minutos con el dueto cuando Rebecca asomó la cabeza por el hueco de la puerta.

–Las niñas están esperándote para el cuento –dijo.

Rodney siguió tocando.

Rebecca lo repitió en voz más alta, y Rodney dejó de tocar.

–Hazlo tú –dijo Rodney.

–Yo tengo que hacer unas llamadas.

Con la mano derecha, Rodney tocó una escala en mi bemol.

–Estoy practicando –dijo.

Se puso a mirarse la mano, como si fuera un estudiante que estuviera tocando escalas por primera vez, y no dejó de mirársela hasta que la cabeza de Rebecca desapareció del vano de la puerta. Entonces Rodney se levantó y cerró la puerta casi con violencia. Volvió al clavicordio y empezó a tocar la pieza desde el principio.

Müthel no había compuesto mucho. Compuso solo cuando el espíritu le empujó a hacerlo. En esto era como Rodney, que solo tocaba cuando el espíritu le empujaba a hacerlo.

Que era lo que sucedía en aquel momento, aquella noche. Durante las dos horas siguientes, Rodney tocó la pieza de Müthel una y otra vez.

Estaba tocando bien, con mucho sentimiento. Pero también cometía errores. Siguió perseverando. Luego, para sentirse mejor, terminó la sesión con la Suite francesa de Bach en re menor, una pieza que llevaba tocando muchos años y se sabía de memoria.

No tardó mucho en sentirse acalorado y sudoroso. Era muy grato tocar con tal concentración y vigor de nuevo, y cuando al cabo dejó de teclear, con las notas como de campanillas aún resonando en sus oídos y reverberando en el techo bajo de la salita, Rodney bajó la cabeza y cerró los ojos. Recordaba aquel mes y medio durante el que, con veintiséis años, había tocado en invisibilidad y éxtasis en auditorios de Berlín Oeste. A su espalda, en el escritorio, sonó el teléfono, y Rodney giró sobre el taburete y levantó el auricular.

–¿Sí, dígame?

–Buenas noches, ¿es usted Rodney Webber?

Rodney se dio cuenta de su error. Pero dijo:

–Sí, soy Rodney Webber.

–Me llamo James Norris y trabajo para Reeves Collection. Sé que conoce usted bien nuestra organización.

Si colgabas, volvían a llamar. Si cambiabas de número de teléfono, se enteraban del nuevo. La única salida era llegar a un trato, recurrir a evasivas, ganar tiempo.

–Me temo que estoy muy familiarizado con su organización.

Rodney trataba de dar con el tono adecuado, liviano pero no despreocupado o irrespetuoso.

–Creo que antes trataba usted con Darlene Jackson. Fue la persona a la que asignaron su caso. Hasta ahora. Ahora soy yo quien está a cargo, y confío en que podamos llegar a algún acuerdo.

–Eso espero también yo –dijo Rodney.

–Señor Webber, yo intervengo cuando las cosas se complican, y lo que hago es tratar de simplificarlas. La señora Jackson le ofreció a usted varios planes de pago, según veo.

–Envié mil dólares en diciembre.

–Sí, lo hizo. Y fue un comienzo. Pero, según nuestros datos, usted había quedado en enviar dos mil.

–No pude disponer de tanto. Era Navidad.

–Señor Webber, simplifiquemos las cosas. Usted dejó de hacer frente a los pagos de nuestro cliente, Early Music Shop, hace cosa de un año. Así que la Navidad no tiene toda la culpa de esto, ¿me equivoco?

Rodney no había disfrutado de las conversaciones con Darlene. Pero Darlene había sido razonable, flexible, y el individuo con el que ahora hablaba no lo era en absoluto. En la voz de James había un matiz no tan amenazador como pertinaz: su voz era un muro de piedra.

–Su cuenta está retrasada en el pago de un instrumento musical, ¿no es eso? ¿Qué instrumento musical es?

–Un clavicordio.

–No estoy familiarizado con ese instrumento.

–No esperaba que lo estuviera.

El hombre dejó escapar una risita. Sin ofenderse.

–Por suerte para mí, no incumbe a mi trabajo saber de instrumentos antiguos.

–El clavicordio es el precursor del piano –dijo Rodney–. Solo que se toca con tangentes en lugar de con macillos. Mi clavicordio...

–¿Se da cuenta de una cosa, señor Webber? ¿De que no lo ha dicho bien? El clavicordio no es suyo. Sigue siendo propiedad de Early Music Shop de Edimburgo. Usted solo lo tiene prestado. Hasta que salde su deuda.

–Pensé que acaso le gustaría saber su filiación –dijo Rodney. ¿A qué venía esa forma de hablar? ¿Esa solemnidad? A algo nada complejo: su deseo de poner en su lugar a aquel James Norris, de Reeves Collection–. Se trata de una copia, realizada por Verwolf, de un clavicordio fabricado por un hombre llamado Bodechtel en 1790.

James dijo:

–Permítame volver sobre mi punto.

Pero Rodney no se lo permitió.

–Eso es lo que hago –dijo Rodney, y su voz sonaba tensa y forzada–. Eso es lo que hago. Soy un clavicordista. Necesito ese instrumento para ganarme la vida. Si me lo requisa, nunca podré pagárselo. O pagarle a Early Music Shop.

–Puede quedarse con su clavicordio. Me encantará dejarle que lo conserve. Lo único que tiene que hacer es pagarlo. Entero. Antes de mañana a las cinco de la tarde. Con un cheque o transferencia de su banco. Y podrá usted seguir tocando su clavicordio todo el tiempo que quiera.

Rodney rió con timbre amargo.

–Está claro que no puedo hacer eso.

–Pues entonces, por desgracia, mañana a las cinco de la tarde vamos a tener que pasar a recuperar el instrumento.

–No puedo conseguir ese dinero para mañana.

–Esto es el final, Rodney.

–Tiene que haber alguna otra forma de...

–Solo hay una, Rodney. El pago total.

Torpe, furiosamente, con una mano pesada como un ladrillo que tratara de lanzar un ladrillo, Rodney colgó de golpe el auricular.

Durante unos segundos no se movió. Luego volvió a girar sobre el taburete y puso las manos sobre el clavicordio.

Era como si se estuviera buscando el pulso. Pasó los dedos por encima del ornamento dorado y la parte superior de las teclas frías. No era el clavicordio más hermoso o distinguido que había tocado. No se podía comparar con el de Hass, pero era suyo, o lo había sido, y era un instrumento lo suficientemente bello y armonioso. Rodney nunca lo habría poseído si Rebecca no le hubiera hecho ir a Edimburgo. Nunca habría sabido lo deprimido que había estado o lo feliz que habría de hacerle durante un tiempo aquel clavicordio.

Su mano derecha volvía a tocar a Müthel.

Rodney sabía que nunca había sido un musicólogo de primera línea. A lo sumo un mediocre, si bien sincero, intérprete. Con practicar quince minutos por la mañana y quince minutos por la tarde no iba a mejorar gran cosa.

En el hecho de ser clavicordista siempre había habido algo un poco patético. Y Rodney lo sabía. La pieza de Müthel que estaba tocando, sin embargo, con errores y con todo, seguía siendo muy hermosa, aún más, quizá, por resultar tan anticuada. Siguió un minuto más. Luego puso las manos sobre la cálida madera del clavicordio e, inclinándose hacia delante, se quedó mirando el jardín pintado en la cara interna de la tapa.

Eran más tarde de las diez cuando salió de la salita de música. El apartamento estaba oscuro y en silencio. Al entrar en el dormitorio, Rodney no encendió la luz para no despertar a Rebecca. Se desvistió a oscuras, palpando el interior del armario en busca de una percha.

En paños menores avanzó arrastrando los pies hasta su lado de la cama y se metió con sigilo en ella. Apoyándose en un codo se inclinó hacia el lado de Rebecca para ver si estaba despierta. Y vio que la mitad de la cama de su mujer estaba vacía. Seguiría en su oficina, trabajando.

Rodney se dejó caer sobre la espalda. Y se quedó allí tendido, inmóvil. Había una almohada debajo de él, en un mal sitio, pero estaba tan falto de energía que no se dio la vuelta hacia un lado para quitársela.

Su situación no era tan diferente de la de cualquiera de sus semejantes. Solo que él había llegado al final del camino un poco antes. Pero les pasaba lo mismo a las estrellas del rock o a los músicos de jazz, a los novelistas y a los poetas (a los poetas sin duda alguna); era lo mismo para los ejecutivos de las empresas, para los biólogos, para los programadores de ordenadores, para los contables, para los arreglistas florales. Artista o no artista, académico o no académico, Menno van Delft o Rodney Weber, e incluso para Darlene o James Norris, de Reeves Collection Agency. No importaba quién fueras. Nadie sabía cómo sonaba la música original. Tenías que aventurar una cortés conjetura y hacerlo lo mejor posible. Tocaras lo que tocaras, no existía un modo indiscutible de afinación, ni de diseño de pentagrama, y el visado necesario para ver el teclado del Maestro siempre te será negado. A veces pensabas que oías la música, sobre todo cuando eras joven, y te pasabas el resto de la vida tratando de reproducirla.

La vida de todos los humanos era música antigua.

Media hora más tarde, cuando Rebecca volvió de su oficina, seguía despierto.

–¿Puedo encender la luz? –preguntó Rebecca.

–No –dijo Rodney.

Ella calló, y luego dijo:

–Has estado tocando mucho tiempo.

–La práctica hace al maestro.

–¿Quién ha llamado por teléfono?

Rodney guardó silencio.

–No has contestado, ¿no? Han estado llamando y llamando.

–Estaba tocando. No he contestado.

Rebecca se sentó en el borde de la cama. Y lanzó algo en dirección a Rodney. Él lo cogió y lo miró con ojos entrecerrados. La boina, el paladar hendido. El Ratón Bohemio.

–Voy a dejarlo –dijo Rebecca.

–¿Qué?

–Los ratones. Me rindo. –Se puso de pie y empezó a desnudarse, dejando caer la ropa al suelo–. Debería haber terminado la tesis. Podría haber sido catedrática de musicología. Ahora no soy más que mami. Mami. Mami. Mami. Una mamá que hace animales de peluche.

Entró en el cuarto de baño. Rodney oyó cómo se lavaba la cara y los dientes. Salió y se metió en la cama.

Al cabo de un silencio largo, Rodney dijo:

–No puedes dejarlo.

–¿Por qué no? Siempre has querido que lo dejara.

–He cambiado de opinión.

–¿Por qué?

Rodney tragó saliva.

–Esos ratones son nuestra única esperanza.

–¿Sabes lo que he hecho esta noche? –dijo Rebecca–. Primero he sacado ese ratón del cubo de la basura. Luego lo he descosido y le he sacado las bolitas de almizcle. Y luego lo he rellenado de bolitas de canela y lo he vuelto a coser. Así es como he pasado la velada.

Rodney se llevó el ratón a la nariz.

–Huele bien –dijo–. Esos ratones tienen un destino de grandeza. Vas a hacer que ganemos un millón de dólares.

–Si gano un millón de dólares –dijo Rebecca– te pago el clavicordio.

–Trato hecho –dijo Rodney.

–Y podrás dejar tu trabajo y dedicarte a la música exclusivamente.

Se dio la vuelta y le besó la mejilla; luego volvió a su sitio y se ordenó las almohadas y las mantas.

Rodney siguió con el ratón pegado a la nariz, inhalando su aroma especiado. Siguió oliendo el ratón incluso hasta después de que Rebecca se hubiera dormido. De haber tenido el microondas cerca, Rodney habría calentado al Ratón Bohemio para que recuperara su aroma. Pero el microondas estaba al final del pasillo, en la cocina destartalada, así que se quedó acostado en la cama, oliendo el ratón, que para entonces estaba frío y había perdido casi toda su fragancia.

2005

MULTIPROPIEDAD

Mi padre me enseña su nuevo motel. Yo no debería llamarlo motel después de lo que él me ha explicado, pero lo sigo haciendo. Lo que es, lo que va a ser, dice mi padre, es un centro de recreo en multipropiedad. Mientras él, mi madre y yo vamos recorriendo el pasillo en penumbra (hay algunas bombillas fundidas), mi padre me informa de las mejoras recientes.

–Hemos hecho una nueva terraza frente al mar –dice–. Llamé a un arquitecto paisajista, pero quería cobrarme un ojo de la cara. Así que la diseñé yo mismo.

La mayoría de las habitaciones aún no se han reformado. El motel era una ruina cuando mi padre pidió dinero prestado para comprarlo, y, por lo que me dice mi madre, ha mejorado mucho. Lo han pintado de arriba abajo, por ejemplo, y le han puesto un tejado nuevo. Todas las habitaciones tendrán cocina. En este momento, sin embargo, solo unas cuantas están ocupadas. Algunas dependencias ni siquiera tienen puerta. Al pasar veo en el suelo lonas para pintura y aparatos de aire acondicionado averiados. Trozos de moqueta con manchas de humedad cuyos bordes se enrollan hacia el centro. Algunas paredes tienen agujeros del tamaño de un puño, prueba del paso de los estudiantes universitarios durante las vacaciones de primavera. Mi padre planea poner enmoquetado nuevo y negarse a hospedar a estudiantes.

–O, si lo hago –dice–, les exigiré un depósito de unos trescientos dólares. Y contrataré a un guardia de seguridad para ese par de semanas. Pero la idea es hacer de este sitio un centro vacacional de alto standing. A los estudiantes que les den.

El capataz de las reformas es Buddy. Mi padre lo encontró junto a la autopista, donde los jornaleros hacen cola por las mañanas. Es un hombre menudo de cara roja, y gana cinco dólares a la hora.

–Los salarios son mucho más bajos aquí en Florida –me explica mi padre.

A mi madre le sorprende lo fuerte que es Buddy para su tamaño. Ayer mismo le vio cargar un montón de bloques de hormigón hasta el contenedor de basura.

–Es como un pequeño Hércules –dice.

Llegamos al final del pasillo y estamos al pie de las escaleras. Cuando agarro el pasamanos de aluminio, por poco se desprende de la pared. En Florida todas las paredes son así.

–¿A qué huele? –pregunto.

Mi padre, que sube delante de mí, encorvado, no dice nada.

–¿Has mirado bien el terreno antes de comprar esto? –pregunto–. Puede que esté construido sobre un vertedero tóxico.

–Esto es Florida –dice mi madre–. Aquí siempre huele así.

De lo alto de las escaleras parte una estrecha moqueta verde que cubre otro pasillo en penumbra. Como mi padre va delante, mi madre me da un codazo, y veo de qué ha estado hablando antes: mi padre anda como torcido para paliar su dolencia de espalda. Le ha estado insistiendo para que vaya al médico, pero él nunca lo hace. De cuando en cuando, la espalda le da problemas y se pasa un día a remojo en la bañera (la de la habitación 308, donde mis padres se alojan temporalmente). Pasamos por delante de un carro de camarera de piso, repleto de líquidos de limpieza, fregonas, trapos húmedos. Desde una puerta abierta una camarera mira al pasillo; es una mujer negra muy grande, con vaqueros azules y bata. Mi padre no le dirige la palabra. Mi madre dice hola en tono vivo y la camarera asiente con la cabeza.

Hacia la mitad, el pasillo se abre a un pequeño balcón. En cuanto salimos a él, mi padre anuncia:

–¡Ahí está!

Pienso que habla del mar, que entonces veo por primera vez, y que está encrespado y tiene una tonalidad de tormenta, pero de pronto caigo en la cuenta de que mi padre nunca habla de paisajes. Se refiere a la gran terraza de abajo. Suelo de baldosa roja, piscina azul, tumbonas blancas, dos palmeras. La terraza da al conjunto una apariencia de genuino centro vacacional junto al mar. Está vacía, pero, por un instante, empiezo a ver todo aquello con los ojos de mi padre: reformado y lleno de gente, un auténtico negocio en marcha. Buddy aparece allá abajo, con una lata de pintura en las manos.

–Hola, Buddy –le grita mi padre–. Ese árbol sigue de color pardo. ¿Has hecho que lo miren?

–El tipo ya ha venido.

–No queremos que se nos muera.

–El tipo ha venido y lo ha mirado.

Miramos el árbol. Las palmeras más altas son demasiado caras, dice mi padre.

–Esta es de una variedad distinta.

–Me gustan las otras –digo.

–¿Las palmeras reales? ¿Te gustan esas? Bien, pues en cuanto esto empiece a funcionar, pondremos algunas.

Nos quedamos callados unos instantes, mirando la terraza y el mar de tonalidad purpúrea.

–¡Todo va a quedar listo muy pronto y vamos a ganar un millón de dólares! –dice mi madre.

–Toquemos madera –dice mi padre.

Hace cinco años mi padre sí ganó un millón de dólares. Acababa de cumplir sesenta años y, después de toda una vida de trabajo en la banca hipotecaria, se dedicó a sus propios negocios. Compró un edificio de apartamentos en Fort Lauderdale, lo revendió y obtuvo un gran beneficio. Luego hizo lo mismo en Miami. Tenía suficiente dinero para retirarse, pero no quiso hacerlo. Lo que hizo fue comprarse un Cadillac nuevo y un yate de quince metros. Se compró también un bimotor y aprendió a pilotarlo. Y se puso a volar por el país comprando bienes inmuebles. Fue a California, y cruzó el mar hasta las Bahamas. Era su propio patrón y mejoró mucho de carácter. Pero luego cambiaron las tornas. Uno de sus proyectos en Carolina del Norte, una estación de esquí, quebró. Resultó que su socio se había apropiado de cien mil dólares. Mi padre tuvo que ponerle un pleito que le costó mucho dinero. Al mismo tiempo, una entidad bancaria demandó a mi padre por venderle hipotecas que resultaron fallidas. Más minutas legales que abonar. El millón de dólares se acabó pronto, y cuando comenzó a esfumarse, mi padre hizo varias intentonas de recuperarlo. Compró una empresa que fabricaba «casas móviles». Eran como remolques, me explicó, pero mucho más sólidas. Eran prefabricadas, y podían ponerse en cualquier lugar, aunque una vez asentadas parecían casas de verdad. En la situación económica actual la gente necesitaba viviendas baratas, y este tipo de casas se estaba vendiendo como rosquillas.

Mi padre me llevó a ver la primera que había fabricado e instalado en su parcela. Fue hace dos años, en Navidad, cuando mis padres aún tenían el edificio de apartamentos. Acabábamos de abrir los regalos, y mi padre dijo que quería llevarme a dar una vuelta en coche. Poco después estábamos en la autopista. Dejamos la parte de Florida que yo conocía, la Florida de las playas, de los edificios altos, de los barrios desarrollados, y entramos en una zona más rural, más pobre. El musgo español colgaba de los árboles y las casas sin pintar eran de madera. El trayecto nos llevó como dos horas. Al final, a lo lejos, vimos la forma de cebolla de un depósito de agua con la palabra OCALA pintada en un costado. Entramos en la ciudad, pasamos por hileras de casas pulcras y ordenadas y cuando las dejamos atrás seguimos avanzando.

–Creí que habías dicho que era en Ocala –dije.

–Es un poco más lejos –dijo mi padre.

Empezó otra vez la zona rural. Nos adentramos en ella. Al cabo de unos veinte kilómetros llegamos a un camino de tierra que nos llevó a un campo abierto sin árboles ni hierba. Hacia el fondo, en un terreno embarrado, se alzaba la casa prefabricada.

Era cierto que no parecía una casa prefabricada. En lugar de alargada y estrecha, era más rectangular y bastante ancha. Estaba formada por tres o cuatro secciones unidas sobre las que se había encajado un tejado de aspecto convencional. Nos bajamos del coche y caminamos sobre ladrillos para acercarnos a la casa. Porque el condado, precisamente en esos días, estaba tendiendo una red de alcantarillado que llegaba a aquella zona, y habían abierto ya las zanjas justo enfrente de la casa. Había tres pequeños arbustos plantados en medio del barro. Mi padre los estudió, y luego hizo un gesto con la mano en dirección al campo.

–Todo esto va a estar cubierto de hierba –dijo.

La puerta principal estaba unos cincuenta centímetros más alta que el suelo. Aún no había porche, pero lo habría. Mi padre abrió la puerta y entramos. Cuando la cerré a mi espalda, la pared retumbó como si fuera un decorado de teatro. Di unos golpecitos en ella, para ver de qué estaba hecha, y oí un sonido hueco, metálico. Cuando me di la vuelta mi padre estaba de pie en medio de la sala de estar, sonriendo de oreja a oreja. Su dedo índice derecho apuntaba hacia lo alto.

–Échale un vistazo a esto –dijo–. Es lo que suelen llamar «techo de catedral». Tres metros de altura. Mucho espacio libre encima de la cabeza, muchacho.

Pese a los tiempos difíciles, nadie compró ni una sola de sus casas prefabricadas, y mi padre asumió las pérdidas y siguió con otras cosas. Pronto empecé a recibir de él formularios empresariales en los que se me nombraba vicepresidente de Baron Development Corporation, o de Atlantic Glass Company, o de Fidelity Mini-Storage Inc. Los beneficios de tales sociedades, me aseguraba, algún día me llegarían a mí. Lo único que *sí* me llegó, sin embargo, fue un hombre con una pierna ortopédica. Tocaron el timbre una mañana y abrí desde arriba. Al momento siguiente oí que alguien subía ruidosamente las escaleras. Desde lo alto, vi el escaso pelo rubio de una cabeza calva y oí una respiración laboriosa. Lo tomé por un repartidor. Cuando llegó arriba, el hombre me preguntó si yo era el vicepresidente de Duke Development. Le respondí que suponía que sí, y él me tendió una citación.

Tenía que ver con cierto problema legal. Perdí la pista

al cabo de un tiempo. Entretanto, me enteré por mi hermano de que mis padres estaban viviendo de sus ahorros, de la pensión de jubilación de mi padre, de créditos de los bancos. Al final, mi padre encontró este lugar, Palm Bay Resort, un centro vacacional ruinoso junto al mar, y convenció a otra entidad bancaria para que le prestase el dinero necesario para reflotarlo. Él pondría la mano de obra y su experiencia en este tipo de gestión, y cuando empezaran a llegar los clientes pagaría el crédito y el negocio sería suyo.

Después de echar un vistazo a la terraza, mi padre quiere enseñarme el prototipo.

–Tenemos un bonito prototipo –dice–. Todos los que lo han visto han quedado favorablemente impresionados.

Recorrimos de nuevo el pasillo en penumbra, bajamos las escaleras y enfilamos el pasillo del primer piso. Mi padre tiene una llave maestra y abre la puerta 103. Entramos. La luz del vestíbulo no funciona y atravesamos la sala oscura hasta llegar al dormitorio. En cuanto mi padre enciende la luz, empiezo a sentir una sensación extraña. Siento como si hubiera estado aquí antes, en este cuarto, y al poco caigo en la cuenta de por qué: es el viejo dormitorio de mis padres. Han traído todo el mobiliario del apartamento donde vivían antes: la colcha del pavo real, los tocadores chinos y el cabecero a juego, las lámparas doradas. Los muebles, que un día llenaron un espacio mucho más amplio, parecen haberse apretado unos contra otros para caber en esta pieza exigua.

–Es todo lo que teníais en el apartamento viejo –digo.

–Y aquí está muy bien, ¿no crees? –dice mi padre.

–¿Y qué colcha usáis ahora?

–En nuestro cuarto de aquí tenemos camas individuales

–dice mi madre–. No habría cabido todo esto, de todas formas. Y tenemos unas colchas normales. Como las de las otras habitaciones. Las pone la empresa. Están bien.

–Ven a ver la sala –me dice mi padre, y le sigo a través de la puerta.

Al cabo de algunos tanteos, encuentra una luz que funciona. El mobiliario de la sala es todo nuevo y no me recuerda a nada. Cuelga de la pared un cuadro de unos maderos sobre la arena de una playa.

–¿Qué te parece esa pintura? Conseguimos cincuenta en un almacén. Cinco dólares cada una. Y son todas diferentes. Unas tienen estrellas de mar, otras conchas. Todas con motivos marinos. Son óleos con firma. –Va hasta la pared y, quitándose las gafas, lee la firma de la tela–. ¡Cesar Amarollo! Chico, es mejor que Picasso.

Me da la espalda, sonriendo, feliz de estar donde está.

Estoy aquí para pasar un par de semanas, o puede que hasta un mes. No voy a entrar en por qué. Mi padre me asignó la habitación 207, justo enfrente del océano. Llama a las habitaciones «módulos» para diferenciarlas de los cuartos de motel que eran antes. La mía tiene una pequeña cocina. Y un balcón. Desde él veo los coches que circulan por la playa en un flujo casi continuo. Este es el único lugar de Florida, me dice mi padre, donde puedes ir en coche por la playa.

El centro vacacional fulgura bajo el sol. Alguien está aporreando algo en alguna parte. Desde hace un par de días mi padre obsequia con una loción bronceadora a todo aquel que se aloje una noche en alguna de sus habitaciones. Lo anuncia en la marquesina de la fachada, pero hasta ahora nadie se ha parado para beneficiarse de la oferta. En este momento, la ocupación se reduce a unas cuantas familias, la mayoría parejas de ancianos. Hay una mujer en una silla de ruedas con motor. Por las mañanas sale a la terraza y se queda allí sentada, junto a la piscina. Luego aparece su marido, un tipo pálido en traje de baño y camisa de franela.

–Nosotros ya no nos ponemos morenos –me dice–. A partir de cierta edad ya no te bronceas, así son las cosas. Mire a Kurt. Llevamos saliendo a la terraza toda la semana, y ya ve lo moreno que está.

A veces Judy, que trabaja en la oficina, sale también a la terraza a tomar el sol en su tiempo libre para comer. Mi padre le da alojamiento –su cuarto está en el tercer piso– como parte de su salario. Es de Ohio, y lleva el pelo recogido en una larga coleta trenzada, como una chica de último año de primaria.

Por la noche, en su cama del dormitorio, mi madre ha estado teniendo sueños proféticos. Soñó que el techo tenía una gotera dos días antes de que esa gotera apareciera realmente. Soñó que la camarera delgadísima se despedía, y al día siguiente la camarera delgadísima se despidió. Soñó que alguien se rompía el cuello tirándose a la piscina vacía (y, aunque lo que sucedió en realidad fue que se rompió el filtro de la piscina y hubo que vaciarla para arreglarlo, mi madre dijo que valía como profecía). Me cuenta todo esto sentada en el borde de la piscina, y yo estoy metido en ella. Tiene las piernas colgando y los pies dentro del agua. Mi madre no sabe nadar. La última vez que la vi en traje de baño yo tenía cinco años. Es de ese tipo de persona con pecas que se quema con el sol, y solo se atreve a salir con su sombrero de paja para hablar conmigo, para hacerme partícipe del extraño fenómeno que le acontece. Yo me siento como si me viniera a buscar después de las clases de natación. La garganta me sabe a cloro. Pero bajo la mirada y me veo el vello en el pecho, grotescamente negro sobre la piel blanca. Y recuerdo que también yo soy mayor.

Las reformas que están haciendo hoy –sean las que sean– las están haciendo en el extremo opuesto del edificio. Al bajar a la piscina he visto a Buddy entrando en una habitación con una llave inglesa. Aquí en la piscina, pues, estamos solos, y mi madre me dice que todo esto se debe a la falta de raíces.

–No soñaría estas cosas si tuviera una casa propia decente. No soy una gitana. Todo este andar de aquí para allá sin rumbo fijo... Primero vivimos en aquel motel de Hilton Head. Luego vino aquella casa de apartamentos en Vero. Luego aquel estudio de grabación que compró tu padre, sin ventanas... Por poco acaba conmigo. Y ahora esto. Tengo todas mis cosas en un guardamuebles. También sueño con ellas. Mis sofás, mi preciosa vajilla, todas nuestras viejas fotos de familia. Sueño con eso casi todas las noches, con todas esas cosas arrumbadas en ese sitio.

–¿Y qué? ¿Qué pasa con ellas?

–Nada. Solo que nadie va a recogerlas nunca.

Hay unas cuantas operaciones médicas que mis padres planean hacerse cuando las cosas mejoren económicamente. Mi madre lleva ya un tiempo queriendo hacerse un lifting. Cuando mis padres estaban bien de dinero, mi madre fue a un cirujano plástico que le sacó fotos de la cara e hizo un bosquejo de su estructura ósea. Al parecer no es cuestión solo de estirarte la piel fláccida. Algunos de los huesos faciales necesitan «apuntalarse» también. El paladar óseo de mi madre ha ido retrocediendo poco a poco a lo largo de los años. La mordida se le ha desalineado. Habrá que recurrir a la cirugía dental para hacer que «resucite» el cráneo sobre el que la piel habrá de tensarse. Tenía concertada ya la primera de las intervenciones por las fechas en que mi padre descubrió el desfalco de su socio. Con el revuelo que siguió, mi madre tuvo que posponerla *sine die.*

Mi padre ha aplazado también dos operaciones. La primera, una cirugía de disco que le mitigará el dolor de la zona lumbar. La segunda, una operación de próstata para reducirle la obstrucción de la uretra e incrementar el flujo de la orina. La dilación en el caso de esta segunda no lo motiva únicamente su situación económica. «Te hacen la resección transuretral con el desatascador de tuberías y ves las estrellas», me dijo. «Y para colmo puedes acabar incontinente.» Así, ha preferido ir al baño quince o veinte veces al día, ninguna de ellas plenamente satisfactoria. En las pausas entre sueños mi madre oye cómo mi padre se levanta una y otra vez. «El chorro de tu padre ya no es lo que podríamos llamar magnífico», me dijo mi madre. «Es alguien con quien vives, ya sabes.»

En cuanto a mí, necesito unos zapatos. Unos zapatos sensatos. Unos zapatos adecuados a los trópicos. Estúpidamente, me traje unos zapatos de vestir negros, y el derecho tiene un agujero en la suela. Necesito unas chanclas. Noche tras noche, cuando salgo a los bares en el Cadillac de mi padre (cuando el barco ya se ha ido, y se ha ido la avioneta, seguimos teniendo el tren, el Florida Special amarillo con el techo blanco de vinilo), paso por tiendas de souvenirs con los escaparates atestados de camisetas, conchas marinas, sombreros para el sol, cocos con caras pintadas... Y noche tras noche pienso en pararme para comprar unas chanclas. Pero nunca lo hago.

Una mañana, bajo y me encuentro con la oficina hecha un caos. Judy, la secretaria, está sentada en su mesa, mordisqueándose la punta de la coleta.

–Tu padre ha tenido que despedir a Buddy –dice.

Pero antes de que pueda contármelo irrumpe un cliente en la oficina quejándose de una gotera.

–Justo encima de la cama –dice el hombre–. ¿Cree que voy a pagar por una habitación con una gotera encima de la cama? ¡Hemos tenido que dormir en el suelo! Anoche bajé a esta oficina para que me dieran otra habitación y aquí no había nadie.

En ese mismo momento entra mi padre con el arboricultor.

–Pensé que me había dicho que este tipo de palmera era muy resistente.

–Y lo es.

–Entonces, ¿qué le pasa?

–No es el tipo de suelo adecuado.

–Usted nunca me dijo que le cambiara el suelo –dice mi padre, alzando la voz.

–No es solo el suelo –dice el arboricultor–. Los árboles son como la gente. Enferman. No puedo decirle por qué. Puede que necesitara más agua.

–¡La hemos regado! –dice mi padre, ya a gritos–. ¡El jardinero tenía que regarla todos los malditos días! ¿Y ahora me dice usted que está muerta?

El arboricultor no responde. Mi padre me ve.

–¡Hola, hijo! –dice efusivamente–. Enseguida estoy contigo.

El hombre de la gotera empieza a explicarle su problema a mi padre. Mi padre le interrumpe en la mitad de su parlamento. Señala al arboricultor y dice:

–Judy, págale a este cabrón.

Y vuelve a prestar atención a lo que le cuenta el cliente. Cuando el hombre acaba, mi padre le propone devolverle el dinero y una habitación gratis para esa noche.

Diez minutos después, en el coche, me entero de la estrafalaria historia. Mi padre ha despedido a Buddy por beber en el trabajo.

–Pero espera a saber *cómo* bebía –dice. Esa mañana, temprano, ha visto a Buddy echado en el suelo de la habitación 106, bajo el aire acondicionado–. Se suponía que tenía que arreglarlo. He estado pasando por delante de la puerta toda la mañana, y todas las veces le he visto tumbado debajo del aire acondicionado. Y me he dicho: ¡Vaya! Pero luego aparece el sinvergüenza del arboricultor y me dice que la jodida palmera que tenía que curar está muerta, y se me olvida lo de Buddy. Salimos para ver la palmera y el tipo me suelta todas esas sandeces: que si el clima esto, que si el clima lo otro..., hasta que le digo que me voy a llamar al vivero. Así que vuelvo a la oficina. Y al pasar otra vez por la 106 allí sigue Buddy tirado en el suelo.

Cuando mi padre va hasta él, Buddy está tendido cómodamente boca arriba, con los ojos cerrados y el tubo del acondicionador de aire en la boca.

–Supongo que el líquido refrigerante tiene alcohol –dice mi padre. Lo único que tenía que hacer Buddy era desconectar el tubo, doblarlo con unos alicates y tomarse un buen trago. Pero parece que la última vez se le fue la mano y perdió el conocimiento–. Tendría que haberme dado cuenta de que pasaba algo raro –dice mi padre–. Porque toda la semana se la ha pasado arreglando los aparatos de aire acondicionado.

Después de llamar a una ambulancia (Buddy sigue inconsciente cuando lo meten dentro), mi padre llama al vivero. No le devolverán el dinero ni le darán otra palmera. Además, ha llovido durante la noche y no hay necesidad de que nadie le explique nada sobre goteras. Las ha habido en el techo mismo de su cuarto de baño. El tejado era nuevo, y le ha costado un buen pellizco, pero no lo han instalado como es debido. En el mejor de los casos, habría que volver a impermeabilizarlo con alquitrán.

–Tengo que buscar a alguien que se suba ahí arriba para dar brea en las junturas. Es por las junturas, ¿ves?, por donde entra el agua. Así quizá pueda ahorrarme unos cuantos dólares.

Mientras mi padre me dice esto, vamos en el coche por la A1A. Son aproximadamente las diez de la mañana, y los jornaleros están diseminados a lo largo del arcén a la espera de que alguien les contrate para el día. Los reconoces por la tez oscura. Mi padre deja atrás a los primeros que nos encontramos; al principio sus razones para rechazarlos no están para mí nada claras. Luego ve a un hombre blanco de treinta y pocos años, con pantalón verde y camiseta de Disney-World. Está de pie al sol, comiéndose una coliflor cruda. Mi padre se detiene a su lado. Toca la consola electrónica y el cristal de la ventanilla del acompañante emite un leve zumbido al bajarse. El hombre pestañea, tratando de adaptar la retina para ver en el interior del coche, en penumbra y refrigerado.

Por la noche, cuando mis padres se van a dormir, bajo en coche a la ciudad. A diferencia de la mayoría de los sitios donde han recalado mis padres, Daytona Beach tiene cierto aire proletario. No hay tantos ancianos, hay más bicicletas. En el bar al que voy tienen un tiburón vivo. Mide como un metro de largo, y nada en un acuario que hay más arriba de las hileras de botellas. El animal tiene el espacio justo para ir hasta un extremo del tanque, darse la vuelta y nadar hasta el extremo opuesto. Ignoro los efectos que las luces puedan causar en él. Las bailarinas llevan bikini, y algunos de ellos destellan como escamas de pez. Se mueven por la penumbra del local como sirenas, mientras el tiburón se da de morros contra el cristal del acuario.

He estado ya tres veces aquí, el tiempo suficiente para saber que a las chicas les parezco un estudiante de arte, y que la ley del estado les prohíbe enseñar los pechos, así que se los tapan con una especie de pegatinas con forma de alas. Les he preguntado qué clase de pegamento utilizan («Elmer's»), cómo se lo despegan («con un poco de agua templada») y qué piensan sus novios del asunto (no le hacen ascos al dinero). Por diez dólares, una chica te coge de la mano, sortea y deja atrás las otras mesas, ocupadas normalmente por hombres solos, y te lleva a la sala del fondo, que está aún más oscura. Te sienta en un banco acolchado y se frota contra ti durante dos canciones enteras. A veces te coge las manos y te pregunta:

–¿No sabes bailar?

–Estoy bailando –dices tú, sentado como estás.

A las tres de la mañana vuelvo en el coche, escuchando una emisora de country para recordarme a mí mismo que estoy lejos de casa. Para entonces suelo estar borracho, pero el viaje no es largo, un par de kilómetros a lo sumo, y paso por las fincas y edificios costeros, los grandes y pequeños hoteles, los moteles para automovilistas y moteros, cada uno con su temática. Uno de ellos se llama Viking Lodge. Para registrarte, tienes que pasar por debajo de un galeón nórdico que hace las veces de aparcamiento al aire libre.

Falta más de un mes para las vacaciones de primavera. La mayoría de los hoteles no superan una ocupación media. Muchos han cerrado, sobre todo los más alejados de la ciudad. El motel contiguo al nuestro sigue abierto. Su *tema* es el polinesio. Hay un bar en una cabaña de paja, junto a la piscina. Nuestro negocio muestra una cara más atractiva.

En la entrada, un sendero de grava blanca conduce hasta dos naranjos enanos que flanquean la puerta principal. Mi padre pensó que valía la pena gastar dinero en la entrada, ya que la gente tiene muy en cuenta la primera impresión. Nada más entrar, a la izquierda de un vestíbulo elegantemente enmoquetado, está la oficina de ventas. Bob McHugh, el vendedor, ha colgado en la pared un gráfico del centro vacacional, que muestra los módulos disponibles y las semanas de disfrute en régimen de propiedad compartida. Ahora, sin embargo, la mayoría de la gente que entra en la oficina solo busca un lugar donde pasar la noche. Normalmente conducen hasta el aparcamiento de al lado del edificio y hablan con Judy en la oficina del día a día.

Ha vuelto a llover mientras estaba en el bar. Cuando entro en nuestro aparcamiento y bajo del coche, oigo cómo cae el agua de los aleros. Hay luz en la habitación de Judy. Considero la posibilidad de subir y llamar a su puerta. ¡Hola, soy el hijo del jefe! Pero mientras estoy allí quieto, escuchando el goteo y planeando mi próximo movimiento, la luz se apaga. Y con ella, al parecer, todas las luces de alrededor. El centro vacacional de mi padre se sume en la oscuridad. Alargo la mano para ponerla sobre el capó del Cadillac, para tranquilizarme con su calor y, durante un instante, tratar de visualizar el camino que me queda por recorrer, dónde empiezan las escaleras, cuántas plantas habré de subir, ante cuántas puertas habré de pasar antes de llegar a mi cuarto.

–Ven –dice mi padre–. Quiero enseñarte algo.

Lleva unos pantalones cortos de tenis y una raqueta de ráquetbol en la mano. La semana pasada, Jerry, el actual hombre para todo (el anterior, que había sustituido a Buddy, no se presentó una mañana), retiró por fin las camas y las cortinas arrumbadas en la pista de ráquetbol. Mi padre había mandado pintar el suelo y me retó a jugar un partido. Pero, con la mala ventilación, la humedad hizo que este estuviera resbaladizo, y que tuviéramos que dejarlo tras los cuatro primeros puntos. Mi padre no quería romperse la cadera.

Ha hecho que Jerry arrastre hasta la pista un viejo humidificador que había en la oficina, y esta mañana los dos han jugado unos cuantos partidos.

–¿Cómo está el suelo? –pregunto.

–Sigue un poco resbaladizo. Ese deshumidificador es una mierda.

Así que no es para enseñarme la pista de ráquetbol repintada y seca por lo que mi padre ha venido a buscarme. Es algo, por lo que me dice su cara, más importante. Inclinado hacia un lado (el ejercicio no le ha mejorado lo más mínimo la espalda), me precede hasta la tercera planta, y luego hasta una escalera más pequeña de cuya existencia no me había percatado antes y que conduce directamente a la azotea. Cuando llegamos a ella, veo que hay otra construcción. Es bastante grande, y parece un búnker, solo que tiene ventanas en todos sus lados.

–No lo conocías, ¿verdad? –dice mi padre–. Es el ático. Tu madre y yo vamos a subirnos a vivir aquí en cuanto lo tengamos listo.

El ático tiene una puerta principal roja con un felpudo delante de ella. Se levanta en medio del tejado alquitranado, y hay bastante espacio libre a su alrededor. Aquí arriba desaparecen todos los edificios circundantes, y solo se ve el cielo y el mar. A un costado del ático, mi padre ha instalado un *hibachi,* una parrilla japonesa.

–Esta noche podemos hacernos algo aquí –dice.

Dentro, mi madre limpia las ventanas. Lleva los mismos

guantes de goma amarillos que cuando limpiaba las ventanas de nuestra casa de las afueras de Detroit. De momento solo pueden utilizarse dos habitaciones. La tercera la han estado usando como trastero, y guardan en ella un revoltijo de sillas y mesas unas encima de otras. En la habitación principal se ha instalado un teléfono junto a una silla verde de plástico. Han colgado de la pared una de las pinturas del almacén, con motivos marinos de conchas y corales.

El sol se pone. Hacemos una barbacoa en la azotea, y cenamos sentados en sillas plegables.

–Se está muy bien aquí arriba –dice mi madre–. Es como estar en mitad del cielo.

–Lo que me gusta –dice mi padre– es que no puedes ver a nadie. Tienes una vista privada del mar, aquí mismo. Una casa tan grande como esta justo al lado del mar te costaría un ojo de la cara. –Tras una pausa añade–: En cuanto tenga pagado el negocio, este ático será nuestro. Podremos conservarlo en la familia; para nosotros y las generaciones por venir. Cuando te apetezca venir a Florida a pasar una temporada en tu propio ático, podrás hacerlo.

–Genial –digo, y lo digo de verdad. Por primera vez siento el atractivo del hotel de mis padres. La inesperada liberación que supone la azotea, la descomposición salobre de la orilla del océano, la grata absurdidad de Norteamérica..., todo se une de una forma tal que consigo imaginarme trayendo amigos y mujeres a este ático en los años venideros.

Cuando por fin anochece, nos metemos dentro. Mis padres aún no duermen en el ático, pero no queremos irnos. Mi madre enciende las luces.

Me acerco a ella y le pongo las manos en los hombros.

–¿Qué has soñado esta noche pasada? –le pregunto.

Me mira; a los ojos. Mientras lo hace no es tanto mi

madre como un ser humano, un semejante, con problemas y con sentido del humor.

–Mejor que no lo sepas –dice.

Entro en el dormitorio para ver cómo es. El mobiliario tiene ese aire propio de los moteles, pero encima del escritorio mi madre ha puesto una fotografía en la que estamos mis hermanos y yo. Hay un espejo en la cara interna de la puerta del cuarto de baño, que está abierta. Veo a mi padre en él. Está orinando. O intentando hacerlo. Está de pie, delante de la taza, con la mirada fija abajo y una expresión vacía. Está concentrado en algo en lo que yo nunca he tenido que concentrarme, algo con lo que sé que acabaré encontrándome, pero que ahora no me hago una idea de cómo es. Levanta la mano al aire y cierra el puño. Luego, como si llevara años haciéndolo, se empieza a dar golpes en el estómago, en la zona de la vejiga. No se da cuenta de que estoy viéndole. Sigue golpeándose, y la mano hace un ruido sordo en cada impacto. Al cabo, como si hubiera oído una señal, deja de hacerlo. Hay un instante de silencio antes de que el chorro dé contra el agua.

Mi madre sigue en el salón cuando salgo del dormitorio. Reparo en que la pintura de la pared, más arriba de su cabeza, está torcida. Pienso en enderezarla, y luego pienso que al diablo con ella. Salgo a la azotea. Ha oscurecido, pero puedo oír el mar. Miro hacia la playa, a los otros edificios altos iluminados: el Hilton, el Ramada. Cuando llego al borde, veo el motel de al lado. Las luces rojas fulguran en el bar tropical de paja. Debajo, y a un costado, sin embargo, las ventanas de nuestro establecimiento están apagadas. Miro con los ojos entrecerrados la terraza, pero no veo nada. En el piso de la azotea sigue habiendo charcos de la tormenta de la noche pasada, y cuando piso uno de ellos siento cómo el agua me inunda el zapato. El agujero se está agrandando.

No me quedo mucho allí. Justo lo necesario para sentir el mundo. Cuando vuelvo, veo que mi padre ha salido otra vez a la sala. Está al teléfono, discutiendo con alguien, o riéndose, y ocupándose de mi herencia.

1997

BUSCAD AL MALO

Somos propietarios de esta casa desde hace, pongamos, calculo, doce años. Se la compramos a una pareja de ancianos, los De Rougemont, cuyo olor aún se sigue notando en ella, sobre todo en el dormitorio principal, y en el despacho, donde el viejo memo sesteaba en verano, y un poco también en la cocina. Todavía.

Recuerdo que de pequeño iba a las casas de la gente y pensaba: «¿Podrán oler cómo huelen?» Algunas casas eran peores que otras. Los Pruitt de la casa de al lado tenían un olor a grasa, a carreta de víveres en la conquista del Oeste, bastante tolerable. Los Willot, que tenían aquella academia de esgrima en su cuarto de juegos, olían a col fétida. No se podía mencionar a qué olían tus amigos, porque ese olor era parte de ellos. ¿Era la higiene? ¿O era..., ya sabes, algo glandular, y cómo olía cada familia tenía que ver con las funciones fisiológicas de muy dentro del cuerpo? El caso es que cuanto más pensabas en ello, más se te revolvían las tripas.

Ahora *yo* vivo en una casa vieja que a quienes no nos conocen probablemente les huela raro.

O vivía, más bien. En este momento estoy en el jardín

delantero, escondiéndome entre la pared de estuco y las palmeras viajeras.

Hay luz en el cuarto de Meg. Meg es mi hijita del alma. Tiene trece años. Desde mi posición estratégica no puedo ver el cuarto de Lucas, pero Lucas normalmente prefiere hacer los deberes abajo, en el salón. Si me acercara sigilosamente a la casa, seguramente podría espiar a Lucas, con jersey de pico y corbata del colegio, y armado para el éxito: calculadora gráfica (sí), iPad de Saint Boniface (sí), fichas de ejercicios de latín (sí), pecera con peces de colores (sí). Pero no puedo ir hasta allí porque vulneraría la orden de alejamiento.

Se supone que no puedo acercarme a menos de cinco metros de mi encantadora esposa Johanna. Se trata de una OUA (Orden de Alejamiento de Urgencia), dictada por un juez en horario nocturno. Mi abogado, Mike Peekskill, ha solicitado su revocación. Quien esto suscribe, Charlie D., aún conserva el proyecto del arquitecto paisajista de cuando Johanna y yo pensábamos reemplazar estas palmeras por algo menos salvaje y propenso a sucumbir a las plagas. Así que tengo la certeza de que la distancia de la casa a la pared de estuco es exactamente 19,20 metros. Ahora mismo, calculo que estoy, oculto entre la vegetación, a unos dieciocho o dieciocho y medio. Y, de todas formas, nadie puede verme porque estamos en febrero y ya ha oscurecido por estas latitudes.

Es jueves, así que ¿donde está Bryce? Exacto. En la clase de trompeta del señor Talawatamy. Johanna no tardará en ir a recogerle. No puedo quedarme mucho más.

Si saliera de mi escondrijo y rodeara con sigilo la esquina de la casa, vería el cuarto de invitados, donde solía recluirme cuando Johanna y yo nos enfadábamos de verdad, y donde, la primavera pasada, después de que a Johanna la ascendieran en Hyundai, empecé a fornicar de lo lindo con la canguro, Cheyenne.

Y si siguiera todo recto y pasara al jardín trasero me daría casi de bruces con la puerta de cristal que hice añicos cuando arrojé contra ella el enano del jardín. Borracho, claro.

Sí, señor. Un montón de munición para Johanna en el juego de «Buscad al malo» de los consejeros matrimoniales.

No hace lo que se dice frío, pero para Houston sí lo hace. Cuando me agacho para sacarme el teléfono de la bota siento una punzada en la cadera. Tengo algo de artritis.

Saco el teléfono para jugar a Palabras con Amigos. Empecé con este juego en la radio, para pasar el tiempo, pero luego descubrí que Meg jugaba a lo mismo, así que le mandé una invitación a jugar conmigo.

En *mrsbieber vs radiocowboy* veo que mrsbieber no ha jugado más que la palabra *caca.* (Trata de cabrearme.) Meg ha puesto la primera «c» en una casilla de doble palabra y la segunda en una de doble valor de la letra, y ha logrado veintiocho puntos. No está mal. Ahora a mí me toca una palabra sencilla, *ataúd*, por nueve míseros puntos. Le llevo cincuenta y un puntos de ventaja. Y no quiero que se desanime y me deje plantado.

Veo que su sombra se mueve por la ventana. Pero no juega ninguna otra palabra. Puede que esté hablando por skype, o escribiendo en el blog, o pintándose las uñas.

Johanna y yo –se pronuncia «Yo-jana»; es muy puntillosa en eso– llevamos casados veintiún años. Cuando nos conocimos yo vivía en Dallas con mi novia de entonces, Jenny Braggs. A la sazón hacía de asesor en solo tres emisoras diseminadas por todo el estado, así que me pasaba la mayor parte de la semana en la carretera. Y un buen día estaba en San Antonio, en la WWWR, y allí estaba Johanna. Clasificando cedés. Era una chica muy alta y bastante anodina.

–¿Qué tal tiempo hace ahí arriba? –dije.

–¿Perdón?

–No, nada. Hola, soy Charlie D. ¿Y ese acento?

–Sí. Soy alemana.

–No sabía que en Alemania gustase la música country.

–No gusta.

–Quizá debería asesorar a los alemanes, entonces. Hay que difundir el Evangelio. ¿Cuál es el artista country que más te gusta?

–Yo soy más de ópera –dijo Johanna.

–Entiendo. Estás aquí por el trabajo.

Después de aquello, cada vez que iba a San Antonio no dejaba de pasar por el despacho de Johanna. Hablábamos, y si seguía sentada a mí no se me ponían los nervios de punta.

–¿Has jugado al baloncesto, Johanna?

–No.

–¿Hay jugadoras de baloncesto en Alemania?

–En Alemania no soy tan alta –dijo Johanna.

Así fue la cosa más o menos. Luego, un día, voy a verla al despacho y ella me mira con esos grandes ojos azules y dice:

–Charlie, ¿qué tal actor eres?

–¿Actor o mentiroso?

–Mentiroso.

–Bastante bueno –dije–. Pero puede que esté mintiendo.

–Necesito una tarjeta verde –dijo Johanna.

Veamos la película: estoy vaciando la cama de agua en la bañera para poder llevármela, mientras Jenny Braggs derrama lágrimas copiosas. Johanna y yo apretujándonos en un fotomatón para sacarnos unas fotos bonitas de una «relación que lleva ya cierto tiempo» para nuestro «álbum de recortes». Y llevando ese álbum de recortes a la entrevista con Inmigración, seis meses después.

–Bien, señora Lubbock... ¿Es ese su apellido?

–Lübeck –le dijo Johanna al funcionario–. Con diéresis en la «u».

–En Texas no hay de eso –dijo el funcionario–. Bien, señora Lubbock, estoy seguro de que entiende que los Estados Unidos tienen que cerciorarse de que aquellas personas que admitimos a la vía de obtención de la ciudadanía en virtud de su matrimonio con ciudadanos estadounidenses están realmente casadas con esos ciudadanos. Y por lo tanto voy a tener que hacerle unas preguntas personales que tal vez puedan parecerle un tanto indiscretas.

Johanna asintió con la cabeza.

–¿Cuándo fue la primera vez que usted y el señor D.? –Se interrumpió en seco y me miró–. Oiga, usted no es *ese* Charlie Daniels, ¿no?

–No. Por eso pongo solo la D. Para que no me confundan.

–Porque usted se le parece un poco.

–Soy un gran fan –dije–. Se lo tomo como un cumplido.

El funcionario se volvió hacia Johanna, suave como la mantequilla.

–¿Cuándo fue la primera vez que usted y el señor D. tuvieron relaciones sexuales?

–No se lo dirá a mi madre, ¿verdad? –dijo Johanna, tratando de bromear.

Pero era un funcionario todo burocracia.

–¿Antes o después del matrimonio?

–Antes.

–¿Y cómo calificaría usted la competencia sexual del señor D.?

–¿Usted qué cree? Maravillosa. Me he casado con él, ¿no?

–¿Alguna señal distintiva en su órgano sexual?

–Se lee: «En Dios confiamos.» Como en el de todos los norteamericanos.

El funcionario se volvió hacia mí, sonriendo.
–Se ha emparejado usted con una verdadera tigresa.
–Si lo sabré yo... –dije.

Pero entonces aún no nos acostábamos. Eso no llegó hasta más tarde. A fin de fingir que era mi novia, y luego mi prometida, Johanna tuvo que pasar tiempo conmigo, e ir conociéndome. Es de Baviera. Tiene la teoría de que Baviera es la Texas de Alemania. La gente de Baviera es más conservadora que un europeo izquierdista medio. Es católica, si no exactamente devota. Además, la gente de Baviera lleva chaquetas de cuero y prendas por el estilo. Johanna quería saberlo todo sobre Texas, y yo era el hombre apropiado para enseñárselo. La llevé al festival South by Southwest, que entonces no era esa especie de casting generalizado en que se ha convertido hoy. Y, oh Dios..., lo maravillosa que estaba Johanna en tejanos y con botas de cowboy.

De lo siguiente que me acuerdo es de que vamos volando rumbo a Michigan a que conozca a mi familia. (Nací en Traverse City, y si hablo así es porque llevo mucho tiempo viviendo aquí. Mi hermano Ted me pone verde por hablar como hablo, y yo le digo que hay que hablar como se habla en el medio donde trabajas.)

Quizá fue la ciudad de Michigan lo que hizo que pasara lo que pasó después. Era invierno. Llevé a Johanna a montar en motonieve y a pescar en el hielo. Mi madre nunca hubiera dado su aprobación al apaño de la tarjeta verde, así que le dije que éramos amigos. Una vez allí, sin embargo, entreoí que Johanna le decía a mi hermana que estábamos «saliendo». Una noche de fiesta, en el local de los veteranos de guerra, después de tomarnos unas cervezas, Johanna empezó a cogerme la mano por debajo de la mesa. No protesté. O sea, ahí estaba ella, con su más de uno ochenta y su aspecto sano como el que más y su magnífico apetito, cogiéndome la mano entre las suyas sin que nadie lo viera. Creedme, estaba más contento que un perro con un buen hueso.

Mi madre nos asignó habitaciones separadas. Pero una noche Johanna entró en la mía, sigilosa como una piel roja, y se deslizó dentro de mi cama.

–¿Es parte de las técnicas de actuación?

–No, Charlie. Esto es real.

Me abarcaba con los brazos, y empezamos a mecernos, muy muy suavemente, como mecía Meg al gatito que le regalamos antes de que se muriera. Me refiero a cuando era solo una especie de peluche caliente y aún no tenía boca y garras y no se había ido de casa.

–Parece real –dije–. Parece lo más real que me ha pasado nunca.

–¿Y esto también te parece real, Charlie?

–Sí, señora...

–¿Y esto?

–Déjame ver. Tengo que sentirlo a conciencia. Oh, sí. Es *real.*

El amor a la decimoquinta vista, podría decirse.

Miro hacia lo alto de mi casa y medito un poco, no quiero decir exactamente sobre qué. El caso es que soy un hombre de éxito en la flor de la vida. Empecé a pinchar discos en la facultad, y aunque mi voz encajaba bien en el espacio de tres a seis de la mañana en Marquette, Michigan, he de admitir que fuera, en el mundo real, había un límite que no podía franquearse. Nunca me cayó en suerte un trabajo delante de un micrófono. Solo trabajos de telemarketing. Luego volví a sentir el gusanillo de la radio y empecé a asesorar emisoras. Esto fue en los años ochenta, cuando se celebraron los primeros encuentros mixtos country-rock. Hubo muchas emisoras de radio a las que les costó mucho ponerse al día en esto. Yo les aconsejaba quién y qué poner en antena. Empecé teniendo una clientela de tres emisoras y ahora tengo sesenta y siete que vienen y me preguntan: «Charlie D., ¿cómo aumentamos nuestra cuota de mercado? Transmítenos tu sabiduría sobre la mixtura de géneros, Sabio de la Artemisa.» (Es lo que se lee en mi página web. La gente se lo ha apropiado.)

Pero lo que estoy pensando ahora mismo no me hace sentirme tan sabio. Nada en absoluto, a decir verdad. Estoy pensando: ¿cómo me ha sucedido esto a mí? ¿Estar escondido aquí entre los arbustos?

«Buscad al malo» es una expresión que hemos aprendido en las sesiones de terapia de pareja. Johanna y yo estuvimos un año yendo a esa terapeuta, la doctora Van der Jagt. Holandesa. Tenía una casa cerca de la universidad con dos caminos de entrada, uno para la puerta principal y otro para la puerta trasera. Así, la gente que entraba no se topaba con la gente que salía.

Imagina que estás saliendo de una sesión de terapia de pareja y te encuentras con el vecino de al lado de tu casa que está entrando.

–Hola, Charlie D., ¿cómo te va?

Y tú le dices:

–Mi mujer acaba de decir que la maltrato verbalmente, pero por lo demás me va estupendamente.

No. No quieres que eso suceda.

A decir verdad, no me entusiasmaba que nuestra terapeuta fuera mujer, y europea. Pensaba que sería parcial a favor de Johanna.

En la primera sesión, Johanna y yo nos sentamos cada uno en un extremo del sofá, con los cojines en medio.

La doctora Van der Jagt se situó frente a nosotros, con un fular del tamaño de una manta de caballo.

Nos preguntó la razón por la que acudíamos a su consulta.

Hablaba con suavidad, en tono afable, mostrando su lado femenino. Esperé a que hablara Johanna.

Pero se le había comido la lengua el mismo gato que se había comido la mía.

La doctora Van der Jagt lo intentó de nuevo:

–Johanna, dígame cómo se siente en su matrimonio. Tres palabras.

–Frustrada. Furiosa. Sola.

–¿Por qué?

–Cuando nos conocimos, Charlie solía llevarme a bailar. En cuanto tuvimos hijos dejó de hacerlo. Ahora los dos trabajamos a jornada completa. No nos vemos en todo el día. Pero nada más llegar a casa se sienta en su rincón junto al fuego...

–Podrías venir a sentarte conmigo –dije yo.

–... y bebe. Toda la noche. Todas las noches. Está más casado con ese fuego del jardín que conmigo.

Y yo la escuchaba, porque quería conectar con ella, y lo intentaba con todas mis fuerzas. Pero al rato dejaba de prestar atención a sus palabras y me limitaba a oír su voz, modulada por su acento extranjero. Era como si Johanna y yo fuéramos pájaros y su canto no fuera el canto que yo pudiera reconocer, sino el canto de un pájaro de un continente diferente, de una especie que anidara en los campanarios de las catedrales o en los molinos de viento y que a mi especie le pareciera algo así como... Bueno, engreída...

Por ejemplo, lo del fuego. ¿No intentaba yo reunir a todo el mundo alrededor de él todas las noches? ¿Dije alguna vez que quería estar allí sentado solo? No, señor. Lo que me gustaba es que estuviéramos allí todos juntos, como una familia, bajo las estrellas, con la leña de mezquite en llamas, crepitando. Pero Johanna, Bryce, Meg e incluso Lucas nunca querían. Estaban demasiado ocupados con sus ordenadores o sus Instagrams.

–¿Qué siente al oír lo que está diciendo Johanna? –me preguntó la doctora Van der Jagt.

–Bueno –dije–. Cuando compramos la casa, Johanna estaba entusiasmada con el foso del fuego.

–Nunca me ha gustado ese foso. Siempre piensas que si a ti te gusta algo, a mí también me gusta.

–Cuando la señora de la inmobiliaria nos enseñó casas por esta zona, ¿quién fue la que dijo: «¡Eh, Charlie, mira esto! ¡Te va a encantar!»?

–*Ja*, y tú querías una cocina Wolf. Tenías que tener una cocina Wolf. Pero ¿has cocinado alguna vez algo en ella?

–Hice aquellos bistecs a la parrilla en el fuego del foso...

Aproximadamente en este punto, la doctora Van der Jagt alza la mano pequeña y suave.

–Tenemos que tratar de ir más allá de estas nimiedades. Necesitamos encontrar el meollo de su infelicidad. Lo que se están echando en cara son solo cosas superficiales.

Volvimos a la semana siguiente, y la siguiente. La doctora Van der Jagt nos hizo rellenar un cuestionario que valoraba nuestro nivel de contento marital. Nos dio unos libros que debíamos leer: *Abrázame fuerte,* que trataba de cómo las parejas tienden a comunicarse de forma deficiente, y *El volcán bajo la cama,* que abordaba cómo superar los períodos de «sequía» sexual y brindaba algunos pasajes francamente atrevidos. Quité las sobrecubiertas de ambos libros y les puse otras distintas. Así la gente, en la radio, creía que estaba leyendo a Tom Clancy.

Poco a poco, fui haciéndome con la jerga. «Buscad al malo» quiere decir que, cuando estás discutiendo con tu cónyuge, los dos tratáis de salir victoriosos de la contienda. ¿Quién ha dejado abierta la puerta del garaje? ¿Quién ha dejado esa masa de pelos de Bigfoot en el desagüe de la ducha? La cosa estriba en caer en la cuenta –ambos miembros de la pareja– de que no existe tal «malo». No puedes ganar en la disputa cuando estás casado con tu contrincante. Porque si ganas, tu cónyuge pierde y siente resentimiento, y entonces también tú pierdes, y mucho.

Como había resultado ser un marido deficiente, empecé a pasar mucho tiempo solo, y a habituarme a la introspección. Lo que hice fue ir al gimnasio y tomar saunas. Echaba unas gotas de eucalipto en un cubo de agua, vaciaba el cubo encima de las rocas de imitación, esperaba a que se formara el vaho y daba la vuelta al diminuto reloj de arena. Y, tardara lo que tardase la arena en descender totalmente, me entregaba a la introspección. Me gustaba imaginar que el calor quemaba todo mi exceso de carga –podía permitirme perder algo de peso, tal como podría permitírselo todo el mundo– hasta dejarme convertido en un puro residuo de Charlie D. La mayoría de los hombres, a los diez minutos, decían a gritos que se estaban «cocinando» y salían disparados de aquel horno. Yo no. Volvía a volcar el reloj de arena y seguía en cuclillas un rato más. El calor abrasaba todas mis impurezas. Cosas que jamás le contaba a nadie. Como cuando Bryce, casi recién nacido, tuvo un cólico que le duró seis meses y yo, para no tirarlo por la ventana, me tomaba dos bourbons antes de la cena; y cuando nadie me veía, trataba a Forelock como si fuera un saco de boxeo. Entonces no era más que un cachorro de unos ocho o nueve meses. Siempre había hecho *algo*. Un hombre hecho y derecho pegándole a su propio perro, haciéndole gimotear hasta el punto de que Johanna me gritaba: «¡Eh! ¿Qué estás haciendo?», y yo le contestaba, también a gritos: «¡Está fingiendo! ¡Es un farsante nato!» O incluso otras veces, más recientemente, en que Johanna iba en avión a Chicago o Phoenix y yo pensaba: ¿Y si el avión se estrellase? ¿Les pasaban estas cosas a los demás o solo a mí? ¿Era yo malo? ¿Sabía Damien que era maligno en *La profecía* y *La profecía 2?* ¿Pensaba que «Ave Satani» era tan solo una banda sonora pegadiza? «¡Oíd, están tocando mi canción!»

Mi introspección debió de remitir, puesto que empecé a percibir patrones de realidad. A modo de ejemplo: Johanna entraba en mi despacho para tenderme el tapón de la pasta de dientes que se me había olvidado enroscar; eso hacía que luego yo le espetara *«Achtung!»* cuando me pedía que llevara la basura a los contenedores de reciclaje, lo cual la ponía más furiosa que un pollo mojado; y en un abrir y cerrar de ojos estábamos batallando como en la mismísima Tercera Guerra Mundial.

En la terapia, cuando la doctora Van der Jagt me instaba a que hablara, yo decía: «Como apunte positivo de esta semana, diré que cada vez soy más consciente de nuestros "diálogos malditos". Me doy cuenta de que ese es nuestro enemigo real. Y no el uno del otro. Nuestros "diálogos malditos". Me reconforta saber que Johanna y yo, ahora que hemos llegado a ser conscientes de ello, podremos unirnos contra esos patrones de conflicto.»

Pero era más fácil decirlo que hacerlo.

Un fin de semana fuimos a cenar con una pareja. La chica, Terri, trabajaba con Johanna en Hyundai. Su marido, Burton, era del Este.

Aunque nadie lo diría al verme, yo era tímido de nacimiento. Para relajarme en cualquier entorno social, solía tomarme unas margaritas. Me estaba sintiendo bien cuando la chica, Terri, apoyó los codos en la mesa y se inclinó hacia Johanna en actitud de querer entablar una charla entre mujeres.

–¿Y vosotros cómo os conocisteis? –dijo Terri.

Yo hablaba con Burton sobre su alergia al trigo.

–Se supone que el nuestro fue uno de esos matrimonios de tarjeta verde –dijo Johanna.

–Al principio –dije yo, inmiscuyéndome.

Johanna siguió mirando a Terri.

–Yo trabajaba en aquella emisora. Mi visado estaba a punto de caducar. Conocía un poco a Charlie. Me pareció un buen tipo. Así que, *ja,* nos casamos. Y conseguí la tarjeta verde y..., ya sabes, *ja, ja...*

–Ahora lo entiendo –dijo Burton, mirándonos primero a uno y luego a otro y asintiendo, como si hubiera resuelto un acertijo.

–¿Qué quieres decir con eso? –le pregunté.

–Charlie, sé amable –dijo Johanna.

–Estoy siendo amable –dije–. ¿Tú crees que no estoy siendo amable, Burton?

–Me refería solo a las diferentes nacionalidades. Tenía que haber una historia detrás de eso.

La semana siguiente, en la terapia de pareja, fui yo quien tomó la palabra el primero.

–De lo que quiero hablar es... –dije–. ¿Ve?, tengo un tema que tratar. Cada vez que la gente pregunta cómo nos conocimos, Johanna dice que se casó conmigo por la tarjeta verde. Como si nuestro matrimonio fuera algo parecido a una obra de teatro.

–No es cierto –dijo Johanna.

–Por supuesto que lo es –dije yo.

–Bueno, pues es cierto, ¿vale?

–Lo que creo que quiere decir Charlie –dijo la doctora Van der Jagt– es que cuando usted hace eso, Johanna, aunque pueda parecerle que se limita a constatar un hecho, Charlie siente que está infravalorando el vínculo que les une.

–¿Qué debería decir, entonces? –dijo Johanna–. ¿Inventar una historia sobre cómo nos conocimos?

Según *Abrázame fuerte,* lo que sucedió cuando Johanna le contó a Terri lo de la tarjeta verde fue que yo sentí una amenaza contra ese vínculo. Sentí que Johanna estaba reculando, lo cual me llevó a querer hacer el amor con ella cuando volvimos a casa. Pero dado que no había sido demasiado amable con ella durante la velada –a causa de mi enfado por lo de la tarjeta verde–, ella no estaba precisamente de humor para eso. Además, yo estaba hasta la coronilla de hacerme el maridito sonriente. Así que fue un compañero de vida hosco, borracho, secretamente necesitado y asustado quien se deslizó hacia ella por el colchón de espuma viscoelástica. La espuma viscoelástica era un litigio entre nosotros en sí misma, ya que mientras que a Johanna le encantaba, yo le echaba la culpa de un dolor mío en la zona lumbar baja.

Ese era nuestro patrón: Johanna huyendo y yo siguiendo su rastro como un sabueso.

Estaba trabajando a conciencia en todo ello: leía y reflexionaba. Al cabo de unos tres meses de terapia, las cosas empezaron a mejorar en La Casa D.[1] Para empezar, a Johanna la ascendieron de representante local a regional. Estable-

1. En castellano en el original. *(N. del T.)*

cimos como algo prioritario pasar algo de tiempo juntos. Y yo me avine a beber menos.

Hacia las mismas fechas, Cheyenne, la chica que nos hacía de canguro, apareció una noche con un olor apestoso. Resultó que su padre la había echado de casa a patadas. Se había ido a casa de su hermano, pero allí las drogas circulaban a mansalva. Así que se fue. Todos los que se brindaron a alojarla querían solo una y la misma cosa, y al final Cheyenne acabó durmiendo en su Chevy. Entonces Johanna, que tiene blando el corazón y desperdicia su voto votando al Partido Verde, le ofreció una habitación de la casa. Además, Johanna viajaba más y se necesitaba más ayuda con los niños.

Cada vez que Johanna volvía de un viaje, las dos se comportaban como amigas íntimas, y se reían y hacían el tonto juntas. Luego Johanna volvía a irse y allí estaba yo mirando fijamente por la ventana mientras Cheyenne tomaba el sol junto a la piscina. Conocía de memoria su anatomía.

Por si fuera poco, le gustaba el foso del fuego. Bajaba casi todas las noches.

–Le voy a presentar a mi amigo el señor George Dickel –dije.

Cheyenne me miró como si pudiera leerme la mente.

–No tengo la edad legal, ¿sabe? –dijo–. Aún no puedo beber.

–Eres lo bastante mayor para votar, ¿no? Tienes edad suficiente para entrar en el ejército y defender a tu país.

Le serví un vaso.

Me dio la impresión de que ya había bebido antes.

Todas aquellas noches en el jardín, en compañía de Cheyenne, junto al fuego, me hicieron olvidar que yo era Charlie D., un hombre lleno de manchas solares y de las marcas de una vida larga, y ella Cheyenne, una chica no mucho mayor que la sobrina que John Wayne va a buscar en *Centauros del desierto.*

Empecé a mandarle mensajes de texto desde el trabajo. Lo siguiente que puedo recordar es que la llevo de compras, y le regalo una camiseta con una calavera, o un puñado de tangas de Victoria's Secret, o un teléfono nuevo con Android.

–No estoy segura de que deba aceptar todo esto de usted –dijo Cheyenne.

–Es lo menos que puedo hacer. Estás ayudándonos mucho a Johanna y a mí. Es parte de tu sueldo. Un pago justo.

Yo era mitad papi, mitad novio. Por la noche, junto al foso del fuego, nos contábamos nuestras infancias, la mía infeliz en el pasado lejano, la suya infeliz en el presente.

Johanna pasaba media semana fuera de casa. Volvía mimada por la vida en los hoteles, y era como si esperara un servicio de habitaciones y el papel higiénico doblado en V. Y volvía a irse.

Una noche, estaba yo viendo *Monday Night* y en una pausa publicitaria pusieron un anuncio de Captain Morgan –son anuncios que me encantan–, y se me antojó tomarme un Captain Morgan con Coca-Cola. Así que me preparé uno. Y en ese momento entró en la sala Cheyenne.

–¿Qué está viendo? –preguntó.

–Fútbol. ¿Quieres una copa? Es ron especiado.

–No, gracias.

–Esos tangas que te regalé el otro día, ¿qué tal te quedan?

–De maravilla.

–Podrías ser modelo de Victoria's Secret, Cheyenne, te lo juro.

–¡No!

Se echó a reír; la idea le gustaba.

–¿Por qué no posas para mí con uno? Haré de juez.

Cheyenne se volvió hacia mí. Los niños estaban dormidos. Los hinchas gritaban en el televisor. Mirándome directamente a los ojos, Cheyenne se soltó el cierre de los vaqueros cortos y los dejó caer hasta el suelo.

Me puse de rodillas, como si me dispusiera a rezar. Pegué la cara contra el pequeño vientre duro de Cheyenne, como si quisiera inhalarla. Me deslicé hacia más abajo.

En la mitad de todo ello, Cheyenne levantó la pierna hacia un lado, al estilo Captain Morgan, y nos ayuntamos.

Horrible, lo sé. Vergonzoso. (Aquí es muy fácil saber quién es el malo.)

Dos veces, quizá tres. De acuerdo, más de siete. Pero una mañana Cheyenne abre sus ojos de quinceañera inyectados en sangre y dice:

–¿Sabes que podrías ser mi abuelo?

Un día me llama al trabajo, completamente histérica. La recojo y vamos a una farmacia CVS para comprar un test de embarazo. Cheyenne está tan fuera de sí que no puede esperar a llegar a casa para hacérselo. Me hace parar en una cuneta, baja por una especie de barranco y se pone en cuclillas. Y vuelve con el rímel deslizándosele por las mejillas.

–¡No puedo tener un hijo! ¡Solo tengo diecinueve años!

–Por favor, Cheyenne, pensemos un momento –dije.

–¿Vas a criarlo tú, Charlie D.? ¿Vas a mantenernos a mí y al bebé? Eres viejo. Tu *esperma* es viejo. El bebé puede salir autista.

–¿Dónde has leído eso?

–Lo vi en las noticias.

Ella no tuvo que pensarlo mucho. Yo estoy en contra del aborto, pero, dadas las circunstancias, concluí que era ella la que debía tomar la decisión final. Cheyenne me dijo que se ocuparía de todo. Concertaría ella misma la cita. Dijo que ni siquiera hacía falta que la acompañara. Lo único que necesitaba eran tres mil dólares.

Sí, hasta a mí me parecía mucho dinero.

Una semana después estoy de camino a la terapia de pareja con Johanna. Estamos subiendo por el camino de entrada de la doctora Van der Jagt cuando el móvil vibra en uno de mis bolsillos. Abro la puerta para que pase Johanna y digo:

–Después de ti, cariño.

El mensaje es de Cheyenne: «Se acabó. Que tengas una vida feliz.»

Nunca había estado embarazada. Fue entonces cuando caí en la cuenta. Pero no me importaba. Se había ido de mi vida. Estaba a salvo. Había esquivado otra bala.

Y, entonces, ¿qué dije e hice? Entré en el despacho de la doctora Van der Jagt y me senté en el sofá y miré a Johanna. Mi mujer. No tan joven como antes, por supuesto. Pero más mayor y más estropeada por mi causa, sobre todo. Por criar a mis hijos y lavarme la ropa y cocinar mis comidas mientras seguía trabajando a tiempo completo. Viéndola allí, triste y agotada, sentí un nudo en la garganta. Y en cuanto la doctora me preguntó si tenía algo que decir, me salió a borbotones toda la historia.

Tuve que confesar mi delito. Sentía que iba a estallar si no lo hacía.

Lo cual significaba algo. Significaba, si bien se piensa, que la verdad es verdadera. Que la verdad saldrá a la luz.

Hasta aquel momento, no estaba muy seguro.

Cuando se agotaron los cincuenta minutos de la sesión, la doctora Van der Jagt nos condujo hasta la puerta trasera. Como de costumbre, no pude evitar mantenerme vigilante por si alguien nos veía.

Pero ¿por qué nos íbamos casi a hurtadillas? ¿De qué nos avergonzábamos? Éramos dos personas enamoradas con problemas que nos dirigíamos a nuestro Nissan para ir a recoger a los niños al colegio. Allá en los Alpes, cuando encontraron a aquel hombre prehistórico en la tundra, congelado, y lo desenterraron, y lo llamaron Ötzi, vieron que, aparte de unos zapatos de piel llenos de hierba y de una piel de oso, llevaba una cajita de madera con lo que había sido un rescoldo. Pues eso es lo que Johanna y yo estábamos haciendo al ir a la terapia de pareja. Estábamos sobreviviendo a una glaciación armados con arcos y fechas. Teníamos heridas de escaramuzas anteriores. De lo único que disponíamos cuando estábamos enfermos era de unos puñados de hierbas medicinales. Yo tenía una punta de flecha de sílex alojada en el hombro izquierdo, lo cual hacía algo más lentos mis movimientos. Pero teníamos esa cajita con el rescoldo apagado, y si lo lográbamos trasladar a alguna parte –no sé, una cueva, una espesura de pinos–, podríamos reavivar el fuego de nuestro amor. Allí, sentado en el sofá de la doctora Van der Jagt, con cara de palo, pensaba en Ötzi, solo en el lugar en el que había encontrado la muerte. Asesinado, al parecer. Tenía una fractura en el cráneo. Uno ha de caer en la cuenta de que hoy día las cosas no son tan malas como puedan parecer. La violencia humana ha remitido estadísticamente un tanto desde los tiempos prehistóricos. Si hubiéramos vivido en la era de Ötzi, habríamos tenido que vigilar nuestras espaldas cada vez que dábamos un paso. En tales circunstancias, ¿a quién querría tener yo a mi lado más que a Johanna, con sus anchos hombros y sus fuertes piernas y su –en su día– fructífero seno? Ella ha ido llevando el rescoldo todo este tiempo, varios años ya, pese a mis tentativas de mandarlo todo al traste.

Al llegar al coche, mira por dónde, no me funcionaba el mando de apertura. Apretaba y apretaba y nada. Johanna, en el camino de grava, parecía pequeña, para lo que es ella, y lloraba: «¡Te odio! ¡Te odio!» Seguí viendo llorar a Johanna como desde muy lejos. Era la misma mujer que, cuando intentábamos tener a Lucas, me llamaba por teléfono y, a la manera de Tom Cruise en *Top Gun*, me decía: «¡Necesito semilla!» Y yo me iba a casa a toda velocidad desde el trabajo, entraba en el dormitorio quitándome el chaleco y la corbata de lazo, a veces me dejaba las botas (aunque no me parecía bien e intentaba no hacerlo), y allí estaba Johanna, tendida boca arriba en la cama, con las piernas y los brazos abiertos en señal de bienvenida y las mejillas inflamadas, y yo saltaba hacia ella y caía y caía, como tardando una eternidad, y entraba en ella, y ambos nos sumíamos en el asunto dulce y solemne de hacer un hijo.

Así que por eso estoy ahora aquí entre los arbustos. Johanna me echó de casa. Ahora vivo en el centro, cerca del barrio de los teatros, en un apartamento de dos dormitorios de los edificios de pisos de precios exorbitados que construyeron antes de la crisis y ahora no logran llenar.

Apostaría a que ahora estoy a unos veinte metros de la casa. Quizá a dieciocho. Creo que me acercaré un poco más.

Diecisiete y medio.

Diecisiete.

¿Qué le parece eso, señor policía?

Estoy al lado de uno de los focos cuando me acuerdo de que la orden de alejamiento habla de cincuenta metros. ¡Debo mantenerme a al menos cincuenta metros de distancia de Johanna!

Maldición.

Pero no me muevo. Y es por esto: porque si la orden de alejamiento dice que he de estar a al menos cincuenta metros de Johanna llevo semanas incumpliéndola.

Ya soy culpable.

Así que por qué no voy a acercarme un poco más.

Hasta el porche delantero, por ejemplo.

Justo lo que suponía: la puerta principal está abierta. ¡Maldita sea, Johanna!, pienso. Sí, deja la puerta de la casa abierta de par en par para que cualquier intruso se meta dentro tranquilamente, ¿por qué no?

Durante un minuto, es como en los viejos tiempos. Estoy más furioso que un avispón, y estoy allí de pie, en mi propia casa. Un dulce impulso de autojustificación me embarga. Sé quién es el malo aquí. Es Johanna. Me muero de ganas de entrar y buscarla y gritarle: «¡Has dejado la puerta de casa abierta! *Otra vez.*» Pero no puedo hacerlo, porque, técnicamente, estoy allanando ese domicilio.

Entonces me llega el olor. No el de los De Rougemont. Es, en parte, de la cena: chuletas de cordero, además de vino de cocinar. Buenos olores. Y, en parte, también, del champú de Meg, que se acaba de duchar arriba. Un aire húmedo, cálido, perfumado se cuela hacia abajo por el hueco de la escalera. Lo siento en las mejillas. También me llega el olor de Forelock, que es demasiado viejo para venir a saludar a su amo, lo cual, dadas las circunstancias, me viene de perlas. Son todos esos olores juntos; es decir, nuestro olor. ¡El olor de los D.! Por fin llevamos viviendo aquí lo bastante para haber desplazado el olor a viejo de los De Rougemont. No había caído en ello antes. Han tenido que echarme de mi casa para que sea capaz de venir a ella y oler este olor, que no creo que sea, ni para un niño pequeño con un olfato finísimo, otra cosa que agradable.

Arriba, Meg sale corriendo de su cuarto.

–¡Lucas! –grita–. ¿Qué has hecho con mi cargador?

–No he hecho nada –le contesta Lucas desde su cuarto.

–¡Lo has cogido!

–¡No señor!

–¡Sí señor!

–¡Mamá! –grita Meg, y va hasta lo alto de la escalera, y me ve. O quizá no. Porque necesita las gafas. Mira fijamente hacia donde estoy quieto, entre las sombras, y grita–: ¡Mamá! ¡Dile a Lucas que me devuelva el cargador!

Oigo algo, y me vuelvo. Y ahí está Johanna. Cuando me ve, hace algo muy extraño. Da un brinco hacia atrás. Se pone muy pálida y dice:

–¡Niños! ¡Quedaos arriba!

Eh, venga, pienso. Que soy yo.

Johanna aprieta la marcación rápida de su teléfono sin dejar de recular.

–No tienes por qué hacer eso –le digo–. Venga, Jo-Jo.

Pulsa el 911. Doy un paso hacia ella con la mano tendida. No pretendo cogerle el teléfono. Lo único que quiero es que cuelgue e irme. Pero de pronto estoy agarrando el teléfono, Johanna está gritando, y, de la nada, algo me salta encima desde atrás y me tira al suelo.

Es Bryce. Mi hijo.

No está en la clase de trompeta. Puede que lo haya dejado. Siempre soy el último en enterarme de las cosas.

Bryce tiene una cuerda en la mano, o un alargador, y está fuerte como un toro. Siempre se ha puesto de parte de Johanna.

Me está hundiendo la rodilla en la espalda, mientras trata de atarme pies y manos con el alargador.

–¡Lo tengo, mamá! –grita.

Intento hablar, pero mi hijo me tiene con la cara pegada a la alfombra.

–Eh, Bryce, suéltame –digo–. Soy papá. Estás sujetando a papá. ¿Bryce? No estoy de broma.

Trato de aplicarle una vieja maña de lucha Michigan: una patada de tijera. Y funciona de maravilla. Me quito a Bryce de encima y cae al suelo de espaldas. Él intenta zafarse de la pugna, pero soy demasiado rápido para él.

–Eh, oye... –digo–. ¿Quién es tu padre, Bryce? ¿Eh? ¿Quién es tu padre?

Es entonces cuando veo a Meg en lo alto de la escalera. Ha estado así, como petrificada, desde el principio. Pero cuando ahora la miro sale disparada. Tiene miedo de mí.

Al ver eso se me va todo ánimo de lucha. *¿Meg? ¿Mi niña bonita? Papá no va a hacerte ningún daño.*

Pero ya se ha ido.

–Muy bien –digo–. Me voy ahora mismo.

Me doy a vuelta y salgo de casa. Miro al cielo. No hay estrellas. Alzo las manos al aire y espero.

Después de llevarme a la comisaría central, el agente me quitó las esposas y me llevó ante el sheriff, que me hizo vaciarme los bolsillos: cartera, teléfono móvil, calderilla, botella de 5-Hour Energy y un anuncio de Ashley Madison recortado de una revista. Me hizo ponerlo todo dentro de una bolsa de plástico con cierre y firmar un formulario que daba fe del contenido.

Era demasiado tarde para llamar a mi abogado a su despacho, así que llamé a Peekskill al móvil y le dejé un mensaje en el buzón de voz. Pregunté si eso contaba como llamada, y me dijeron que sí.

Me llevaron por el pasillo a una sala de interrogatorios. Al cabo de una media hora, un tipo al que no había visto hasta entonces, un detective, entró en la sala y se sentó.

–¿Cuánto ha bebido esta noche? –me preguntó.

–Un poco.

–El camarero de Le Grange dice que llegó usted a eso del mediodía y se quedó hasta la *hora feliz*.

–Sí, señor. No voy a mentirle.

El policía se echa hacia atrás en la silla.

–Aquí entran tipos como usted todos los días –dice–. Sé cómo se siente. Yo también soy divorciado. Dos veces. ¿Cree usted que a veces no me apetece echar un polvo con mi ex? Pero ¿sabe qué? Es la madre de mis hijos. ¿Le suena cursi? Pues a mí no, en absoluto. Lo que tiene usted que hacer es asegurarse de que es feliz, le guste o no. Porque sus hijos van a tener que seguir viviendo con ella, y son ellos los que tendrían que pagar el pato.

–También son mis hijos –digo.

Mi voz suena extraña.

Dicho lo cual, el policía se va. Miro a mi alrededor, para ver si hay algún espejo espía como el de *Ley y orden*, y cuando me cercioro de que no lo hay, dejo caer la cabeza y me echo a llorar. Cuando era un chiquillo solía imaginar que me detenían y que mantenía la sangre fría. No lograban sacarme nada. Era un auténtico forajido. Bueno, pues ahora estoy detenido y lo que soy es un tipo con barba de unos días gris y con la nariz aún un poco sangrante de habérmela aplastado contra la alfombra mi hijo Bryce.

Han descubierto algo acerca del amor. Científicamente. Han hecho estudios para averiguar qué es lo que hace que las parejas sigan juntas. ¿Sabe alguien qué es? No es llevarse bien. No es tener dinero, o hijos, o una visión del mundo parecida. Es, sencillamente, hablar de las cosas de cada uno. Dedicarse pequeñas delicadezas. En el desayuno, pasarse la mermelada. O, en un viaje a Nueva York, cogerse de la mano durante un segundo en el ascensor del metro. Preguntarle a tu pareja: «¿Qué tal estaba tu padre?», como si te importara. Cosas de este tipo son las que funcionan de verdad.

¿Suena muy sencillo, verdad? Pues la mayoría de la gente no es capaz de hacerlo. Además de buscar al malo en cada pelea, las parejas hacen algo que se llama la «polca protesta». Es una danza en la que un miembro de la pareja busca tranquilizarse respecto de la relación e intenta un acercamiento al otro, pero, como suele hacerlo quejándose o mostrándose furioso, el otro quiere librarse del apuro y se bate en retirada. Para la mayoría de la gente esta complicada maniobra es más fácil que preguntar: «¿Cómo estás de las mucosidades hoy, cariño? ¿Sigues con la nariz tapada? Lo siento. Voy a traerte el suero fisiológico.»

Mientras estoy pensando en todo esto, el detective vuelve y dice:

–Muy bien. A correr.

Quiere decir que me vaya. Y no discuto. Le sigo por el vestíbulo hacia la salida de la comisaría central. Espero ver a Peekskill, y lo veo. Está charlando con el sargento de guardia y profiere alegres obscenidades. Nadie es capaz de llamar a alguien «cabronazo» con más *joie de vivre* que el abogado Peekskill. Nada de eso me sorprende en absoluto. Lo que me sorprende es que unos pasos detrás de él está mi mujer, Johanna.

–Johanna ha decidido no denunciarte –me dice Peekskill, cuando vienen hasta mí–. Legalmente eso no importa una mierda, porque la orden de alejamiento obliga de oficio. Pero la policía no quiere acusar a nadie de nada si la mujer no secunda la denuncia. He de decir, sin embargo, que eso no sirve de mucho si te llevan ante el juez. Hay muchas posibilidades de que no logres librarte.

–¿No va a hacerlo nunca? –digo–. Ahora estoy a menos de cincuenta metros de ella.

–Cierto. Pero estás en una comisaría de policía.

–¿Puedo hablar con ella?

–¿Quieres hablar con ella? Ahora mismo no te lo aconsejo.

Pero yo ya estoy cruzando el vestíbulo de la comisaría.

Johanna está al lado de la puerta, con la cabeza baja.

No estoy seguro de cuándo voy a volver a verla, así que la miro con verdadera intensidad.

La miro pero no siento nada.

Ni siquiera sabría decir si sigue siendo guapa.

Probablemente sí. En los actos sociales, la gente, los hombres, al menos, siempre dicen: «Me suena tu cara. ¿No eras animadora de los Dallas?»

La miro. La sigo mirando. Finalmente, Johanna levanta la vista y me mira.

–Quiero que volvamos a ser una familia –digo.

Su expresión es difícil de interpretar. Pero tengo la sensación de que la cara joven de Johanna está debajo de esta nueva, más vieja, y de que esta, la más vieja, es como una máscara. Quiero que su cara más joven aflore no solo porque es la cara de la que me enamoré sino porque era la cara que me había correspondido. Recuerdo cómo se arrugaba cuando yo entraba donde ella estaba.

Ya no se arrugaba más. Era más una calabaza de Halloween, con la vela apagada.

Y entonces me lo explica:

–Lo he intentado durante mucho tiempo, Charlie. Hacerte feliz. Pensé que si ganaba más dinero serías feliz. O teniendo una casa más grande. O si te dejaba solo para que pudieras pasarte el día bebiendo. Pero nada de eso te hacía feliz, Charlie. Y a mí tampoco. Ahora que ya no estás en casa, lloro todas las noches. Pero como ahora ya conozco la verdad, puedo empezar a afrontarlo.

–Esa no es la única verdad –digo.

Suena más vago de lo que yo quiero que suene, así que abro los brazos todo lo que puedo, como si abrazara el mundo entero, pero esto acaba resultando aún más vago.

Lo intento de nuevo:

–No quiero ser la persona que he sido –digo–. Quiero cambiar.

Y soy sincero. Pero, como la mayoría de las sinceridades, está un poco gastada. Además, como no tengo mucha práctica en ser sincero, siento como si estuviera mintiendo.

No soy muy convincente.

–Ya es tarde –dice Johanna–. Estoy cansada. Me voy a casa.

–A nuestra casa –digo.

Pero ella ya está a medio camino de donde ha dejado el coche.

No sé por dónde estoy andando. Deambulo. No tengo muchas ganas de volver al apartamento.

Después de que Johanna y yo compráramos la casa, fuimos a ver a los propietarios, ¿y sabéis lo que me hizo el viejo? Estábamos saliendo de la casa para ir al cobertizo de las herramientas –quería explicarme el mantenimiento de la caldera–, y él avanzaba con verdadera lentitud. Entonces, de pronto, volvió hacia mí con rapidez la vieja cabeza calva, me miró y dijo:

–Usted espere y verá...

Tenía el espinazo tieso como un huso. No podía sino arrastrar los pies. Así que, para quitarse de encima la vergüenza de estar más cerca de la muerte que yo, me obsequió con aquel recordatorio lúgubre de que algún día acabaría como él, arrastrando los pies alrededor de la casa como un inválido.

Pensando en el señor De Rougemont, caí súbitamente en la cuenta de cuál era mi problema. Por qué había estado actuando como un lunático.

Era la muerte. *Ella* era el malo.

Eh, Johanna. ¡Lo he encontrado! El malo es la muerte.

Seguí andando, pensando en ello. Perdí la noción del tiempo.

Cuando por fin levanté la vista, ¡que me aspen si no estaba otra vez delante de mi casa! En la acera de enfrente, en territorio legal, pero aun así... Los pies me habían llevado hasta allí por la fuerza de la costumbre, como un viejo caballo de tiro.

Saco el teléfono del bolsillo. Tal vez Meg haya jugado alguna palabra mientras yo estaba detenido.

No ha habido tal suerte.

Cuando aparece una palabra nueva en Palabras con Amigos, es una delicia de ver. Las letras surgen de la nada, como un chorro de polvo de estrellas. Podría estar en cualquier parte, haciendo cualquier cosa, pero cuando la palabra siguiente de Meg surca la noche para brincar en la pantalla de mi teléfono móvil, sé que está pensando en mí, por mucho que esté tratando de ganarme.

Cuando Johanna y yo nos acostamos por primera vez, me sentí un poco intimidado. No soy un hombre pequeño, pero ¿encima de Johanna? Pues una situación como de *Los viajes de Gulliver*. Era como si Johanna se hubiera dormido y yo me hubiera subido encima de ella para contemplar la escena. ¡Hermosa vista! ¡Ondulantes colinas! ¡Fértiles campos! Pero solo había uno como yo, no una población entera de liliputienses lanzando cuerdas de un lado al otro de su cuerpo para atarla bien atada.

Pero fue extraña. Aquella primera noche con Johanna, y más y más extraña cada noche que pasaba, era como si en la cama ella se encogiera, o yo creciera, hasta tener los dos el mismo tamaño. Y poco a poco ese igualamiento acabó dándose también a la luz del día. Seguíamos llamando la atención. Pero era como si la gente nos viera como a una unidad, un solo ser, no como a dos inadaptados uncidos por la cintura. *Nosotros*. Juntos. En aquel tiempo no nos rehuíamos ni nos perseguíamos. Buscábamos, eso es todo, y cada vez que uno de los dos buscaba, allí estaba el otro a la espera de ser encontrado.

Nos encontramos durante tanto tiempo antes de perdernos. *¡Aquí estoy!*, decíamos, desde el fondo de nuestros corazones. *Ven a buscarme*. Tan fácil como poner un toque de rubor a un arco iris.

2013

LA VULVA ORACULAR

Las calaveras son mejores almohadas de lo que uno pudiera imaginar. El doctor Peter Luce (el famoso sexólogo) apoya la mejilla sobre el parietal barnizado de un antepasado dawat, no sabe muy bien de quién. La calavera se balancea de mandíbula a barbilla, y el propio Luce acusa el bamboleo suave que le imprime el chico de la calavera contigua al restregarle los pies contra la espalda. La estera de pandanus deja sentir su tacto rasposo en los pies desnudos.

Es medianoche, el momento en que, quién sabe por qué, todas las lastimeras criaturas de la selva callan de pronto unos segundos. La especialidad de Luce no es la zoología. Desde que vive aquí ha prestado escasa atención a la fauna local. No se lo ha dicho a nadie del equipo, pero tiene fobia a las serpientes, y por tanto en ningún momento se ha aventurado a alejarse mucho del pueblecito. Cuando los demás salen a cazar un jabalí o a cortar algo de sagú, Luce se queda rumiando su situación. (Sobre todo piensa en su carrera arruinada, aunque hay también otras quejas.) Solo una noche intrépida, ebria, cuando salió a hacer pis, se alejó un poco de las casas largas y se adentró en la densa vegetación durante unos treinta y cinco segundos, hasta que le entraron los terrores y se volvió corriendo al interior. Lo único que sabe es que al anochecer los monos y los pájaros se ponen a alborotar, y que luego, a eso de la una de la madrugada –hora de Nueva York, a la que su reloj de pulsera de esfera luminosa aún permanece fiel– callan. Y se hace un silencio perfecto. Hasta tal punto que Luce despierta. O algo parecido. Ahora sus ojos están abiertos, al menos él piensa que lo están. Y no es que ello suponga diferencia alguna. Es la selva y es luna nueva. La oscuridad es total. Luce se pone las manos delante de la cara, con las palmas a la altura de la nariz, y no ve absolutamente nada. Desplaza un poco la mejilla sobre la calavera, de modo que el chico de la calavera de al lado detiene momentáneamente su frotamiento de pies y deja escapar un suave grito sumiso.

La selva, húmeda cual un vapor –ahora está definitivamente despierto–, le invade las narinas. Jamás ha olido nada parecido. Es como barro y heces mezclados con axilas y gusanos, y ni siquiera eso da una idea de lo que es. También está el olor de los jabalíes, el tufillo como de queso de las orquídeas de casi dos metros, y el hálito a cadáver de los atrapamoscas carnívoros. Por todo el poblado, desde el terreno pantanoso hasta las copas de los árboles, los animales se comen unos a otros y digieren su pitanza con bocas abiertas y eructantes.

La evolución no dispone de ningún plan de acción coherente. Si bien es célebre por su fidelidad a ciertas formas elegantes (al doctor Luce le gusta señalar, por ejemplo, la similitud estructural entre los mejillones y los genitales femeninos), también, cuando se le antoja, improvisa. Y en eso consiste la evolución: un revoltijo de posibilidades cuyo progreso no se da mediante mejoras sucesivas sino mediante cambios, algunos buenos, algunos malos, y ninguno prefijado de antemano. La plaza del mercado –es decir, el mundo– decide. Así que aquí, en la costa Casuarina, las flores han desarrollado unas propiedades que Luce, un tipo de Connecticut, no asocia con las flores, aunque su especialidad tampoco es la botánica. Él pensaba que las flores tenían que oler *bien*. Para atraer a las abejas. Pero ese no es el caso aquí. Las escasas y chillonas flores que insensatamente se ha llevado a la nariz tenían un olor muy parecido a la muerte. Siempre conservan un pequeño charco de agua de lluvia en el cáliz (ácido digestivo, en realidad) y un escarabajo con alas a medio deglutir. Luce echaba la cabeza hacia atrás, tapándose la nariz, y luego, en medio de la maleza, oía a unos cuantos dawat partiéndose de risa.

Estas cavilaciones se interrumpen por el tirón del chico de la calavera contigua. «*Cemen*», grita el muchacho. «*Ake cemen.*» Hay un silencio general, quebrado por los murmullos en sueños de algunos dawat, y luego, como todas las noches, Luce siente la mano del chico reptando hacia el interior de sus calzoncillos. La agarra por la muñeca con suavidad, mientras busca con la otra mano la linterna de bolsillo. La enciende y el haz de luz ilumina la cara del chico. También tiene la mejilla apoyada sobre una calavera (la de su abuelo, concretamente), tintada de anaranjado oscuro a fuerza de años de pelo y de grasa de la piel. Bajo el pelo ensortijado el chico tiene los ojos bien abiertos, asustados por la luz. Se parece un poco a Jimi Hendrix de jovencito. Tiene la nariz ancha y plana, y los pómulos prominentes. Sus labios llenos esbozan un puchero permanente de tanto hablar la lengua dawat. «*Ake cemen*», vuelve a decir, tal vez sea una palabra. La mano prendida intenta otra acometida hacia la zona media de Luce, pero este le redobla la presa en la muñeca.

Así que ahí están las otras quejas: tener que hacer trabajo de campo a su edad, en primer lugar; recibir el correo ayer por primera vez en ocho semanas; desgarrar el papel empapado con el mayor de los entusiasmos y encontrar en la mismísima cubierta de *The New England Journal of Medicine* el trabajo espurio de Pappas-Kikuchi. Y, de forma más inmediata, ese chico de al lado.

–Vale ya –dice Luce–. Vuelve a dormirte.

–*Cemen. Ake cemen!*

–Gracias por la hospitalidad, pero no, gracias.

El chico se vuelve y mira hacia la oscuridad de la cabaña, y cuando se da la vuelta otra vez, la luz de la linterna deja ver que tiene los ojos llenos de lágrimas. Está asustado. Tira de Luce, inclinando la cabeza y suplicando.

–¿Has oído hablar alguna vez de la ética profesional, muchacho? –dice Luce.

El chico deja de tirar de él, se queda mirándole, trata de entender, pero enseguida reanuda los tirones.

El chico lleva detrás de él tres semanas seguidas. No es que esté enamorado ni nada parecido. Entre las muchas características raras de los dawat –no la concreta rareza biológica que ha traído a Luce y a su equipo a Irian Jaya– se da una rareza conexa pero de naturaleza antropológica: la segregación estricta entre sexos vigente en la tribu. El poblado está dispuesto en forma de mancuerna: son dos casas alargadas que se adelgazan en el centro. Los hombres y los chicos duermen en una de las casas; las mujeres y las chicas en la otra. Los varones dawat piensan que el contacto con las mujeres es altamente contaminante, y por tanto han concebido unas estructuras sociales encaminadas a limitar al máximo tal posibilidad de contagio. Los hombres dawat, por ejemplo, entran en la casa larga de las mujeres solo para la procreación. Hacen lo que tienen que hacer y se van lo antes posible. Según Randy, el antropólogo que habla su idioma, la palabra para «vagina» en dawat es, literalmente, «esa cosa que en realidad no es buena». Esto, por supuesto, enfureció a Sally Ward, la endocrinóloga que vino a analizar los niveles de hormona plasmática, y que muestra muy poca tolerancia ante las llamadas diferencias culturales, y que, movida por el puro asco y la ira comprensible, no hace sino denostar la antropología ante la propia cara de Randy a la primera ocasión que se le presenta. Que no es muy a menudo, ya que, de acuerdo con la ley tribal, tiene que permanecer en el extremo opuesto al de los varones. Cómo es esa parte del poblado, Luce no tiene la menor idea. Los dawat han levantado un parapeto entre ambas zonas, un muro de barro como de metro y medio de altura, erizado de lanzas. Empaladas en ellas hay unas calabazas verdes oblongas que a primera vista le parecieron a Luce refrescantemente festivas, algo parecido a lámparas venecianas, hasta que Randy le explicó que las calabazas no eran sino sucedáneos de las cabezas humanas empaladas allí antaño. De todos modos, poco puede verse por encima del parapeto desde este lado, y hay un pequeño sendero donde las mujeres dejan la comida para los hombres y por el que los hombres pasan una vez al mes para montar a sus esposas durante tres minutos y medio.

Por papales que los dawat puedan parecer al reservar el sexo de forma exclusiva para la procreación, son un hueso duro de roer para los misioneros locales. En la casa larga de los varones no son precisamente célibes. Los niños dawat viven con sus progenitoras hasta los siete años, edad a la que se trasladan a vivir con los hombres. En el curso de los ocho años siguientes se obliga a estos varoncitos a practicar felaciones a sus mayores. La denigración de la vagina, según las creencias de los dawat, lleva aparejada la exaltación de los órganos genitales masculinos, y en especial del semen, que se considera un elixir de asombrosas propiedades nutritivas. Para poder llegar a ser hombres, para convertirse en guerreros, los chicos deben ingerir todo el semen posible, y eso es lo que hacen todas las noches, todos los días, a todas horas. En su primera noche en la casa larga, Luce y su ayudante, Mort, se quedaron desconcertados, por decirlo de modo suave, cuando vieron a aquellos tiernos niños ir sumisamente de un hombre a otro como jugando a morder manzanas. Randy estaba sentado tomando notas. Una vez satisfechos todos los hombres, uno de los jefes, en lo que sin duda era una muestra de hospitalidad, gritaron algo a dos chiquillos, que al punto fueron hasta los científicos norteamericanos.

–Tranquilo –le dijo Mort a su chico–. Estoy bien.

Hasta Luce sintió que le entraban sudores. Los chicos iban y venían a sus cosas por la cabaña, bien alegremente o bien con una leve resignación, como pequeños que vuelven a casa y se ponen a hacer ciertas tareas. A Luce le impactó una vez más el hecho de que la vergüenza sexual no era sino un constructo social. Algo enteramente vinculado a la cultura. Sin embargo, *la suya* era americana, y específicamente angloirlandesa y episcopaliana no practicante, y declinó el ofrecimiento cortésmente, aquella noche y ahora esta.

No se le pasó por alto, no obstante, la ironía de que él, el doctor Peter Luce, director de la Clínica de Trastornos Sexuales e Identidad de Género, antiguo secretario general de la Sociedad para el Estudio Científico del Sexo (SECS), adalid de la investigación abierta del comportamiento sexual humano, enemigo de la mojigatería, azote de la inhibición y defensor a ultranza de las delicias físicas de todo tipo, se encontrara al otro lado del mundo, en una selva erótica, sintiéndose tan cohibido y tenso. En su discurso anual de 1969, el doctor Luce había recordado a los sexólogos de la sociedad allí reunidos el conflicto histórico entre la investigación científica y la moral común. Miren a Vesalio, dijo. Miren a Galileo. Siempre práctico, Luce había aconsejado a sus colegas oyentes que viajaran a otros países donde las prácticas sexuales consideradas aberrantes se toleraban y eran por tanto más fáciles de estudiar (la sodomía en Holanda, por ejemplo, y la prostitución en Phuket). Se enorgullecía de su mente abierta. Para él, la sexualidad humana era como un gran lienzo de Brueghel, y le encantaba no perder detalle. Trataba de no hacer juicios de valor sobre las diversas parafilias clínicamente documentadas, y solo cuando eran patentemente dañinas (como la pederastia y la violación) se oponía a ellas. Esta tolerancia iba más lejos incluso cuando se trataba de otras culturas. Las mamadas que se hacían en la casa larga de los hombres dawat podrían haber disgustado sobremanera a Luce de haber tenido lugar en la YMCA de la calle Veintitrés Oeste, pero aquí siente que no tiene derecho a condenarlas. No ayudaría en nada a su trabajo. Y no está aquí de misionero. Dadas las costumbres locales, estos chicos no van a pervertirse por sus obligaciones orales. Nunca van a llegar a ser maridos heterosexuales típicos, en cualquier caso. Se limitarán a dejar de ser «dadores» para convertirse en «tomadores» y todos felices.

Pero, entonces, ¿por qué Luce se disgusta tanto cada vez que el chico empieza a restregarle los pies por la espalda y deja escapar sus tenues llamadas sexuales? Podría tener algo que ver con el sonido crecientemente ansioso de las llamadas mismas, por no mencionar la expresión compungida del chico. Tal vez si este no logra complacer a los huéspedes forasteros pueda ser objeto de algún tipo de castigo. Luce no puede explicarse de otra manera el fervor del chico. ¿Tienen los dawat la creencia de que el semen de los blancos posee propiedades especiales? Es poco probable, dada la apariencia de Randy, Mort y él mismo esos días. Tienen un aspecto pésimo: el pelo grasiento, lleno de caspa. Los dawat seguramente piensan que todos los blancos tienen la piel cubierta de una dermatitis pustulosa. Luce se muere de ganas de darse una ducha. Se muere de ganas de ponerse el jersey de cachemir de cuello alto, sus botines y su blazer de ante y salir a tomar un whisky sour. Después de este viaje, lo más exótico que quiere es cenar en Trader Vic's. Y si todo va bien así es como va a estar pronto: de vuelta en Manhattan, con un Mai Tai del que emerge una pequeña sombrilla.

Hasta hace tres años –hasta la noche en que Pappas-Kikuchi lo cogió desprevenido con su trabajo de campo–, al doctor Peter Luce se le consideraba la máxima autoridad mundial en el campo de la intersexualidad humana. Era autor de una obra sexológica de primer orden, *La vulva oracular,* de lectura obligada en diversas disciplinas, desde la genética hasta la pediatría y la psicología. Había escrito una columna con el mismo título en *Playboy,* de agosto de 1969 a diciembre de 1973, en la que unos genitales femeninos personalizados y omniscientes respondían a las preguntas de los lectores masculinos con respuestas ingeniosas y en ocasiones adivinatorias. Hugh Hefner había dado con el nombre de Peter Luce en un artículo de prensa sobre una manifestación en favor de la libertad sexual. Seis estudiantes de la Universidad de Columbia habían escenificado una orgía en una tienda de campaña instalada en el jardín principal del campus, y la policía los había desalojado de forma expeditiva. Preguntado acerca de qué opinaba sobre tal actividad, el profesor asociado Peter Luce, de treinta y cuatro años, había respondido literalmente: «Estoy a favor de las orgías, se hagan donde se hagan.» Esto llamó la atención de

Hugh Hefner. Como no quería remedar la columna de *Penthouse* «Llámame Madame», de Xaviera Hollander, Hefner tuvo la idea de que Luce dedicara su columna al aspecto científico e histórico del sexo. Así, en sus tres primeros artículos, la Vulva Oracular proponía reflexiones sobre el arte erótico del pintor japonés Hiroshi Yamamoto, la epidemiología de la sífilis y los hombres vestidos de mujer entre los navajos; todo en un tono fantasmal y digresivo que Luce tomó de su tía Rose Pepperdine, que solía aleccionarle sobre la Biblia mientras se ponía a remojo los pies en la cocina. La columna se hizo popular, aunque las preguntas inteligentes escaseaban siempre, ya que los lectores se interesaban más por los consejos sobre el cunnilingus del asesor de *Playboy* o por los posibles remedios para la eyaculación precoz. Al cabo, Hefner le dijo a Luce que al diablo con las preguntas, que las escribiera él mismo. Cosa que Luce hizo.

Peter Luce había aparecido en el programa de Phil Donahue en 1987, en compañía de dos personas intersexuales y una transexual, para debatir sobre los aspectos médicos y psicológicos de los estados en cuestión. En este programa, Phil Donahue dijo: «Ann Parker, usted nació chica y creció como tal. Y ganó el concurso de Miss Miami Beach de 1968 en el condado de Dade, Florida, ¿no es cierto? Pero esperen a oír esto. Vivió como una mujer hasta los veintinueve años, y a partir de entonces cambió y empezó a vivir como un hombre. Posee los atributos anatómicos de ambos sexos. Que me muera si miento.» Y dijo también: «Y aquí viene algo nada raro en absoluto. Estos hijos e hijas de Dios, vivos e irreemplazables, son humanos todos ellos; quiero que sepan ustedes, entre otras cosas, que eso es exactamente lo que son: seres humanos.»

El interés de Luce por la intersexualidad databa de casi treinta años atrás, cuando aún era médico residente en el Mount Sinai. Una chica de dieciséis años fue al hospital para que le hicieran un examen. Se llamaba Felicity Kennington, y a primera vista le había inspirado ciertos pensamientos nada profesionales. Felicity Kennington era muy guapa. Delgada y con aspecto de estudiosa, llevaba gafas, características que siempre le habían vuelto loco.

Luce la examinó con semblante grave y concluyó:

–Tienes lentigos.

–¿Qué? –preguntó la chica, alarmada.

–Pecas.

Felicity Kennington le devolvió la sonrisa. Luce recordó que su hermano le había preguntado una noche, con profusión de sugestivos movimientos de cejas, si no se excitaba a veces al examinar a las mujeres, y que él le contestó con la vieja cantinela de que uno está tan enfrascado en su trabajo que ni siquiera repara en ello. No tuvo, sin embargo, dificultad alguna para reparar en Felicity Kennington: su cara bonita, sus encías rosadas y sus dientes pequeños, de niño, sus tímidas piernas blancas que no paraba de cruzar y descruzar mientras estaba sentada en la mesa de exploración. En la que no había reparado era en su madre, sentada en un rincón de la consulta.

–Lissie –dijo la mujer–, cuéntale al doctor lo del dolor que tienes.

Felicity se ruborizó y bajó la mirada.

–Es en..., justo debajo de la tripa.

–¿Qué tipo de dolor?

–¿Hay tipos de dolor?

–¿Agudo o sordo?

–Agudo.

En aquel punto de su carrera, Luce había llevado a cabo

un total de ocho exploraciones pélvicas. La que le practicó a Felicity Kennington sigue siendo una de las más difíciles de todas. En primer lugar estaba el problema de la tremenda atracción que ejercía sobre él. Era un residente de tan solo veinticinco años. Estaba nervioso; el corazón se le desbocaba. Tuvo que dejar el espéculo y salir a buscar otro. La forma en que Felicity Kennington volvió la cara y se mordió el labio inferior antes de separar las rodillas le hizo, literalmente, sentir vértigo. En segundo lugar, la madre vigilante, que no le quitaba ojo en ningún momento, no facilitaba las cosas. Le había sugerido que esperase fuera, pero la señora Kennington le había contestado: «Me quedaré aquí con Lissie, gracias.» Y en tercer lugar, lo peor de todo, el dolor que parecía infligir a Felicity con cada cosa que hacía. El espéculo no había entrado siquiera a medio camino cuando la chica lanzó un grito. Sus rodillas se cerraron como un cepo y Luce tuvo que desistir. Luego se limitó a tratar de palparle los genitales, pero en cuanto apretó un poco Felicity volvió a gritar. Al final tuvo que pedir ayuda al ginecólogo, el doctor Budekind, para que terminara la exploración mientras él miraba con una garra en el estómago. El doctor Budekind examinó a Felicity durante no más de quince segundos, al cabo de los cuales llevó a Luce al otro lado del pasillo.

–¿Qué le pasa?

–Testículos que no han bajado.

–¡¿Qué?!

–Parece un síndrome adrenogenital. ¿No habías visto ninguno antes?

–No.

–Eso es lo que haces aquí, ¿no? Aprender.

–¿Esa chica tiene testículos?

–Lo sabremos dentro de un rato.

La masa tisular del canal inguinal de Felicity Kennington resultó ser, tras el análisis de una muestra al microscopio, testicular. En aquella época –era el año 1961–, tal hecho determinaba que Felicity Kensington era del sexo masculino. Desde el siglo XIX, la medicina había seguido utilizando el mismo criterio diagnóstico sobre el sexo formulado por Edwin Klebs en 1876. Klebs mantenía que las gónadas de una persona determinaban su sexo. En los casos de género ambiguo, se examinaba el tejido gonadal al microscopio. Si el tejido era testicular, el individuo era varón; si ovárico, mujer. Pero en este método se daban ciertos problemas inherentes, que a Luce le resultaron evidentes cuando vio lo que le aconteció a Felicity Kennington en 1961. Si bien parecía una chica y ella misma se veía como tal, el hecho de tener gónadas masculinas hizo que Budekind la catalogara de varón. Los padres se opusieron a ese dictamen. Se pidió la opinión de otros especialistas –endocrinólogos, urólogos, genetistas–, que tampoco se pusieron de acuerdo. Entretanto, mientras la comunidad médica vacilaba, a Felicity le llegó la pubertad. Su voz se hizo más grave. Le salieron en la cara retazos dispersos de vello de color castaño claro. Dejó de ir al colegio, y pronto dejó de salir de casa por completo. Luce la vio una última vez, un día en que Felicity había ido al hospital para alguna cita médica. Llevaba un vestido largo y un fular anudado bajo la barbilla que le tapaba la mayor parte de la cara. En una mano de uñas mordidas llevaba un ejemplar de *Jane Eyre*. Luce se topó con ella en la fuente del vestíbulo. «Esta agua sabe a herrumbre», dijo Felicity. Levantó la mirada hacia él sin llegar a reconocerle y se alejó apresuradamente. Una semana después se quitó la vida con la automática del calibre cuarenta y cinco de su padre.

–Lo cual prueba que era un chico –dijo Budekind en la cafetería al día siguiente.

–¿Qué quieres decir? –dijo Luce.

–Los chicos se suicidan con pistolas. Estadísticamente, las chicas utilizan métodos menos violentos. Pastillas para dormir, inhalación de monóxido de carbono.

Luce nunca volvió a hablar con Budekind. Su encuentro con Felicity Kennington fue un hito crucial en su vida. Desde entonces se dedicó por entero a procurar que lo que le había sucedido a ella no volviera a sucederle a nadie jamás. Se entregó al estudio de las manifestaciones de la intersexualidad. Leyó todo lo que pudo encontrar sobre este tema, que no fue mucho. Y cuanto más estudiada y más leía, más se convencía de que las categorías sacras de hombre y mujer no eran en realidad sino simulacros. En determinadas condiciones genéticas y hormonales, era sencillamente imposible decir cuál era el sexo de algunos recién nacidos. Pero los humanos, históricamente, se habían negado a aceptar la conclusión obvia. Al verse ante un bebé de sexo incierto, los espartanos lo dejaban en una ladera rocosa y se iban rápidamente. Los ancestros del propio Luce, los ingleses, ni siquiera mencionaban el asunto, y puede que nunca lo hubieran hecho si la contrariedad de los genitales enigmáticos no hubiera puesto en un aprieto el suave devenir de las leyes de sucesión. Lord Coke, el gran jurista inglés del siglo XVII, trató de zanjar la cuestión de quién habría de recibir los bienes raíces de las herencias declarando que la persona debía ser «o bien hombre o bien mujer, y se decidirá en función del sexo que predomine». Por supuesto, no dijo nada de cómo determinar cuál era el sexo predominante. Fue necesario que el alemán Klebs saliera a la palestra y se pusiera manos a la obra. Luego, cien años después, Peter Luce concluyó la tarea.

En 1965, Luce publicó un artículo titulado «Todos los caminos llevan a Roma: conceptos sexuales del hermafroditismo humano». En veinticinco páginas, Luce argumentaba que el género lo determinan diversas influencias: el sexo cromosómico; el sexo gonadal; las hormonas; las estructuras genitales internas; los genitales externos; y, lo más importante de todo, el sexo de la crianza. A menudo el sexo gonadal de un sujeto no determinaba su identidad de género. El género era más que una lengua materna. Los niños aprendían a hablar hombre o mujer, lo mismo que aprendían a hablar inglés o francés.

El artículo causó una gran conmoción. Luce aún podía recordar cómo, en las semanas que siguieron a su publicación, la gente le prestaba una atención de calidad nueva: las mujeres se reían más de sus chistes, hacían saber que estaban disponibles, e incluso en varias ocasiones se presentaron en su apartamento sin demasiada ropa. Su teléfono sonaba con más frecuencia, y al otro lado de la línea le hablaban personas a quienes él no conocía pero que sí le conocían a él. Le hacían ofrecimientos y trataban de encandilarle; querían que reseñase trabajos, que se integrara en grupos, que participara en el Festival de San Luis Obispo como jurado en el concurso de caracoles, siendo la mayoría de estos, además, dioicos. En cuestión de meses, casi todo el mundo había abandonado el criterio de Klebs para abrazar los criterios de Luce.

Fortalecido por tal éxito, se le presentó la oportunidad de crear un departamento psicohormonal en el Hospital Presbiteriano de Columbia. En una década de investigación original y vigorosa, llegó a su segundo gran descubrimiento: que la identidad de género se consolida a una edad muy temprana de la vida: a los dos años aproximadamente. A partir de aquí, su reputación se disparó hasta la estratosfera. Los fondos afluyeron a sus proyectos: la Fundación Rockefeller, la Fundación Ford, los National Institutes of Health.

Fue un tiempo inmejorable para los sexólogos. La Revolución Sexual había abierto una breve ventana de oportunidades para los emprendedores de la investigación sexual. Durante unos años, se convertiría en materia de interés nacional llegar hasta el fondo del misterio del orgasmo femenino. O ahondar en las razones psicológicas por las que ciertos hombres se exhiben en la calle. En 1968, el doctor Luce abrió la Clínica de Trastornos Sexuales e Identidad de Género, que pronto se convirtió en la institución más importante para el estudio y el tratamiento de los casos de la ambigüedad de género. Luce trataba a todo tipo de personas: a adolescentes con el «cuello alado» típico del síndrome de Turner; a bellezas de piernas largas con falta de sensibilidad androgénica; a individuos hoscos con síndrome de Klinefelter, que, sin excepción, intentaban romper el dispensador de agua fría o asestar un puñetazo a una enfermera. Cuando nacía un niño con genitales ambiguos, se llamaba al doctor Luce para que fuera él quien hablara con los conmocionados padres. El doctor Luce también trataba a los transexuales. Toda persona con problemas de este tipo acudía a su clínica. El doctor Peter Luce disponía, pues, de un material humano, especímenes vivos, para la investigación que ningún otro científico había tenido a su disposición jamás.

Era 1968, y el mundo ardía. Y Luce llevaba una de las antorchas. Dos mil años de tiranía sexual estaban llegando a su fin con un incendio general. Ninguna de las estudiantes de su curso de citogenética conductual llevaba sujetador en clase. Luce escribió artículos de opinión para el *Times* en los que propugnaba la revisión del código penal que condenaba a quienes cometían «delitos» sexuales socialmente inocuos y no violentos. Repartió octavillas en favor de la contracepción en las cafeterías del Village. Así actuaba la ciencia en aquellos días. En cada generación, más o menos, las ideas, la diligencia en su puesta en práctica y las necesidades del momento se aunaban para sacar el trabajo científico del ámbito académico y ponerlo a disposición de la cultura del común, donde destellaba cual faro del futuro.

De las profundidades de la selva, zumbando, surge un mosquito que pasa rozando la oreja izquierda de Luce. Es enorme. Luce nunca los ve, solo los oye, por la noche, sonoros como cortadoras de césped volantes. Cierra los ojos con una mueca y acto seguido siente, sin asomo de duda, que el insecto se posa en la piel con olor a sangre de debajo del codo. Es tan grande que hace ruido al posarse, como una gota de lluvia. Luce echa la cabeza hacia atrás, apretando con fuerza los ojos, y dice: «¡Vaya, hombre...!» Se muere de ganas de aplastar al mosquito de un manotazo, pero no puede: tiene las manos ocupadas en apartar al chico de su cinturón. No ve nada. La linterna de bolsillo proyecta su débil haz de luz en el suelo de al lado de su calavera. Se le ha caído en la refriega que ha tenido que mantener y aún mantiene con el chico. Ahora solo alumbra un pequeño cono de unos dos metros de la yacija. Sirve de poca ayuda. Además, los pájaros han vuelto a empezar, lo que indica que la mañana se aproxima. Luce está en una postura fetal de alerta, boca arriba, sujetando con las dos manos las muñecas, del tamaño de ramitas, de un niño dawat de diez años. Por la posición de las muñecas deduce que la cabeza del niño debe de estar en el aire, a cierta altura de su ombligo, echada hacia delante, calcula. Sigue emitiendo ese ruido tan deprimente de oír, como si se relamiera.

–Vaya, hombre...

El aguijón ya está dentro. El mosquito empuja, menea alegremente las caderas y se pone a beber. A Luce le han dado vacunas del tifus que le han hecho menos daño. Siente cómo le succiona. Siente cómo el bicho va ganando peso.

¿Faro del futuro? ¿Qué tomadura de pelo es esa? El trabajo de Luce no arroja hoy más luz que la de la linterna de bolsillo tirada en el suelo. Ni más que la de la luna nueva que no logra traspasar el dosel frondoso de la selva.

No tiene necesidad de leer el artículo de Pappas-Kikuchi del *The New England Journal of Medicine.* Ya lo ha oído antes de viva voz. Tres años atrás, en el congreso anual de la SECS, había llegado tarde a la ponencia última del día.

–Esta tarde... –estaba diciendo Pappas-Kikuchi cuando entró en la sala– me gustaría compartir los resultados del estudio que nuestro equipo acaba de concluir en el suroeste de Guatemala.

Luce se sentó en la última fila, con sumo cuidado de sus pantalones. Llevaba un esmoquin de Pierre Cardin. Aquella noche, más tarde, la SECS le iba a hacer entrega de un premio a los logros científicos de una vida. Sacó del bolsillo forrado de raso una botellita de J&B que había cogido del minibar y tomó un trago discreto. Festejaba ya a solas la ceremonia.

–El pueblo se llama San Juan de la Cruz –decía ahora Pappas-Kikuchi.

Luce escrutaba lo que alcanzaba a ver de ella detrás del estrado. Era atractiva, de un modo profesoral. Suave, de ojos oscuros, con flequillo, sin maquillaje ni pendientes, con gafas. Según la experiencia de Luce, eran estas mujeres recatadas y de apariencia asexual las que luego resultaban ser las más apasionadas en la cama, mientras que las mujeres que se vestían provocativamente eran a menudo sexualmente insensibles o pasivas, como si hubieran agotado toda su energía sexual en el acicalamiento.

–El hombre pseudohermafrodita con síndrome de déficit de 5-alfa-reductasa que se ha criado como mujer sirve de caso excepcional para el estudio de los efectos de la testosterona y del sexo de crianza en la fijación de la identidad de género.

Y Pappas-Kikuchi prosiguió, ahora leyendo de sus papeles:

–En estos casos, la producción exigua de dihidrotestosterona en el útero hace que los genitales externos de los fetos masculinos afectados sean de apariencia enormemente ambigua. En consecuencia, en el nacimiento hay muchos recién nacidos afectados que se catalogan como niñas y son criadas como tales. Sin embargo, la exposición prenatal, neonatal y púber a la testosterona sigue siendo normal.

Luce se tomó otro trago de J&B y dejó caer un brazo en el asiento contiguo. Nada de lo que estaba diciendo Pappas-Kikuchi era nuevo. El déficit de 5-alfa-reductasa se había estudiado ya exhaustivamente. Jason Whitby había realizado un trabajo altamente cualificado con pseudohermafroditas con déficit de 5-alfa-reductasa en Pakistán.

–Las dos mitades del escroto de estos recién nacidos no están fundidas, de forma que se asemejan a unos labios mayores –insistió Pappas-Kikuchi, volviendo sobre lo que sabía todo el mundo–. El falo, o micropene, parece un clítoris. El seno urogenital termina en una bolsa vaginal ciega. Los testes, en la mayoría de los casos, residen en el abdomen o en el canal inguinal, aunque en ocasiones pueden encontrarse, hipertrofiados, en el escroto bífido. Sin embargo, en la pubertad, tiene lugar la virilización definitiva, dado que los niveles plasmáticos de testosterona son normales.

¿Cuántos años tenía? ¿Treinta y dos? ¿Treinta y tres? ¿Asistiría al banquete de la entrega del premio? Con aquella blusa anticuada abotonada hasta arriba, Pappas-Kikuchi le recordaba a Luce a una novia que había tenido en la universidad. Se estaba especializando en clásicas y llevaba camisas blancas byronianas y medias hasta las rodillas muy poco favorecedoras. En la cama, sin embargo, le ponía las piernas por encima de los hombros y le explicaba que esa era la postura preferida de Héctor y Andrómaca.

Luce recordaba el momento («¡Soy Héctor!», había gritado, poniéndose los tobillos de Andrómaca detrás de las orejas) en que la doctora Fabienne Pappas-Kikuchi anunció:

–Por lo tanto, estos individuos son normales, son *chicos* que acusan la influencia de la testosterona pero a los que, en virtud de sus genitales externos femeninos, se los educa erróneamente como chicas.

–¿Qué ha dicho? –interrumpió Luce bruscamente para requerir la atención general–. ¿Ha dicho «chicos»? No son chicos. Si no se les ha educado como chicos, no lo son.

–El trabajo del doctor Peter Luce lleva mucho tiempo considerándose el Evangelio en el estudio del hermafroditismo humano –decía ahora la doctora Pappas-Kikuchi–. En los círculos sexológicos, se considera normativa su idea de que la identidad de género se fija a una edad muy temprana del desarrollo. Nuestra investigación –hizo una breve pausa– refuta esta teoría.

Un pequeño plop, de unas ciento cincuenta bocas abriéndose al unísono, asciende como una burbuja por el aire del auditórium. Luce se detiene a medio trago.

–Los datos que nuestro equipo ha reunido en Guatemala confirmarán que el efecto de los andrógenos puberales en los pseudohermafroditas con déficit de 5-alfa-reductasa basta para causar un cambio en la identidad de género.

A partir de este momento, Luce ya no podía recordar gran cosa. Era consciente de tener mucho calor dentro del esmoquin, y de un montón de cabezas que se volvían para mirarle, y luego solo unas cuantas, y luego ninguna. En el estrado, la doctora Pappas-Kikuchi repasaba sus datos de forma interminable, sin fin...

–El sujeto número siete ha cambiado al género masculino pero sigue vistiendo como una mujer. El sujeto número doce exhibe las emociones y los estereotipos de un hombre y se entrega a actividades sexuales con mujeres del pueblo. El sujeto número veinticinco se casó con una mujer y trabaja de carnicero, una ocupación tradicionalmente ejercida por varones. El sujeto número treinta y cinco se casó con un hombre que se separó de él un año después, y a partir de entonces asumió una identidad de género masculina. Y un año más tarde se casó con una mujer.

La ceremonia de entrega de los premios se celebró, tal como estaba programada, aquella noche unas horas más tarde. Luce, «anestesiado» por sucesivas dosis de whisky escocés en el bar del hotel, y vistiendo un blazer azul de representante comercial de Aetna que se había puesto por error en lugar del esmoquin, subió al estrado, aceptó el galardón a toda una vida de logros: un lingam y un yoni de cristal, pegados a una base chapada en plata, y cosechó unos escasísimos aplausos. Luego, las luces de la ciudad arrancaron bellos destellos en el aire a este trofeo al caer desde la terraza de la planta veintidós de su cuarto de hotel y hacerse añicos en el círculo del camino de entrada. Incluso entonces Luce miraba hacia el oeste, hacia el Pacífico, hacia Irian Jaya y los dawat. Le llevaría tres años conseguir becas de investigación de los National Institutes of Health, la National Foundation, la March of Dimes y la Gulf and Western, pero ahora está ahí, en medio de otro brote aislado de la mutación 5-alfa-reductasa, en el que podrá poner a prueba las teorías de Pappas-Kikuchi y las suyas. Sabe quién va a ganar. Y cuando lo haga, las fundaciones volverán a dotar de fondos su clínica tal como lo hicieron en el pasado. Podrá dejar de subarrendar las piezas del fondo a dentistas y a aquel quiropráctico. Es solo cuestión de tiempo. Randy ha convencido a los ancianos de la tribu para que permitan seguir examinando a las gentes del poblado. En cuanto amanezca, los llevarán al campo aislado donde viven «los que se están volviendo hombres». La mera existencia de una expresión autóctona para designarlos muestra que Luce está en lo cierto y que los factores culturales pueden afectar a la identidad de género. Es el tipo de cosas que Pappas-Kikuchi descartaría por completo sin la menor vacilación.

Las manos de Luce y las del chiquillo están enredadas y hechas una maraña. Es como si estuvieran jugando a algún juego. Primero Luce se tapó la hebilla del cinturón. Luego el niño puso la mano sobre la mano de Luce. Luego Luce puso la mano sobre la mano del niño. Y ahora el niño corona todo el conjunto. Todas estas manos pelean con suavidad. Luce está cansado. La selva sigue quieta. A Luce le gustaría dormir una hora más antes de oír el grito matinal de los monos. Le espera un día largo.

El B-52 vuelve a zumbarle junto a los oídos; luego vuela en círculo y enfila hacia la narina izquierda. «¡Dios!» Libera las manos y se protege la cara, pero para entonces el mosquito ha vuelto a alzar el vuelo rozándole los dedos. Ahora Luce está incorporado a medias en la estera de pandanus. Sigue tapándose la cara, porque ello le procura cierto consuelo, y sigue allí sentado en la oscuridad, sintiéndose súbitamente exhausto y asqueado de la selva y maloliente y enfebrecido. Darwin lo tuvo más fácil en el *Beagle* de Su Majestad. Lo único que tenía que hacer era escuchar sermones y jugar al whist. Luce no llora, pero tiene ganas de hacerlo. Tiene los nervios crispados. Como si le llegara de lejos, vuelve a sentir la presión de las manos del niño. Soltándole el cinturón: batalla con el rompecabezas tecnológico de la cremallera. Luce no se mueve. Se limita a taparse la cara con las manos. La oscuridad es total. Unos cuantos días más y podrá volver a casa. Le espera su lujoso apartamento de soltero en la calle Trece Oeste. Al cabo el niño descubre cómo hacerlo. La oscuridad es de una negrura total. Y el doctor Peter Luce es de mente abierta. Y, al fin y al cabo, contra las costumbres locales no se puede hacer nada.

1999

HUERTOS CAPRICHOSOS

> Estaba yo diciendo estoy llorando con amarguísima contrición de mi corazón, cuando he aquí que de la casa inmediata oigo una voz como de un niño o niña, que cantaba [...]. Así, reprimiendo el ímpetu de mis lágrimas, me levanté de aquel sitio, no pudiendo interpretar de otro modo aquella voz sino como una orden del cielo en que de parte de Dios se me mandaba que abriese el libro de las Epístolas de San Pablo y leyese el primer capítulo que casualmente se me presentase.
>
> San Agustín

Irlanda, verano. Cuatro personas salen a un huerto en busca de algo que comer.

La puerta trasera de una casona se abre y sale un hombre. Se llama Sean. Tiene cuarenta y tres años. Se aparta de la casa, echa un vistazo a su espalda y aparecen otras dos figuras, Annie y Maria, dos jóvenes norteamericanas. Hay una pausa antes de que asome alguien más, como un hueco en una procesión, pero al final llega Malcolm. Tantea el terreno con precaución, como si temiera que Sean fuera a engullirlo.

Para entonces, todos entienden lo que ha pasado.

–Todo es culpa de mi mujer –dijo Sean–. Muy típico de ella. Es capaz de tomarse la molestia de cavar, plantar y regar para después de unos días olvidarse completamente del asunto. Imperdonable.

–Nunca había visto un huerto tan invadido –dijo Malcolm.

Dirigía el comentario a Sean, pero este no se dio por aludido. Estaba mirando a las chicas, que, al unísono, se habían puesto en jarras. La precisión de sus gestos, sincronizada aunque sin premeditación aparente, le inquietó. Se le antojó un mal presagio. Era como si le estuvieran diciendo: «Somos inseparables.»

Una pena, porque una de las chicas era muy guapa y la otra no. Algo menos de una hora antes, en el camino del aeropuerto a casa (acababa de llegar de Roma), Sean había visto a Annie caminando sola por la cuneta. La casa a la que volvía llevaba cerrada un mes, dado que Meg, su mujer, se había ido a Francia, o a Perú. Llevaban años viviendo cada uno por su lado, y utilizaban la casa solo cuando el otro no estaba. A Sean le aterraban esos regresos tras largas ausencias. El olor de su mujer estaba por todas partes; emanaba de los sillones cada vez que se sentaba en cualquiera de ellos y le recordaba los días de fulares luminosos y sábanas impecables.

Sin embargo, cuando vio a Annie, supo al instante cómo animar un poco su vuelta a casa. La chica no hacía autostop, pero llevaba mochila; era una guapa viajera con el pelo sin lavar, y él supuso que su ofrecimiento de una habitación gratis superaría sus expectativas de pasar la noche en una cuneta o en un húmedo *bed-and-breakfast* del camino. Detuvo el coche a su altura y se inclinó sobre el asiento del acompañante para bajar la ventanilla. Mientras lo hacía dejó de verla un instante, pero cuando alzó la mirada para verla de nuevo, haciéndole ya la invitación que acababa de ocurrírsele, reparó en que además de Annie había otra chica, una compañera que parecía haber surgido de la nada. La recién aparecida no era en absoluto atractiva. Tenía el pelo corto, lo que ponía en evidencia un cráneo cuadrado, y el centelleo de los gruesos cristales de las gafas impedía que pudiera verle los ojos.

Así que Sean se vio obligado a invitar también a la lamentable Maria. Tras acomodar las mochilas en el maletero, las chicas se instalaron en el interior como dos hermanas que se quisieran mucho y el coche reemprendió su veloz marcha con Sean al volante. Pero al llegar a casa le esperaba otra sorpresa. En los escalones de la entrada, con la cabeza entre las manos, vio a su viejo amigo Malcolm.

Malcolm estaba de pie, contemplando el descuidado huerto desde uno de los bordes: un huerto lleno de broza. Las zarzas cubrían la zona del fondo, y en la parte frontal no había más que una fila de flores marrones machacadas por la lluvia. Sean culpó a su mujer.

–Y dice que tiene mano para las plantas –bromeó.

Pero Malcolm no se rió. El huerto le hacía pensar en su propio matrimonio. Tan solo cinco semanas antes, su mujer, Ursula, le había abandonado por otro. Llevaban tiempo lidiando con un matrimonio desdichado. Malcolm sabía que Ursula no estaba contenta con él ni con su vida en común, pero jamás había imaginado que pudiera enamorarse de otra persona. Tras su marcha, Malcolm se hundió. Incapaz de dormir y presa de accesos de llanto, empezó a beber más de la cuenta. Una vez condujo hasta un paraje de gran belleza y se bajó del coche para ir hasta el borde de un acantilado. Incluso entonces sabía que estaba dramatizando y que carecía del valor necesario para arrojarse al vacío. A pesar de todo, se quedó allí, al borde del precipicio, durante casi una hora.

Al día siguiente pidió una excedencia en el trabajo y se puso a viajar, con la esperanza de que la libertad de movimiento lo liberaría del dolor. Un día, casi por azar, se vio en un pueblo donde según recordaba vivía su viejo amigo Sean. Vagó por las calles, con lamparones de café en la camisa, y se encaminó hacia la casa de Sean. Al llegar llamó a la puerta y no obtuvo respuesta.

No llevaba allí ni un cuarto de hora cuando vio aparecer a Sean por el camino de entrada con una chica a cada lado. La estampa le llenó de envidia. Allí estaba su amigo, rodeado de juventud y vitalidad (las chicas reían armónicamente), y allí estaba él, sentado en las escaleras, rodeado de nada salvo de los fantasmas de la vejez, la soledad y la desesperanza.

A partir de ahí la situación fue a peor. Sean lo saludó deprisa y corriendo, como si acabaran de verse la semana anterior. Y Malcolm, de inmediato, tuvo la sensación de que estorbaba. Sean abrió la puerta con gesto teatral e invitó a los tres a recorrer la casa. Mostró a las chicas su habitación y a Malcolm le adjudicó otro dormitorio en un ala diferente. Después Sean los condujo a la cocina. Las chicas y él hurgaron en los armarios buscando algo para improvisar una cena. No encontraron más que una bolsa de judías negras, y en la nevera, una barra de mantequilla, un limón mustio y un diente de ajo reseco. En este punto fue cuando Sean propuso que salieran todos al huerto.

Malcolm salió detrás de ellos. Se quedó de pie, apartado de los otros, pensando que ya podría él tomarse su fracaso matrimonial tan a la ligera como Sean se tomaba el suyo. Ojalá pudiera quitarse a Ursula de la cabeza, encerrar su recuerdo en una caja y enterrarla muy hondo, bajo la tierra que ahora levantaba con la punta del zapato izquierdo.

Sean entró en el huerto y la emprendió a patadas con las zarzas. No había contado con que la despensa estuviera vacía, sin nada que ofrecer a las visitas, ni con el hecho de tener un par de huéspedes más de los que él quería. Dio un último puntapié, enfurruñado con todo. Pero el pie se le quedó atrapado en una maraña de zarzas, que lanzó al aire arrancándolas de cuajo. Como si hubiera levantado la tapa de una caja, surgió, de debajo, oculto contra el muro, un rodal de alcachofas.

–Un momento... –dijo, al verlas–. Esperad un momento. –Dio unos pasos hacia las alcachofas. Se agachó y tocó una. Luego se volvió y miró a Annie–. ¿Sabes lo que es esto? –le preguntó–. Es la Divina Providencia. El buen Dios hizo que mi mujer plantara estas pobres alcachofas y que se olvidara de ellas después, solo para que nosotros las encontráramos y, necesitados como estamos, nos las comiéramos.

Algunas alcachofas habían florecido. Annie ignoraba que las alcachofas florecieran, pero ahí estaba la prueba: moradas como la flor del cardo, solo que más grandes. La idea de comérselas la hacía feliz. Todo lo de aquella tarde la estaba haciendo feliz. La casa, el huerto, su flamante amigo Sean. Maria y ella llevaban un mes recorriendo Irlanda, alojándose en albergues juveniles donde tenían que dormir en catres en dormitorios atestados de viajeras. Estaba harta de los alojamientos baratos, de preparar míseras comidas comunales en las cocinas de los albergues y de las otras chicas enjuagando calcetines y ropa interior en los lavabos del cuarto de baño para luego tenderlo todo en las literas para que se secase. Ahora, gracias a Sean, podría dormir en la cama con dosel de un dormitorio amplio lleno de ventanas.

–Ven, mira –le dijo Sean, invitándola con un gesto a entrar en el huerto. Annie hizo lo que le decía, y los dos se agacharon al mismo tiempo. Un diminuto crucifijo de oro se balanceó en el aire al salírsele a Annie de la camiseta.

–Santo Dios, eres católica... –dijo Sean.

–Sí –dijo Annie.

–¿E irlandesa?

Ella asintió, sonriente. Sean bajó la voz mientras cogía una de las alcachofas para ofrecérsela.

–Eso nos convierte casi en parientes, querida.

Si Sean había captado el alcance del lenguaje corporal de las chicas, aún más lo había hecho Maria. Porque no se habían puesto en jarras a la vez porque sí, sin deliberación. Annie había iniciado el gesto y Maria había hecho lo mismo, a fin de enviar a Sean el mensaje («somos inseparables») que él había captado. Maria quería integrarse en el ser de Annie tan íntima y estrechamente como le fuera posible, y así, en esta ocasión, hizo que Annie y ella se transformaran en dos estatuas idénticas plantadas allí en el césped, una junto a otra.

Maria nunca había tenido una amiga como Annie. Jamás había tenido la sensación de que la comprendieran tanto. Hasta entonces su existencia había sido como vivir en un entorno de mudos, donde nadie le hablaba, donde solo la escrutaban. Tenía la impresión de no haber oído nunca el sonido de otra voz humana hasta aquel domingo de marzo, en la biblioteca de la facultad en la que estudiaban ambas, en que Annie, sin motivo alguno, dijo: «¡Qué a gusto se te ve ahí sentada!»

En la zona el fondo del huerto las alcachofas pendían de los gruesos tallos. Maria vio cómo Annie, entre las alcachofas, se pasaba una mano por el pelo espeso. Maria estaba tan contenta como Annie. También ella era sensible a la belleza austera de la casa de piedra de Sean y al frescor del aire vespertino. Pero, además de su deleite ante el entorno, había algo muy vivo que la hacía feliz, algo vivo y brillante que le volvía una y otra vez al pensamiento. Porque el día anterior, en el compartimento vacío de un tren, Annie la había rodeado con sus brazos y la había besado en los labios.

El crucifijo de oro de Annie lanzó un destello bajo la luz. Al contemplarlo, Sean pensó en la imposibilidad de adivinar el sentido que las circunstancias pueden dar a las cosas aleatorias. En su maleta, aún por deshacer, había un objeto para el que todavía no había encontrado utilidad. Pero ahora, mientras miraba el titilar del pequeño crucifijo, su mente se aprestó a enlazar imágenes y alcanzó a contemplar en el aire, ante él, el dedo índice de San Agustín.

Fue el único souvenir que se trajo de Roma. En su último día de estancia, curioseando por los alrededores del hotel, Sean dio con una tienda de arte estatuario y objetos religiosos. El propietario, tal vez fijándose en su ropa, pensó que Sean podía tener dinero en el bolsillo y lo encaminó a una vitrina para enseñarle una pieza delgada y polvorienta que parecía ser de hueso y que insistió en que se trataba de un dedo del autor de las *Confesiones*. Sean no le creyó, pero le pareció una reliquia divertida y se la compró.

Sean llevó a Annie a una parte del huerto alejada de Maria y Malcolm, que aún no se habían adentrado en la maleza. De espaldas a ellos, preguntó:

–Tu amiga no es católica, ¿verdad?

–Episcopaliana –susurró Annie.

–Mala cosa... –dijo Sean. Frunció el ceño–. Y Malcolm es anglicano, me temo.

Se puso un dedo en los labios en ademán de concentrarse.

–¿Por qué quieres saberlo? –preguntó Annie.

Sean volvió a prestarle atención y le dirigió un gesto taimado. Pero cuando habló, lo hizo para todos.

–Tenemos que organizarnos. Malcolm, ¿qué tal si te las ingenias para recoger esas alcachofas mientras nosotros ponemos a hervir el agua?

Malcolm pareció apenarse.

–Tienen pinchos –dijo.

–Son solo espinas –dijo Sean, saliendo del huerto y volviendo hacia la casa.

Annie supuso que Sean se refería a que ellos tres se ocuparían de poner a hervir el agua. Le siguió hasta la cocina y miró sonriendo a Maria, que se apresuró a seguirlos balanceando los brazos cortos. Sin embargo, ya en la cocina, Sean miró a Maria y dijo:

–Si no recuerdo mal, mi mujer guarda la cubertería de plata en una cómoda del piso de arriba, la cómoda roja. Está envuelta en una sábana en el cajón de abajo. ¿Podrías traerla, Maria? Estaría bien tener al menos unos cubiertos decentes.

Maria titubeó antes de decir nada. Después se volvió hacia Annie y le pidió que le echara una mano.

A Annie no le apetecía hacerlo. Le tenía mucho afecto, pero últimamente se había dado cuenta de que Maria la atosigaba. Adondequiera que fuera, Maria la seguía. En los trenes se apretujaba contra ella. El día anterior mismo, empotrada entre el tabique metálico del compartimento y el hombro huesudo de Maria, Annie había terminado por enfadarse. Le habría gustado librarse de ella gritándole: «¿Te importaría dejarme respirar?» Sentía un calor incómodo, y a punto estaba de darle un empellón a su amiga cuando de pronto el enojo remitió y dio paso a un sentimiento de culpa. ¿Cómo podía enfadarse con Maria solo porque se sentara junto a ella? ¿Y qué podía hacer ahora para que el malhumor se transformara en cariño? Annie se sintió avergonzada, y a pesar de sentirse aún incómodamente apretada contra Maria, trató de pasarlo por alto. Y lo que hizo fue levantarse y darle a Maria un besito amistoso en los labios.

Lo que a Annie le apetecía hacer ahora era quedarse abajo y ayudar a Sean a preparar la cena. Sean le interesaba. Tenía la vida perfecta: no tenía que trabajar, viajaba a Roma cuando le venía en gana y siempre acababa volviendo a su preciosa casa de campo. Annie nunca había conocido a alguien como Sean, y lo que más deseaba a su edad era precisamente eso: novedades, aventura. Por eso le alegró que Sean dijera:

–Me temo que tendrás que subir sola, Maria. Necesito que Annie me ayude en la cocina.

Malcolm recogía alcachofas con parsimonia, casi a tientas. El huerto estaba oscuro; el sol se había puesto por detrás de la tapia. La única luz que había venía del interior de la casa e iluminaba un retazo de césped bastante cercano a donde Malcolm estaba arrodillado. Jamás había hecho algo semejante en el pasado: hincar las rodillas para procurarse la cena, poniéndose los pantalones perdidos de barro, pero ahora tales consideraciones se le antojaban ajenas. En las últimas semanas había sido incapaz de mirarse al espejo, con lo orgulloso que había estado siempre de su apariencia sofisticada.

Subía los dedos por los tallos gruesos de las alcachofas y cuando las alcanzaba los partía. Así evitaba las espinas. Lo hacía con calma. La fragancia de la tierra, mineral y húmeda, le llegaba a la pituitaria. Era el primer aroma del que era consciente en semanas, y había algo de embriagador en él. Sentía el frío de la tierra en las rodillas.

En la oscuridad las alcachofas parecían multiplicarse hasta el infinito. A medida que las recogía y se desplazaba unos metros, seguía encontrando nuevos tallos. Empezó a hacerlo algo más rápido y al cabo de un rato estaba totalmente ensimismado. Le encantaba recoger alcachofas. Aflojó el ritmo. No quería que la tarea terminara.

La escalera principal era larga y suntuosa, y a medida que Maria iba subiéndola dejó de importarle que le hubieran endosado el encargo a ella sola. Se sentía libre, lejos del hogar y sus sinsabores. Le gustaba su ropa holgada y tosca, le gustaba su pelo corto, le gustaba que Annie y ella estuvieran en un lugar donde nadie podía encontrarlas. Un lugar donde podían relacionarse entre ellas como les venía en gana y no como la sociedad dictaba que lo hicieran. De la pared colgaba un viejo tapiz en el que dos perros macilentos atacaban a un venado.

Llegó a lo alto de la escalera y recorrió el pasillo buscando la cómoda roja. Había una hilera de muebles y arcones, en su mayoría de color caoba oscuro. Al final dio con una cómoda más rojiza que el resto y se arrodilló ante ella. Abrió el cajón de abajo. Dentro vio una sábana enrollada, y cuando la sacó le sorprendió su peso. La dejó en el suelo y empezó a desenrollarla. Mientras lo hacía, los cubiertos tintineaban. Una última vuelta y allí estaban: cuchillos, tenedores, cucharas..., todos allí delante, apuntando en la misma dirección, resplandecientes.

Una vez a solas con Annie, Sean se tomó su tiempo para poner el agua a hervir. Descolgó una olla de hierro de su gancho en la pared. La llevó a la pila. Empezó a llenarla de agua.

Consciente de que Annie le estaba observando, ponía especial cuidado en cada uno de sus actos. Cuando se aupó para descolgar la olla de la pared, procuró que tal movimiento exhibiera la mayor soltura posible. Colocó airosamente la olla sobre la lumbre y se volvió para encarar a Annie.

Estaba inclinada hacia atrás, contra la pila, con una mano a cada lado y el cuerpo estirado en un delicado arco. A Sean le pareció aún más atractiva que cuando la vio por primera vez en el camino.

–Como estamos solos, Annie –dijo Sean–, te voy a contar un secreto.

–Soy toda oídos –dijo ella.

–¿Prometes no contárselo a nadie?

–Prometido.

La miró a los ojos.

–¿Cómo estás en historia de la Iglesia?

–Fui a catequesis hasta los trece años.

–¿Te suena San Agustín, entonces?

Ella asintió con la cabeza. Sean miró a su alrededor para cerciorarse de que nadie le estaba oyendo. Después de una pausa larga, parpadeó y dijo:

–Tengo su dedo.

A Annie no le interesaba tanto el dedo de San Agustín como el hecho de que Sean estuviera deseando contarle un secreto. Le escuchó con la devoción de quien acoge la revelación de un misterio divino.

Cuando Annie coqueteaba no siempre admitía que lo hacía. A veces prefería dejar sus facultades mentales en suspenso para poder coquetear sin que, por así decirlo, su conciencia se pusiera en guardia. Era como si cuerpo y mente se disociaran; el cuerpo tras un biombo dispuesto a quitarse la ropa y la mente, al otro lado, haciendo como que no veía.

Ahora, con Sean, en la cocina, Annie se puso a coquetear sin admitirlo. Sean le contó lo de la reliquia y le dijo que, dada su condición de católica, se la enseñaría.

–Pero no debes contárselo a nadie. No queremos a esos herejes volviendo atropelladamente a la fe verdadera.

Annie se mostró de acuerdo entre risas. Estiró el cuerpo hacia atrás un poco más. Sabía que Sean la miraba y, súbita y oscuramente, tuvo conciencia de cuánto la complacía que la observaran. Se vio a través de los ojos de él: una joven esbelta, echada hacia atrás y apoyada sobre los brazos, con la larga melena cayéndole por la espalda.

–¿Tienes una cesta? –dijo Malcolm, entrando por la puerta.

Tenía las manos sucias y sonreía por primera vez en todo el día.

–No puede haber tantas –dijo Sean.

–Las hay *a cientos*. No puedo traerlas todas.

–Haz dos viajes –dijo Sean–. Tres.

Malcolm miró a Annie apoyada en el fregadero. La peineta de marfil del pelo brilló al volver la cabeza hacia él.

Pensó una vez más en la habilidad de Sean para rodearse de juventud y vitalidad, así que le dijo:

–Ahí fuera se está de maravilla, Annie. ¿Por qué no vienes a ayudarme? Deja que Sean se ocupe del agua.

No le dio opción a negarse: la cogió de la mano y se la llevó hasta la puerta trasera, despidiendo a Sean con la mano libre.

–He hecho un pequeño montón –le dijo a Annie, cuando estuvieron los dos en el huerto–. Está algo húmedo, pero te acostumbrarás enseguida.

Se arrodilló junto al montón de alcachofas y alzó los ojos para mirarla. A la luz que llegaba de la casa pudo apreciar su figura y las ondulaciones y sombras de la cara.

–Forma una cesta con los brazos y yo la iré rellenando –dijo.

Annie hizo lo que le decía: cruzó los brazos con las palmas de las manos mirando hacia arriba. Arrodillado frente a ella, Malcolm empezó a colocar las alcachofas una a una en la improvisada cesta, y las fue apretando con delicadeza contra el vientre de Annie. Primero cinco, luego diez, quince... A medida que el número aumentaba, Malcolm fue siendo más preciso en la disposición de las alcachofas. Fruncía el ceño y, como en un puzle, iba colocando las alcachofas en los huecos que iban dejando las demás.

–Mírate –dijo–. Te has convertido en una diosa de la cosecha.

Y para él lo era. De pie delante de él, joven y esbelta, con un montón de alcachofas brotándole del vientre. Malcolm colocó una más encima de las otras, a la altura del pecho de Annie, y la pinchó sin querer.

–¡Oh, lo siento!

–Será mejor que me lleve estas.

–Sí, por supuesto, llévalas dentro. ¡Vamos a darnos un buen festín!

Cuando Maria entró en la cocina y vio a Sean frente al fogón, mirando el agua en la olla, se sintió inquieta. Sabía perfectamente lo que tramaba. Había visto las miradas que dirigía a Annie, había captado el tono afectado de su voz cuando le hablaba. «Vosotras, chicas, podéis quedaros con el dormitorio azul», había dicho, tratando de sonar noble y generoso.

Fue a dejar la cubertería en la repisa, pero se echó atrás. Iba a hacer demasiado ruido. En lugar de ello siguió de pie, con la cubertería en brazos, observando a Sean de espaldas, disfrutando calladamente del placer de vigilarle sin ser vista.

La habitación donde iban a dormir solo tenía una cama. Maria se percató de ello de inmediato. Nada más entrar cargando con las mochilas, Maria miró la cama y captó por el rabillo del ojo que Annie estaba haciendo lo mismo. Se entendieron sin necesidad de palabras. Y tal entendimiento decía: «¡Esta noche vamos a dormir en la misma cama!» Pero, en presencia de Sean y Malcolm, no podían decir nada. Las dos sabían lo que pensaba la otra, pero se limitaron a decir «¡Qué bien!» y «¡Oh, una cama con dosel! ¡Yo en un tiempo tuve una!».

Malcolm, de hinojos en el huerto, se deleitaba con la visión de una Annie diosa de la cosecha. Hacía mucho tiempo que no sentía un gozo tan insensato. En los últimos años, en casa, Ursula solía estar a menudo de mal humor. Malcolm trataba de averiguar qué era lo que la preocupaba, pero sus tentativas en tal sentido no hacían más que enfurecerla aún más. Al cabo de un tiempo dejó de intentarlo. Y ambos terminaron en una vida cotidiana en la que se comunicaban tan solo lo estrictamente necesario.

Malcolm recogía las alcachofas que Annie no había podido acarrear. Las apretó contra la mejilla para sentir su frescor. Al hacerlo le embargó un sentimiento de sus años universitarios, cuando conoció a Sean: un sentimiento que tenía que ver con la belleza del mundo, y con su deber, o su sino, de aprehenderla antes de que se esfumara. La convivencia con Ursula, sus peleas, habían «encogido» la vida de Malcolm hasta el punto de perder esa capacidad, esa conciencia. No era culpa de Ursula. Ni de nadie.

Sean iba echando las alcachofas, una a una, en el agua hirviendo de la olla. Annie estaba junto a él. Sus hombros se tocaban. Y él percibía el aroma de su piel, de su pelo.

En la mesa, Maria repasaba la cubertería. Encorvada sobre ella, achicaba los ojos para detectar cualquier posible mácula, y de vez en cuando se restregaba la nariz con el dorso de la mano. Quedaban algunas alcachofas en la mesa. De tanto en tanto Annie trasladaba unas cuantas de la mesa al fogón y se las entregaba con cuidado a Sean, que las iba echando a la enorme olla con la premura ansiosa de quien arroja monedas a un pozo de los deseos.

Una escena ciertamente feliz, pensó Malcolm al entrar en la cocina con el pequeño cargamento de las últimas alcachofas. La olla humeando en la lumbre. Annie y Sean limpiando de polvo los platos que habían sacado de los armarios. En el otro extremo de la cocina, Maria hacía montones ordenados con los cubiertos. Un cuadro de gran sencillez rústica: las hortalizas recién recogidas, el siseo del fogón descomunal, las dos chicas norteamericanas que a Malcolm le traían a la memoria todas las jovencitas rurales que había atisbado alguna vez desde las ventanillas de un tren; figuras livianas haciendo señas desde caminos vecinales, paradas con sus bicicletas. Todo evocaba sencillez, bondad y salud. A Malcolm la escena le conmocionó tanto que no se atrevía a irrumpir en ella. Solo fue capaz de contemplarla desde la penumbra del umbral.

Se le ocurrió que iban a compartir una cena milagrosa. Apenas una hora antes habían visto, decepcionados, las alacenas vacías, y pensó que acabarían comiendo sándwiches de hígado encebollado en algún pub, en medio del humo y el ruido. Y ahora aquella cocina estaba repleta de comida.

Los observó, invisible, desde el umbral. Cuanto más tiempo pasaba sin que le descubrieran, más raro se sentía. De pronto sintió como si se hubiera alejado de la realidad de la cocina y hubiera pasado a un plano diferente de la existencia, como si ahora ya no estuviera mirando la vida sino asomándose a ella para escrutarla. ¿Acaso no estaba, en ciertos aspectos, muerto? ¿No había llegado a un punto en el que despreciaba la vida y la estaba desperdiciando? Sean escurría un paño de cocina amarillo en el fregadero, Annie derretía la mantequilla sobre el fogón, Maria levantaba hacia la luz una cuchara para asegurarse de que estaba impoluta. Pero ninguno de ellos, ninguno, se percataba de la trascendencia de la cena que estaban a punto de compartir.

Así fue como Malcolm, lleno de regocijo, sintió que su ser corporal avanzaba unos pasos y regresaba, abandonando el inframundo, a la querida y cansina atmósfera terrenal. Su semblante entró en la luz. Sonreía con la dicha de quien recibe un indulto. Aún no había dicho la última palabra.

Sean no se percató de la entrada de Malcolm en la cocina porque en ese momento llevaba la fuente de alcachofas a la mesa. El vapor que estas despedían le llegaba a la cara y le impedía ver.

Annie no se percató de la entrada de Malcolm en la cocina porque estaba pensando en lo que escribiría a su familia en su siguiente carta. Lo describiría todo con detalle: ¡las alcachofas!, ¡el vapor!, ¡los platos relucientes!

Malcolm entró, se sentó a la mesa y dejó las alcachofas que traía en el suelo, a sus pies. En este punto, las caras de las chicas le parecieron indescriptiblemente hermosas. Y también la cara de su viejo amigo se le antojó hermosa.

Annie no estaba prestando atención cuando Malcolm empezó a hablar. Oía su voz, pero las palabras le sonaban carentes de significado. No eran sino sonidos lejanos. Seguía calibrando el efecto que tendría su carta en casa: imaginaba a su familia en torno a la mesa; a su madre leyendo con las gafas puestas, a sus hermanas pequeñas aburridas y quejicas. Le vinieron a la cabeza otros recuerdos hogareños: el patio trasero atestado de manzanas silvestres; la entrada a la cocina, en invierno, con la hilera de botas empapadas. Mientras rumiaba esta sucesión de recuerdos, la voz de Malcolm mantenía su ritmo constante y pausado, y poco a poco a Annie le fueron llegando sus palabras y comenzó a hilvanar retazos. Malcolm había salido en su coche. Se había detenido junto a un acantilado. Se había quedado mirando el mar desde lo alto.

Las alcachofas humeaban en la fuente que Sean había dejado en el centro de la mesa. Annie alargó la mano y tocó una, pero estaba demasiado caliente para poder comerla. Luego miró el perfil de Sean y luego el de Maria, y supo que se sentían incómodos por algo. Solo entonces tuvo conciencia de la importancia de lo que Malcolm estaba contando. Hablaba de suicidio. De su suicidio.

La idea de aquel cuarentón fornido arrojándose al vacío por un acantilado causó en Maria un efecto cómico. Se daba cuenta de que Malcolm estaba a punto de llorar, pero el hecho de que su emoción fuera genuina no hizo sino distanciarlo aún más de ella. Puede que fuera cierto que hubiera considerado la idea de matarse, puede que fuera cierto (tal como él afirmaba con insistencia) que aquella comida le había devuelto a la vida, pero sería erróneo pensar que ella, que apenas le conocía, pudiera llegar a compartir su alegría o su dolor. Por un instante Maria se reprochó no sentir empatía con Malcolm (que, profundamente emocionado, describía los «días más oscuros» tras el abandono de su mujer), pero fue solo un instante. Maria tuvo que admitirse a sí misma que no sentía nada al respecto. Le dio un pequeño puntapié a Annie por debajo de la mesa, y Annie esbozó una sonrisa, pero se tapó la boca con la servilleta. Maria le frotó un pie a su amiga contra la pantorrilla. Annie apartó la pierna, y Maria no pudo volver a encontrarla. La buscó una y otra vez, con la esperanza de que Annie le dirigiera la mirada y poder así enviarle un guiño, pero Annie siguió mirando con fijeza el plato.

Sean miraba cómo Malcolm se atiborraba de alcachofas. Ahora Malcolm los tenía a los tres pendientes de sus palabras, así que se puso a hablar y a comer al mismo tiempo. ¡Buen momento fue a escoger! Nada peor para un ambiente romántico (el que Sean quería crear) que la mención de la muerte. Imaginaba a Annie estremeciéndose muy levemente, encorvando los hombros, apretando (sin la menor duda) las adorables piernas una contra otra. La muerte, saltos al vacío en acantilados... ¿Por qué tenía Malcolm que sacar a colación aquello precisamente ahora? ¡Como si el tema tuviera algún sentido para ellos! Un trance dramático que Malcolm se había permitido para convencerse a sí mismo de que podía amar. ¿Y cuánto amor había sentido? ¿No se había recuperado con asombrosa rapidez? ¡En cinco semanas!

–Nunca imaginé que podría volver a disfrutar de una sencilla comida entre amigos –estaba diciendo.

Sean no daba crédito a lo que estaba viendo: una lágrima sinuosa se deslizaba por la mejilla de Malcolm. Su amigo lloraba mientras despojaba de sus hojas más duras una alcachofa (aun en el ápice de la emoción se las había arreglado para escoger la más grande). Arrancaba las hojas y las untaba en la mantequilla antes de metérselas en la boca.

–¡Juzgamos muy a la ligera el verdadero valor de nuestras vidas! –proclamó Malcolm.

Era como si no hubiera estado tan estrechamente ligado a un grupo de gente en su vida. Todos estaban callados, pendientes de cada una de sus palabras, y la emoción lo movía a una elocuencia que nunca había conocido. Cuántas veces hablaba uno de cosas sin la menor importancia, pensó, de asuntos triviales, solo para pasar el rato. Raras veces tenía uno ocasión de aliviar su corazón, de hablar de la belleza y el sentido de la vida, de su valor inestimable. ¡Y con gente pendiente de tus palabras! Apenas un rato antes había sentido la angustia de un muerto en vida, pero ahora podía sentir la alegría del lenguaje, la dicha de compartir los pensamientos más íntimos, y su cuerpo vibraba placenteramente con el sonido de su voz.

En cuanto vio la ocasión, Sean interrumpió el soliloquio sombrío de su amigo cogiendo una alcachofa de la bandeja y diciendo:

–Esta es para ti, Annie. Ya no queman.

–Están deliciosas –dijo Malcolm, secándose las lágrimas.

–Sabes cómo se comen, ¿verdad, Annie? –dijo Sean–. Vas arrancándoles las hojas, las untas con mantequilla y les raspas la carne con los dientes.

Mientras lo explicaba, Sean hizo la demostración untando una de las hojas en la mantequilla y llevándola hasta la boca de Annie.

–Anda, prueba.

Annie abrió la boca, rodeó la hoja con los labios y mordió con suavidad.

–Tenemos alcachofas en Norteamérica, ¿sabes, Sean? –dijo Maria, cogiendo una–. Las hemos comido antes.

–Yo no –dijo Annie, masticando y sonriendo a Sean.

–Por supuesto que sí –dijo Maria–. Te he visto comerlas un montón de veces.

–Puede que fueran espárragos –dijo Sean, riendo al unísono con Annie.

La cena continuó. Sean se dio cuenta de que Annie había girado su cuerpo en dirección a él. Malcolm comía en silencio: las mejillas pringadas le brillaban como la alcachofa untada de mantequilla que sostenía en la mano. Una a una, las alcachofas fueron desapareciendo de la fuente, y una a una las fueron ellos despojando de las hojas. Sean se las seguía dando a la boca a Annie, mientras le dirigía preguntas cariñosas y concretas tales como «¿Te doy una más? ¿Quieres mantequilla? ¿Un poco de agua?». Entre bocado y bocado situaba la cara a la altura de la de ella, llenando el aire que había entre ambos del olor caliente de lo que acababa de comer.

Pensaba en el encuentro amoroso que no tardaría en tener lugar. El plan que había urdido era el siguiente: después de la cena sugeriría que jugaran una partida de backgammon. Ella aceptaría de inmediato y bajarían juntos a la sala de juegos; jugarían hasta que los demás se hubieran ido a la cama, y luego subirían a ver la reliquia a solas.

Pero justo en ese momento Malcolm dijo:

–Atención, señoras. Miren a esta pareja de hombres maduros que está sentada ante ustedes. Son dos viejos amigos que se aprecian. Sean y yo. En Oxford éramos inseparables.

Sean levantó la vista y vio a Malcolm sonriéndole con afecto desde el otro lado de la mesa. Aún tenía los ojos húmedos. Parecía tan vulnerable y tan memo. Pero Malcolm prosiguió:

–Hago votos para que vuestra amistad, pese a ser reciente, perdure otro tanto.

Al decir esto miraba a las chicas: primero a una y luego a la otra.

–Ah, las viejas amistades... –dijo en un susurro–. Son las mejores.

–¿A alguien le apetece una partida de backgammon en la sala de juegos? –dijo Sean en voz alta, dirigiéndose a todos pero en especial (así lo supo ella) a Annie.

A punto estaba esta de decir que sí cuando, por el rabillo del ojo, vio que Maria la estaba mirando. Annie sabía que Maria estaba pendiente de su respuesta. En cuanto dijera que sí, Maria diría que ella también bajaría. Comprendió que el plan no iba a funcionar: Maria nunca subiría sola a acostarse. Así que Annie extendió las manos sobre la mesa, se miró las uñas y preguntó:

–¿Qué te apetece hacer a ti, Maria?

–Pues... no sé –dijo Maria.

–No podemos jugar todos –dijo Sean–. Solo podemos jugar dos, me temo.

–Suena muy bien eso del backgammon –dijo Malcolm.

Annie se movió en la silla. Había titubeado demasiado y lo había echado todo a perder.

–Bueno, mañana tenemos que levantarnos temprano –dijo Maria.

–Habrá que disculpar a las viajeras, entonces –dijo Malcolm–. Con gran pesar por nuestra parte.

–Quizá se ha hecho un poco tarde –dijo Sean.

–¡Bobadas! –dijo Malcolm–. ¡La noche no ha hecho más que empezar!

Dicho esto, separó la silla de la mesa y se puso en pie, muy resuelto.

No había nada que Sean pudiera hacer. No tenía ni idea de por qué Annie no había cumplido su parte del plan. Temió haber ido demasiado lejos durante la cena; al revelar sus verdaderas intenciones tal vez había hecho que Annie se asustara y se echara atrás. Sea como fuere, no le quedaba otra opción que hacer caso omiso de su corazón, que le enviaba señales de desesperanza, sonreír y encaminarse hacia la puerta del sótano. Mientras bajaba las escaleras con Malcolm a su espalda trató de oír, en vano, lo que las chicas hablaban en la cocina.

La sala de juegos era una estancia larga y estrecha, con altos zócalos de madera, una mesa de billar en el centro y un sofá de cuero frente a un televisor en uno de los extremos. Sean fue directamente al televisor y lo encendió.

–¿Y el backgammon? –dijo Malcolm.

–Se me han pasado las ganas –dijo Sean.

Malcolm lo miró, dubitativo.

–Espero que no te haya molestado mi pequeño parlamento –dijo–. Me temo que he monopolizado la conversación.

Sean siguió con la vista fija en la televisión.

–Apenas me he dado cuenta –dijo.

–Le gustas a Sean –le dijo Maria a Annie cuando se quedaron solas.

–¡Qué va!

–Claro que le gustas. Lo he visto claramente.

–Es amable, eso es todo.

Estaban en la pila, codo con codo, secando los últimos platos.

–¿Qué te dijo en el huerto?

–¿Cuándo?

–En el huerto. Cuando te llevó a la parte de atrás.

–Me dijo que era la chica más guapa que había visto en su vida y me pidió que me casara con él.

Maria estaba aclarando un plato. Lo mantuvo dentro del agua sin decir una palabra.

–Estoy bromeando –dijo Annie–. Solo me habló del terreno, de lo difícil que es cultivar aquí cualquier cosa.

Maria restregaba el plato, a pesar de que estaba limpísimo.

–Era una broma –repitió Annie.

Annie quería prolongar todo lo posible lo de fregar los platos. Así, si Sean volvía, podría hacerle una seña para que se vieran más tarde. Pero los platos no estaban muy sucios, y no eran más que cuatro, amén de algunos vasos. Pronto darían por terminada la tarea.

–Estoy cansadísima –dijo Maria–. ¿Tú no?

–No.

–¿Qué hacemos ahora?

A Annie no se le ocurría ninguna excusa para quedarse en la cocina. Podría bajar al sótano, pero estaría Malcolm. Estaría en todas partes, toda la noche. No volvería a dormir nunca más, de lo feliz que estaba de estar vivo. Así que al final dijo:

–No hay nada que hacer. Supongo que me iré a la cama.

–Voy contigo –dijo Maria.

–Apaga la tele, Sean –dijo Malcolm–. No hemos podido hablar en toda la noche. ¡Hace veinte años que no hablamos!

–Llevo dos semanas sin ver la televisión –dijo Sean.

Malcolm rió, de buen talante.

–Sean –dijo–, es inútil. No puedes esquivarme. Y menos esta noche.

Esperó, sin éxito, una respuesta, pero no obtuvo ninguna. Sentía una inmensa calma. Podía decir lo que tuviera que decir, sin embarazo alguno; miró a su amigo y se pregunto por qué, al contrario que él, se mostraba tan apagado. Pero al instante siguiente cayó en la cuenta. El hermetismo de Sean era demasiado perfecto. Estaba fingiendo. Dentro de su cascarón estaba tan solo como él, y le afligía el fracaso de su matrimonio lo mismo que a él le afligía el fracaso del suyo. De ahí que todo lo adornara con bromas y se rodeara de mujeres jóvenes.

Malcolm se sorprendió de no haberse dado cuenta antes. Su comprensión era ahora más precisa en todos los sentidos. Miró a su amigo y se sintió solidario. Y al cabo dijo:

–Háblame de Meg, Sean. No tienes por qué avergonzarte. Estamos en el mismo barco, ya lo sabes.

Esta vez Sean se volvió y buscó la mirada de Malcolm.

–En el mismo barco no, Malcolm. De ninguna de las maneras, Malcolm. Fui yo quien dejó a Meg. Ella no me dejó a mí.

Malcolm apartó la vista y miró al suelo.

–Y me temo que no se lo tomó bien –siguió Sean–. Se plantó delante de un tren.

–¡Dios mío! ¿Intentó matarse? –dijo Malcolm.

–No lo intentó. Lo hizo.

–¿Meg está muerta?

–Así es. Por eso el huerto está como está de abandonado.

–¡Cuánto lo siento, Sean! ¿Por qué no me has dicho nada?

–No me sentía con fuerzas para hablar de ello –dijo Sean.

Aquella venganza complació mucho a Sean. Puede que Malcolm le hubiese echado a perder la velada, pero ahora era él quien llevaba la voz cantante; podía hacerle creer lo que quisiera. Malcolm reclinó la cabeza en el sofá, y Sean dijo:

–Menuda coincidencia que aparecieras por aquí hoy. Y contando esa historia. Es casi como si algo te hubiera enviado.

–No tenía ni idea –dijo Malcolm con voz suave.

Sean siguió observando a su amigo, henchido del poder de ser capaz de crear una realidad en la que pudiera habitar Malcolm, un mundo en el que nada era casual y donde hasta los suicidios encajaban.

Dejó a Malcolm en el sofá y se dirigió hacia la escalera.

Cuando Maria entró en el cuarto de baño a lavarse los dientes, Annie fue de puntillas hasta el umbral del dormitorio. No oyó nada. La casa estaba en silencio. Lo único que alcanzaba a oír era a Maria enjuagándose la boca y escupiendo el agua en el lavabo. Salió al pasillo. Seguía sin oír nada. Maria salió del baño. Sin las gafas puestas, tuvo que avanzar a tientas para llegar hasta la cama.

Sean entró en la cocina y la encontró vacía. Se maldijo por haber propuesto jugar al backgammon; maldijo a Malcolm por entrometerse, y a Annie por no haber cumplido su parte del plan. Al parecer, no tenía que suceder, hiciera lo que hiciese. La casa, las alcachofas, la reliquia..., nada había bastado. Pensó en su mujer; estaría bailando en algún lugar del trópico, y después se vio a sí mismo: solo, en una casa fría, con sus deseos frustrados.

Volvió a la puerta del sótano y aguzó el oído. La televisión seguía encendida. Y Malcolm seguía delante de ella, anonadado. Sean dio media vuelta decidido a dejar a Malcolm allí toda la noche, pero tan pronto como lo hizo se quedó paralizado. Porque justo delante de él, con una larga camiseta masculina por toda indumentaria, estaba Annie.

En el piso de arriba Maria, expectante, aguardaba a que Annie volviese. Nada más meterse en la cama, Annie había saltado de ella con el pretexto de bajar por un vaso de agua.

–Bebe del grifo del lavabo –le había sugerido Maria.

Pero Annie había dicho:

–Quiero un vaso.

Después de todo este tiempo, incluso después del beso en el tren, Annie seguía indecisa. Estaba muy nerviosa; se había metido en la cama para, segundos después, salir disparada. Maria sabía exactamente lo que rondaba por la mente de su amiga. Echó los brazos hacia arriba y los cruzó detrás de la cabeza. Miró la moldura de escayola del techo y sintió el peso de su cuerpo hundiéndose en el colchón y en las almohadas. La envolvió una gran calma; sintió una gran solidez, y la sensación de que ahora, por fin, sus deseos se iban a hacer realidad; lo único que tenía que hacer era esperar.

Malcolm se levantó y apagó la televisión. Fue hasta la mesa de billar. Cogió una bola, la echó a rodar y observó cómo evolucionaba sobre el tapete y rebotaba contra los costados. La cogió de nuevo para volver a echarla a rodar. La bola golpeaba con suavidad las bandas y rebotaba hacia el interior de la mesa.

Pensaba en lo que Sean le había contado. Y se preguntaba por el sentido que podía tener todo aquello.

Sean llevó a Annie a su estudio, para desaparecer de la vista antes de que Malcolm subiera. De camino cogió su maleta, que había dejado en el recibidor. Una vez que hubo cerrado la puerta del estudio a su espalda le susurró a Annie que guardara un silencio absoluto. Después, con toda solemnidad, se agachó para abrir la maleta. Mientras soltaba el cierre metálico, vio que tenía los muslos desnudos de Annie a escasos centímetros de la cara. Habría querido abrazar aquellas piernas, atraer a Annie hacia sí y hundir la cara en la cuenca de sus caderas. Pero no hizo tal cosa. Se limitó a sacar un calcetín de lana gris del que sacó a su vez un hueso delgado y amarillento de apenas siete centímetros.

–Aquí está –dijo, mostrándoselo–. Directamente de Roma. El dedo índice de San Agustín.

–¿Hace cuánto que vivió?

–Hace mil quinientos años.

Annie tendió la mano y tocó el hueso reseco, mientras Sean le miraba los labios, las mejillas, los ojos, el pelo.

Annie supo que estaba a punto de besarla. Siempre sabía cuándo un hombre estaba a punto de besarla. A veces ponía pegas, apartándose o preguntando algo. Otras sencillamente fingía no darse cuenta, como ahora, que estaba examinando el dedo del santo.

Entonces Sean dijo:

–Temía que se hubiera ido al traste nuestra pequeña cita.

–No ha sido fácil zafarse de los herejes –dijo Annie.

Malcolm entró en la cocina buscando a Sean. Lo único que encontró, apilados junto al fregadero, fueron los platos que las chicas habían fregado a conciencia. Deambuló por la cocina, acercó las manos al calor residual del fogón, y al ver que las alcachofas que había dejado en el suelo seguían allí, las subió a la mesa. Solo después se dirigió a la ventana de la cocina para mirar desde ella el patio trasero.

Cuando Maria los vio estaban inclinados mirando algo, con las cabezas casi juntas. Comprendió la situación al instante. Annie había bajado por un vaso de agua y Sean le había salido al paso por sorpresa. Y ella había llegado en el último momento para librar a su amiga de una situación incómoda.

–¿Qué es eso? –dijo, y osada, triunfalmente, entró en la estancia.

La voz de Maria era la voz del destino del que él no iba a poder escapar. En el mismísimo instante de la victoria, cuando sus deseos estaban a punto de cumplirse (Annie y él ya estaban mejilla contra mejilla), la voz de Maria hizo que sus anhelos se fueran al traste. No dijo nada. Se limitó a seguir en silencio mientras Maria llegaba hasta él y le cogía la reliquia con una mano fría.

–Es el dedo de San Agustín –dijo Annie a modo de explicación.

Maria examinó el hueso durante un instante; luego se lo devolvió a Sean y dijo:

–Nada de eso...

Las dos amigas se dieron la vuelta (a la vez) y se encaminaron hacia la puerta.

–Buenas noches –dijeron ambas, y Sean, inmóvil, oyó cómo sus voces se fundían en un insufrible unísono.

–No le habrás creído, ¿verdad? –preguntó Maria, una vez que estuvieron solas en el dormitorio.

Annie no respondió; se limitó a meterse en la cama y

cerrar los ojos. Maria apagó la luz y se movió a tientas en la oscuridad.

–No me puedo creer que te tragaras eso. ¡El dedo de San Agustín! –Rió–. Los tíos son capaces de cualquier cosa.

Se metió en la cama a gatas y se tapó con las mantas. Y allí tumbada, mirando fijamente la oscuridad, pensó en lo marrulleros que eran los hombres.

–Annie –susurró, pero Annie no le contestó.

Maria se arrimó más a ella.

–Annie –repitió en voz más alta.

Se deslizó hacia ella bajo las sábanas, y las caderas de las dos amigas se tocaron.

–Annie –volvió a decir.

Pero su amiga no respondió a la llamada, ni aumentó la presión para que se pegaran más las caderas.

–¡Quiero dormir! –dijo Annie, y se dio la vuelta.

Sean se quedó allí plantado con el dedo falso de un santo ilustre en la mano. Le pareció oír las risitas de las chicas en el vestíbulo. Luego, el sonido de sus pasos al subir las escaleras, el chirrido de la puerta y el ruido al cerrarse, y después... el silencio.

El hueso estaba recubierto de una película de polvo blanco que se desprendía y le caía en la palma de la mano. Tenía ganas de lanzarlo por el aire, o de dejarlo caer y pisotearlo, pero algo lo disuadió de hacerlo. Porque al quedarse mirando el dedo tuvo la sensación de que alguien le estaba observando. Miró a su alrededor, pero la pieza estaba vacía. Cuando volvió a mirar el hueso sucedió algo muy curioso. Parecía que el dedo le estaba señalando. Como si siguiera formando parte de alguien vivo, o estuviera dotado de inteligencia y le estuviera acusando y condenando.

Por fortuna tal sensación solo duró un instante. Pasado este, el dedo dejó de apuntarle y volvió a ser solo un hueso.

La luz de la luna permitió a Malcolm atisbar el huerto con cierta nitidez: un círculo azul pálido al fondo de la hierba. Ladeó la cabeza para mirar las alcachofas que descansaban en la mesa. Fue hasta la puerta trasera, la abrió y salió afuera.

El huerto estaba aún en peores condiciones que antes. Las flores muertas, que antes formaban una hilera, estaban ahora pisoteadas, arrancadas y esparcidas por el suelo. Había huellas de zapatos por todas partes. La serenidad de la desatención había dado paso a unas señales claras de violencia.

Malcolm vio las huellas de las suelas de sus zapatos, grandes y profundas. Luego reconoció las pisadas, más pequeñas, de las zapatillas deportivas de Annie. Entró en el huerto y puso los pies sobre las huellas de ella, y le agradó ver cómo sus zapatos las tapaban por completo. Para entonces había dejado de preguntarse qué estaría haciendo Sean. Ignoraba dónde estaba cada cual en el interior de la casa: Maria en un lado de la cama, Annie en el otro; Sean contemplando el delgado hueso en su estudio. Malcolm olvidó momentáneamente a sus amigos y siguió de pie en el huerto que Meg, su «gemela», había plantado y dejado atrás. Meg se había ido, había tirado la toalla, pero él seguía allí. Pensando que lo que necesitaba era una casa con huerto. Se veía ya podando rosales y cosechando judías. Tenía la sensación de que, con ese sencillo cambio, la felicidad acabaría por llegar.

1988

MAGNO EXPERIMENTO

«Si eres tan listo, ¿cómo es que no te has hecho rico?»

Era la ciudad que quería conocer. Chicago, resplandeciente bajo la luz tardocapitalista de media tarde. Kendall ocupaba (aunque no poseía) un ático en un edificio para gente adinerada en Lake Shore Drive. Las vistas desde la decimoctava planta eran solo vistas del agua. Pero si pegabas la cara contra el cristal, como estaba haciendo Kendall, llegabas a divisar la playa de color galleta que bajaba hasta el muelle de la marina, donde ahora encendían la noria de Ferris.

La piedra gótica gris de la Tribune Tower, el acero negro del edificio de Mies contiguo..., no eran ya los colores del Chicago moderno. Los promotores estaban haciendo caso a arquitectos daneses que a su vez hacían caso a la naturaleza, de forma que las últimas torres de condominios se estaban volviendo orgánicas, con fachadas de color verde claro y azoteas ondulantes como hojas de hierba curvándose al viento.

Como los propios condominios nos indican, en el lugar hubo un día una pradera.

Kendall miraba con fijeza los edificios lujosos y pensaba

en sus moradores (él no lo era) y se preguntaba qué podrían saber ellos que él no sabía. Desplazó la frente por el cristal y oyó cómo se arrugaba un papel. Tenía un post-it amarillo pegado a ella. Piasecki debió de entrar mientras Kendall sesteaba y lo pegó allí.

El post-it decía: «Piensa en ello.»

Kendall lo estrujó y lo tiró a la papelera. Después volvió a contemplar desde el ventanal la centelleante Costa Dorada.

Chicago llevaba dieciséis años concediéndole a Kendall el beneficio de la duda. Le había dado la bienvenida cuando llegó con el «ciclo de canciones» de sus poemas compuestos en el Taller de Escritores de Iowa. Había presenciado el repertorio impresionante de trabajos reservados a personas de alto coeficiente de inteligencia de los primeros años: corrector de pruebas en *The Baffler;* profesor en la Academia de Latín. Para alguien de veintipocos años, haberse licenciado *summa cum laude* en Amherst, haber recibido una beca Michener, y haber publicado, al año de haber dejado Iowa, un poemita lírico de desolación indesmayable en el *Times Literary Supplement,* sin duda parecía augurar una carrera prometedora. Si Chicago empezó a dudar de la inteligencia de Kendall cuando cumplió los treinta, él no se había enterado. Trabajaba como redactor en una pequeña editorial, Magno Experimento, que publicaba cinco títulos al año. El propietario era Jimmy Boyko, de ochenta y dos años. En Chicago, en los años sesenta y setenta, se recordaba a Jimmy Boyko más como el pornógrafo de State Street que por su larga carrera como activista por la libertad de expresión y como editor de textos libertarios. El ático donde estaba Kendall era de Jimmy, lo mismo que las lujosas vistas de las que disfrutaba desde él. Jimmy todavía mantenía la lucidez.

Era algo duro de oído, pero si levantabas la voz para hablarle de lo que se cocía en Washington, los ojos azules del viejo destellaban con furia e imperecedera rebeldía.

Kendall se retiró del ventanal y volvió al escritorio, donde cogió el libro que descansaba sobre la mesa. Se trataba de *La democracia en América,* de Alexis de Tocqueville. El autor, del que Jimmy había tomado el nombre para su editorial Magno Experimento, era una de las pasiones del editor. Cierta tarde, seis meses atrás, después del martini vespertino, Jimmy decidió que lo que el país necesitaba era una versión superabreviada del trabajo seminal de Tocqueville, en la que se seleccionaran las predicciones que el autor francés había hecho para los Estados Unidos, en especial aquellas que mostraban la administración Bush a la más lóbrega de las luces. Así que eso era lo que Kendall venía haciendo la última semana: leer *La democracia en América* para elegir los párrafos de mayor enjundia. Como aquel que inauguraba la obra, por ejemplo: «Entre los novedosos asuntos que captaron mi atención durante mi estancia en los Estados Unidos, ninguno me impactó tanto como, en general, la igualdad entre sus gentes.»

–¿Cómo diablos se come eso? –gritó Jimmy, cuando Kendall le leyó el párrafo por teléfono–. ¿Había algo que escaseara más, en la Norteamérica de Bush, que esa condición de igualdad?

Jimmy quería titular el librito *Democracia de bolsillo.* Una vez que hubo remitido su inspiración inicial, le endosó el proyecto a Kendall. Al principio este intentó leerse el texto entero, pero pronto acabó decantándose por una lectura «en diagonal». Tanto el volumen I como el II contenían capítulos de indecible aburrimiento: metodología de la jurisprudencia o análisis del sistema norteamericano de la organización municipal. A Jimmy solo le interesaban los párrafos más proféticos. *La democracia en América* era como una de esas historias que los padres cuentan a sus hijos adultos sobre su juventud: los rasgos de su personalidad que más habían arraigado con el tiempo, o las rarezas y preferencias que habían quedado desfasadas. Era curioso leer lo que un francés escribía acerca de Norteamérica cuando el país era pequeño y admirable y no suponía una amenaza, cuando aún no era sino un país subvalorado que el francés podía reivindicar y defender, como hoy el *serialismo* en música o las novelas de John Fante.

> En estos, como en los bosques del Viejo Mundo, la destrucción seguía su curso sin descanso. Los desechos vegetales se amontonaban unos sobre otros; pero no había mano de obra para retirarlos, ni su descomposición avanzaba tan rápido como para dejar espacio para el ciclo permanente de la reproducción. Las plantas trepadoras, los pastos y otras hierbas se vieron forzadas a abrirse paso entre la masa de árboles agonizantes; se enlazaban a sus troncos curvados, y hallaban sustento en sus cavidades polvorientas y una vía de paso bajo sus cortezas sin vida. Así, la descomposición brindó su ayuda a la vida.

¡Qué hermoso era aquello! Qué maravilla imaginar cómo eran los Estados Unidos en 1831, antes de los centros comerciales y las autopistas, de los suburbios y las zonas residenciales de la periferia, cuando las orillas de los lagos «se ensamblaban en bosques que coexistían con el mundo». ¿Qué aspecto tenía el país en su infancia? Y aún más importante, ¿cuándo se habían torcido las cosas y cómo podríamos volver al buen camino? ¿Cómo contribuyó la descomposición a la proliferación de la vida?

Mucho de lo descrito por Tocqueville no se parecía en

absoluto al país que Kendall conocía. Otros juicios parecían descorrer una cortina, y revelar ciertas cualidades norteamericanas demasiado connaturales al país como para que él las hubiera percibido con anterioridad. La creciente desazón que Kendall sentía por ser norteamericano, la sensación de que sus años de formación, durante la Guerra Fría, le habían llevado a aceptar irreflexivamente parte del «devocionario» nacional, dado su carácter de víctima de la propaganda, tan víctima como un chiquillo que hubiera crecido en el Moscú de la época. Todo ello le urgía a hacerse con un asidero mental válido para aquel experimento llamado Estados Unidos de América.

Cuanto más leía sobre la América de 1831, más consciente se volvía Kendall de lo poco que sabía del país actual (2005), de las creencias de sus ciudadanos y de cuál era su forma de desenvolverse.

Piasecki era el ejemplo perfecto. La otra noche, en el Coq d'Or, le dijo:

–Si tú y yo no fuéramos tan honrados, podríamos forrarnos.

–¿Qué quieres decir?

Piasecki era el contable de Jimmy Boyko. Iba a la editorial los viernes para pagar facturas y llevar las cuentas. Era un tipo pálido, sudoroso, de pelo rubio y mustio que se peinaba hacia atrás desde la frente oblonga.

–No lleva ningún control, ¿no es eso? –dijo Piasecki–. Ni siquiera sabe el dinero que tiene.

–¿Y cuánto dinero tiene?

–Eso es información confidencial –dijo Piasecki–. Es lo primero que te enseñan en la escuela de contabilidad, a no irte de la lengua.

Kendall no insistió. Recelaba de Piasecki cuando se ponía a hablar del asunto de las cuentas. Cuando estalló el caso que llevó al cierre a Arthur Andersen en 2002, Piasecki se quedó sin trabajo junto a otros ochenta y cinco mil empleados. El golpe lo dejó algo trastornado. Ganaba y perdía peso, tomaba píldoras para adelgazar y Nicorette y bebía mucho.

Ahora, en el sombrío bar de cuero rojo, atestado de clientes de la hora feliz, Piasecki pidió un whisky. Kendall pidió otro.

–¿Le pongo un «trago del ejecutivo»? –preguntó el camarero.

Aunque Kendall jamás sería un ejecutivo, podía atreverse con tal trago.

–Sí –dijo.

Guardaron silencio durante un rato, viendo un partido de béisbol de final de temporada en la televisión. Jugaban dos equipos modernos de la Western Division. Kendall no era capaz de identificar los uniformes. Hasta el béisbol se había adulterado

–No sé –dijo Piasecki–. Solo que cuando te han jodido bien jodido como a mí, empiezas a ver las cosas de otra manera. Me he criado creyendo que la mayoría de la gente seguía las reglas. Pero después de lo de Andersen, y de cómo fue todo... O sea, cómo se las arreglaron para que toda una empresa hiciera de chivo expiatorio de lo que habían hecho para favorecer a Ken Lay y a Enron un par de manzanas podridas...

No terminó. Sus ojos brillaron al revivir la angustia.

Los vasos, los minibarriles de whisky escocés llegaron a la mesa. Bebieron la primera ronda y pidieron otra. Piasecki se sirvió los canapés de obsequio.

–Nueve de cada diez personas en nuestra piel al menos habrían pensado en ello –dijo–. ¡Ese pedazo de cabrón...! ¿Cómo ha amasado su fortuna? Con los coños. Eso es lo que le dio fama. Jimmy fue el primero que nos brindó la locura del coño. Se dio cuenta de que las tetas y los culos ya no estaban en el candelero. Ni siquiera les dedicó la menor atención. ¿Y ahora qué es? ¿Una especie de santo? ¿Una especie de activista político? Tú no te crees esa patraña, ¿no?

–Lo cierto es que sí –dijo Kendall.

–¿Por esos libros que publicáis? He mirado las cuentas, ¿sabes? Perdéis dinero todos los años. Nadie lee esas tonterías.

–Vendimos cinco mil ejemplares de *Los papeles federalistas* –se defendió Kendall.

–La mayor parte en Wyoming –contraatacó Piasecki.

–Jimmy ha empleado su dinero en buenas causas. ¿Qué me dices de las aportaciones que hace a la Unión Americana por las Libertades Civiles? –quiso añadir Kendall–. La editorial es solo una de sus actividades.

–De acuerdo. Olvídate un momento de Jimmy –dijo Piasecki–. Lo único que digo es que mires este país: Bush-Clinton-Bush-quizá Clinton. Eso no es democracia, ¿vale? Eso es pura monarquía hereditaria. ¿Y qué se supone que debemos hacer la gente como nosotros? ¿Qué hay de malo en que nos hagamos con un poco del merengue de la tarta? Solo un poquito. Odio mi puta vida. ¿Pienso en ello? Por supuesto. Ya estoy condenado. Nos condenaron a todos y nos dejaron sin sustento, tanto si éramos honrados como si no. Así que estoy pensando que si ya soy culpable, ¿a quién le importa una mierda?

Cuando estaba borracho, cuando se veía en lugares extraños como el Coq d'Or, cuando alguien desplegaba sus miserias ante él, en momentos como esos Kendall se seguía sintiendo poeta. Sentía que las palabras le retumbaban en alguna parte de detrás de la cabeza, como si aún dispusiera de la laboriosidad necesaria para escribirlas. Reparó en las ojeras amoratadas de Piasecki, la tensión de sus mandíbulas de drogadicto, el traje barato, el pelo estropajoso, las gafas de sol azules estilo Tour de Francia en lo alto de la cabeza.

–Deja que te pregunte algo –dijo Piasecki–. ¿Cuántos años tienes?

–Cuarenta y cinco –dijo Kendall.

–¿Y quieres seguir siendo redactor en un sitio de poca monta como Magno Experimento para el resto de tu vida?

–No quiero ser nada para el resto de mi vida –dijo Kendall, sonriendo.

–Jimmy no te paga un seguro médico, ¿no?

–No –admitió Kendall.

–Con todo el dinero que tiene y nos tiene de *freelances*... Y tú pensando que es una especie de paladín social.

–Mi mujer también piensa que no hay derecho.

–Tu mujer es lista –dijo Piasecki, con un gesto de aprobación–. Tal vez debería hablar con ella.

El tren a Oak Park estaba mal ventilado y era lúgubre y casi tan sórdido como una cárcel. Traqueteaba sobre las vías y las luces se iban y volvían continuamente. Kendall aprovechaba los momentos en que volvían para leer su Tocqueville. «La desgracia cayó sobre estas tribus en el momento en que los europeos desembarcaron en sus costas; ha proseguido desde entonces y ahora asistimos a su consumación.» El tren llegó al puente con una sacudida y empezó a cruzar el río. En la otra orilla, las estructuras de cristal y acero de diseño impresionante resplandecían en voladizo sobre el agua. «Esas costas, tan admirablemente adaptadas para el comercio y la industria; esos anchos y profundos ríos; ese valle inagotable del Mississippi; todo el continente, en suma, parecía listo para convertirse en morada de una gran nación aún por nacer.»

Sonó su teléfono móvil. Era Piasecki, que llamaba desde la calle camino de casa.

–¿Te acuerdas de lo que acabamos de hablar? –dijo–. Bueno, estoy borracho.

–Yo también –dijo Kendall–. Tranquilo.

–Puede que esté borracho –repitió Piasecki–. Pero hablo en serio.

Kendall nunca pensó en ser tan rico como sus padres, pero tampoco imaginó que ganaría tan poco, o que eso llegaría a importarle tanto. Después de cinco años trabajando para Magno Experimento, su mujer Stephanie y él habían ahorrado lo justo para comprar un piso grande para rehabilitar en Oak Park, sin que hubieran podido rehabilitarlo hasta la fecha.

Vivir en condiciones precarias era algo que a Kendall no le había importado en el pasado. Le gustaban los graneros adaptados para vivienda y los apartamentos en garajes con poca calefacción en los que Stephanie y él habían vivido antes de casarse, y también los apartamentos algo mejores aunque en barrios dudosos en los que siguieron viviendo una vez casados. El hecho de sentirse un matrimonio contracultural, una alianza artística comprometida con la defensa de los discos de vinilo y las publicaciones literarias trimestrales del Medio Oeste, se mantuvo incluso después de que nacieran Max y Eleanor. ¿Acaso no fue buena idea aprovechar una hamaca brasileña como mesa para cambiar pañales? ¿Y el póster de Beck mirando la cuna desde arriba, y a un tiempo tapando un agujero de la pared?

Kendall nunca había querido vivir como sus padres. Esa era la idea, la elevada razón de ser que alentaba tras la colección de bolas de cristal con nieve y los anteojos de mercadillo. Pero a medida que los niños crecían, empezó a comparar la infancia que estaban teniendo con la suya propia, y la encontró tan desfavorable para ellos que empezó a sentirse culpable.

Desde la calle, al acercarse bajo los árboles oscuros y empapados, la casa no tenía mal aspecto. Había un amplio espacio de césped en la parte delantera. Dos urnas de piedra flanqueaban la escalera de entrada, que ascendía hasta un porche amplio. Salvo que la pintura se desconchaba en los aleros, el exterior tenía buen aspecto. El problema empezaba en el interior. De hecho, el problema empezaba con la palabra misma: *interior*. A Stephanie le encantaba usarla. Las revistas de decoración que solía leer estaban llenas de información al respecto. Una de ellas incluso se llamaba así: *Interiors*. Pero Kendall tenía sus dudas respecto de que su casa hubiera alcanzado un verdadero estatus de interioridad. Por ejemplo, el exterior no paraba de «irrumpir dentro». La lluvia se colaba por el techo del baño principal. Los sumideros desbordaban en el desagüe del sótano.

En la acera de enfrente había un Range Rover aparcado en doble fila con el tubo de escape echando humo. Al pasar a su lado, Kendall dirigió una mirada descarada al ocupante del asiento del conductor. Esperaba ver a un hombre de negocios o a una elegante esposa de barrio residencial. Pero, sentada al volante, había una mujer de mediana edad y descuidada en el vestir –llevaba una sudadera de Wisconsin– hablando por el móvil.

El odio de Kendall por los todoterrenos no le impedía saber que el precio básico de un Range Rover es de setenta y cinco mil dólares. En la página web oficial de Range Rover, donde un marido mañoso que se pusiera a ello hasta bien entrada la noche podría personalizar su propio vehículo, Kendall supo que, si se elegía la Opción Lujo (tapicería de cachemir con ribetes en azul marino y salpicadero de nogal) el precio ascendía a ochenta y dos mil dólares. Una cantidad inconcebible, apabullante. Más aún, en la parcela contigua a la de Kendall, aparcando en el camino de entrada, vio otro Range Rover: el de su vecino Bill Ferret. Bill se dedicaba a algo relacionado con el software informático; lo diseñaba o lo vendía o lo que fuera. El verano anterior, en una de las barbacoas de patio trasero, Kendall había escuchado con cara seria cómo Bill explicaba en qué consistía su profesión. Kendall estaba especializado en poner cara seria. Era la cara que había perfeccionado ante sus profesores de instituto y de universidad desde su pupitre en primera fila: la cara siempre alerta, la cara del sobresaliente en todo. Aunque, pese a su aparente atención, Kendall no recordara bien lo que Bill le había contado acerca de su trabajo. Había una empresa de software en Canadá llamada Waxman, y Bill tenía acciones en Waxman, o Waxman tenía acciones en Duplicate, la empresa de Bill, y una de las dos, Waxman o Duplicate, estaba pensando en salir a bolsa, lo que al parecer era un buen paso, salvo que Bill acababa de fundar una tercera empresa de software, Triplicate, por lo que una de las otras dos, Waxman o Duplicate, o puede que las dos, le habían hecho firmar un acuerdo anticompetencia durante un año.

Mientras masticaba su hamburguesa, Kendall comprendió que así era como hablaba la gente en el mundo exterior, el mundo real, en el que él mismo vivía y en el que, paradójicamente, aún no había ingresado. En ese mundo real había cosas como programas de software personalizados y porcentajes de propiedad y maquiavélicas luchas intestinas entre empresas, y al cabo todo se resumía en la habilidad para subir por el camino de entrada pavimentado de tu casa en un Range Rover color verde bosque, de anonadante belleza, hasta dejarlo aparcado ante la puerta principal.

A lo mejor Kendall no era tan listo.

Subió por su sendero y entró en casa, donde encontró a Stephanie en la cocina junto al horno, abierto y con la temperatura al máximo. Había dejado el correo en la repisa de la cocina y hojeaba una revista de arquitectura. Kendall se acercó por detrás y la besó en la nuca.

–No te enfades por el horno –dijo Stephanie–. Solo lleva encendido unos minutos.

–No me enfado. Yo nunca me enfado.

Stephanie prefirió no discutir sobre el particular. Era una mujer menuda y liviana que trabajaba para una galería de fotografía contemporánea. Llevaba el mismo pelo estilo paje de literatura comparada que el día en que se conocieron veintidós años atrás en un seminario de Alta Definición. Cumplidos los cuarenta años, Stephanie empezó a preguntar a Kendall si no era demasiado mayor para vestir como vestía. Y él le contestaba con total sinceridad que –con sus atuendos selectos de segunda mano: largas chaquetas de cuero variegado o falditas de *majorette* o gorros rusos de falsa piel de color blanco– estaba tan espléndida como siempre.

Stephanie estaba mirando unas fotografías de reformas urbanas. En una de las páginas se veía una casa de ladrillo cuya parte de atrás se había eliminado para habilitar espacio para un anexo de cristal; en otra, habían vaciado una casa de piedra rojiza de tal guisa que ahora exhibía un interior tan luminoso y aireado como un *loft* del Soho. Esa era la idea: fidelidad a los valores de preservación sin necesidad de privarse de las comodidades modernas. Las adineradas y «guapas» familias propietarias de estas casas se dejaban ver en fotografías de momentos distendidos, desayunando o divirtiéndose; con vidas en apariencia mejoradas por soluciones de diseño, en las que hasta encender una luz o llenar una bañera se convertía en una experiencia gratificante y armónica.

Kendall se acercó a Stephanie para mirar con ella las fotos.

–¿Dónde están los chicos? –preguntó.

–Max, en casa de Sam. Eleanor dice que aquí hace mucho frío, y que se queda a dormir en casa de Olivia.

–¿Sabes lo que te digo? –dijo Kendall–. Que a tomar por saco. Pon la calefacción a tope.

–No deberíamos. La factura del mes pasado fue astronómica.

–Dejar el horno abierto tampoco mejora las cosas.

–Ya lo sé. Pero la cocina parece una nevera.

Kendall se volvió a mirar por la ventana de encima del fregadero. Cuando se inclinó hacia delante sintió el aire frío colándose entre los intersticios. Auténticas corrientes.

–Piasecki me ha dicho hoy una cosa muy interesante.

–¿Quién?

–Piasecki, el contable del trabajo. Dice que es increíble que Jimmy no me haga un seguro de salud.

–Ya te lo había dicho yo.

–Bueno, pues Piasecki está de acuerdo contigo.

Stephanie cerró la revista. Luego cerró la puerta del horno y apagó el gas.

–Pagamos seis mil dólares al año a Blue Cross. En tres años tendríamos para una cocina nueva.

–O lo podríamos invertir en calefacción –dijo Kendall–. Así nuestros niños no nos abandonarían. Seguirían queriéndonos.

–Todavía te quieren, no te preocupes. Los recuperarás en primavera.

Kendall volvió a besar en la nuca a su mujer y salió de la cocina. Subió las escaleras hasta el piso de arriba, para ir al baño y coger un jersey. Pero en cuanto entró en el dormitorio principal se quedó de piedra.

No era el único dormitorio principal de ese tipo que había en Chicago. A todo lo largo y ancho del país, cada día más dormitorios principales de más parejas estresadas con dos salarios tenían ese aspecto. Las sábanas arrugadas y las mantas amontonadas encima de la cama, las almohadas apelmazadas o despojadas de sus fundas y con manchas de babas y plumas fugitivas, y los calcetines y los calzoncillos y las bragas desparramados por el suelo como pieles de animales. El dormitorio era un cubil donde hacía poco había hibernado una pareja de osos. O donde todavía hibernaban. En un rincón se veía un montículo de ropa sucia que se elevaba a un metro sobre el nivel del suelo. Unos meses antes, Kendall había comprado en Bed Bath & Beyond una cesta de mimbre para la ropa sucia. A partir de entonces, la familia se había aplicado en echar dentro de ella la ropa para lavar. La cesta se llenó y ellos siguieron acumulando la ropa sucia a su alrededor. Por lo que Kendall sabía, el cesto debía de seguir allí, enterrado bajo la ropa.

¿Cómo habían llegado a esto en tan solo una generación? El dormitorio de sus padres jamás había tenido un aspecto semejante. El padre de Kendall tenía un vestidor repleto de ropa recién lavada y perfectamente doblada, un armario lleno de trajes que parecían recién salidos de la tintorería y de camisas planchadas. Y noche tras noche le esperaba su cama hecha. Si Kendall quisiera hoy vivir como su padre, tendría que contratar a una lavandera, una limpiadora, una secretaria y un cocinero o cocinera. Tendría que contratar a una esposa. ¿No sería fantástico? Un ama de casa. Stephanie podría contar con otra. Todo el mundo necesitaba un ama de casa, pero ya nadie tenía una.

Para contratar a un ama de casa Kendall necesitaba ganar

mucho más dinero. La alternativa era vivir como lo hacía, en una miseria de clase media y de soltería conyugal.

Como la mayoría de la gente honrada, Kendall, de cuando en cuando, había fantaseado con delinquir. Pero en este caso se pasó los días siguientes entregado a fantasías criminales de cierta entidad penal. ¿Cómo podía uno cometer un desfalco sin jugarse el tipo? ¿Qué errores cometían los absolutos principiantes? ¿Cómo te podían pillar y cuáles eran las consecuencias penales?

Para alguien que fantaseara con un desfalco, resultaba asombroso lo instructivos que podían ser los periódicos. No solo el escabroso *Chicago Sun-Times,* con sus historias de contables ludópatas y de clanes irlandeses del transporte. Todavía más didácticas eran las páginas de negocios del *Tribune* o del *Times*. En ellas podías dar con un director de fondo de pensiones que se había apropiado de cinco millones, o con el genio coreano-norteamericano de los fondos de alto riesgo que se esfumó con doscientos cincuenta millones de unos jubilados de Palm Beach, y que resultó ser un mexicano llamado López. Pasas la página y podrás leer el suelto sobre el ejecutivo de Boeing condenado a cuatro meses de cárcel por amañar contratos con las fuerzas aéreas. Las fechorías de Bernie Ebbers y Dennis Kozlowski merecían la primera plana. Pero fue en los artículos cortos de las páginas interiores donde Kendall pudo tomar conciencia del alcance del fraude generalizado, de los artistas de la estafa, de fechorías menos llamativas y otros delitos de poca monta.

El viernes siguiente, en el Coq d'Or, Piasecki dijo:

–¿Sabes cuál es el error que más comete la gente?

–¿Cuál?

–Comprarse una casa en la playa. O un Porsche. Se exponen. Es superior a ellos.

–Les falta disciplina –dijo Kendall.

–Eso es.

–Y fibra moral.

–Exactamente.

¿No era Norteamérica un país que funcionaba a base de estratagemas? ¿La Norteamérica real de la que Kendall, teniendo como tenía la nariz hundida en *Rhyme's Reason,* de John Hollander, no se había percatado? ¿Había gran diferencia entre estos autores de desfalcos en empresas pequeñas y el fraude contable de Enron? ¿Y qué decir de todos los hombres de negocios lo suficientemente listos para que no les descubrieran y pudieran irse de rositas? No prevalecían los ejemplos de honradez y transparencia. Antes bien todo lo contrario.

Cuando Kendall crecía y se hacía hombre los políticos norteamericanos negaban que los Estados Unidos fueran un imperio. Pero ya no lo hacían. Se habían dado por vencidos. Ahora todos sabían que sí eran un imperio, y todos estaban muy contentos de que así fuera.

En las calles de Chicago, al igual que en las calles de Los Ángeles, de Nueva York, de Houston y de Oakland, el mensaje corría de boca en boca. Unas semanas atrás, Kendall había visto la película *Patton* en la televisión. En ella se recordaba que el general había sido severamente castigado por abofetear a un soldado. Mientras que en nuestros días a Rumsfeld se le exoneraba de toda responsabilidad por el caso Abu Ghraib. Incluso el presidente, que mintió sobre las armas de destrucción masiva, salía reelegido. En las calles, la ciudadanía había captado el mensaje. Lo que vale es la victoria; el poder, el «músculo», la doble moral si era necesario. Bastaba con ver cómo conducía la gente, cómo te cerraba el paso, cómo te sacaban el dedo, cómo te insultaban. Mujeres y hombres a la par, haciendo alarde de agresividad y rabia. Todos sabían lo que querían y cómo conseguirlo. Nadie tenía un pelo de tonto.

El país de uno era como uno mismo. Cuanto más lo conocías, más tenías de qué avergonzarte.

Aunque no es que fuera una tortura vivir en plena plutocracia. Como Jimmy seguía en Montecito, Kendall podía seguir disfrutando de su casa los días laborables. Había porteros aduladores, conserjes invisibles que recogían la basura, un pelotón de sirvientas polacas que venían los miércoles y los viernes por la mañana a recoger lo que Kendall dejaba tirado de cualquier manera, y a fregar el retrete en el baño de estilo árabe, y a limpiar la cocina soleada donde había comido. El ático era un dúplex. Kendall trabajaba en la planta de arriba. Abajo estaba la «Sala de Jades» de Jimmy, donde su colección china de piezas de jade se alineaba en expositores de cristal, como en un museo. (Si tenías en mente delinquir, un buen sitio para empezar era la Sala de Jades.)

En el despacho, cada vez que Kendall levantaba la vista del libro de Tocqueville veía el lago opalescente que se expandía en todas direcciones. El peculiar vacío que tenía Chicago ante sí, la manera en que se adentraba en la nada, sobre todo a la puesta de sol o cuando había niebla, constituían probablemente el acicate de la actividad intensa de la urbe. El terreno se había mantenido a la espera de ser explotado. Aquellas orillas, tan adecuadas para el comercio y la industria, habían propiciado un sinfín de fábricas. Estas habían enviado vehículos de acero a todo el planeta, vehículos que ahora, en su versión blindada, luchaban por el control del petróleo que hace posible que todo funcione.

Dos días después de su conversación con Piasecki, Kendall llamó al teléfono fijo de su jefe en Montecito. Respondió la mujer de Jimmy, Pauline. Pauline era su mujer actual, en la que había encontrado el contento conyugal. Jimmy había estado casado otras dos veces, la primera con su novia de la universidad y la segunda con una Miss Universo treinta años más joven. La edad de Pauline encajaba mejor con la suya. Era una mujer sensata de maneras amables, que se ocupaba de la Fundación Boyko y dedicaba su tiempo a repartir a manos llenas el dinero de Jimmy.

Tras hablar un minuto con Pauline, Kendall preguntó si se podía poner Jimmy, y segundos después le llegó la voz fuerte de Jimmy.

–¿Qué pasa, chico?

–Hola, Jimmy. ¿Cómo estás?

–Me acabo de bajar de la Harley. Hasta Ventura, ida y vuelta. Me duele el culo pero estoy feliz. ¿Qué pasa?

–Bien –dijo Kendall–. Quería comentarte algo. Llevo seis años en la empresa. Y creo que estás satisfecho conmigo.

–Por supuesto que lo estoy –dijo Jimmy–. No tengo quejas.

–Teniendo en cuenta mi labor aquí, y mi condición de fijo, quería preguntarte si sería posible que me contrataras alguna clase de seguro médico. He...

–No puedo –contestó Jimmy.

La rapidez de la respuesta era una característica del viejo: la barrera que llevaba utilizando toda su vida, bien como defensa contra el grupo de chicos polacos que le había atacado cuando volvía a casa del colegio, o bien contra su padre, cuando le dijo que era un inútil que nunca llegaría a nada en la vida, y, mucho después, contra los policías de la brigada antivicio que hostigaban el estudio donde confeccionaba y vendía sus revistas porno, y contra cualquiera de sus competidores que pretendiera engañarle, y, por último, contra los hipócritas y los políticos santurrones que menoscababan la Primera Enmienda para ampliar escandalosamente los derechos que amparaba la Segunda.

–Eso nunca se contempló en el acuerdo. Mantengo un negocio sin fines lucrativos, chico. Piasecki me acaba de mandar las cuentas. Este año estamos en números rojos. Estamos en números rojos *todos* los años. Publicamos libros sumamente importantes, fundacionales, patrióticos..., libros esenciales, ¡y nadie los compra! ¡La gente de este país está dormida! ¡Es una nación sedada con Valium! El todoterreno del Hombre de Arena levanta polvo y ciega a todos los ciudadanos.

Empezó a despacharse a gusto anatematizando a Bush, a Wolfowitz y a Perle, pero debió de sentirse mal al verse echando balones fuera, porque volvió al asunto suavizando un poco el tono.

–Escucha, sé que tienes familia. Debes hacer lo que más te convenga. Si quieres tantear el mercado laboral, lo entenderé. Odiaría perderte, Kendall, pero entendería que quisieras irte.

Se hizo un silencio en la línea.

–Piénsatelo –dijo Jimmy. Se aclaró la garganta–. Bueno, ya que te tengo al teléfono, cuéntame. ¿Cómo va *Democracia de bolsillo?*

Kendall quiso sonar profesional, pero no pudo evitar cierta amargura en la voz al contestar:

–Va.

–¿Cuándo crees que podrás enseñarme algo?

–No tengo ni idea.

–¿Qué quieres decir?

–Ahora mismo no puedo responderte.

–Mira, dirijo un negocio –dijo Jimmy–. ¿Crees que eres el primer redactor que he tenido? No. Contrato a gente joven y la cambio en cuanto se va. Tú puedes hacer lo mismo. Así es como funciona esto. No tiene nada que ver con el trabajo que hayas hecho, que en tu caso es de primera. Lo siento, chico. Hazme saber lo que decidas.

Cuando Kendall colgó el teléfono se estaba poniendo el sol. El agua reflejaba el azul grisáceo del cielo oscurecido, y las estaciones de bombeo de agua recién encendidas eran como una hilera de cenadores flotantes. Kendall se dejó caer en la silla del escritorio; las fotocopias de las páginas de *La democracia en América* estaban esparcidas sobre la mesa a su alrededor. Le latía la sien izquierda. Se frotó un poco la frente y miró la página que tenía delante:

> No quiero decir que haya una carencia de individuos ricos en los Estados Unidos; de hecho, no conozco ningún país donde el amor al dinero haya prendido con más fuerza en el afecto de los hombres y donde se haga gala de un desprecio más rotundo por la teoría de la igualdad constante de la propiedad. Pero la riqueza circula con inusitada rapidez, y la experiencia nos muestra lo sumamente inusual que es encontrar dos generaciones sucesivas que disfruten plenamente de ella.

Kendall giró en la silla y levantó el teléfono. Marcó el número de Piasecki, que contestó al primer timbrazo.

–Nos vemos en el Coq d'Or –dijo Kendall.

–¿Ahora? ¿De qué se trata?

–No quiero hablarlo por teléfono. Espera a que nos veamos.

Así es como se hacía. Eso era ponerse en acción. Todo podía cambiar en un instante.

Oscurecía ya cuando Kendall caminó desde Lakeshore hasta el Hotel Drake y entró en el bar por la entrada de la calle. Se sentó en un reservado del fondo, lejos del tipo con esmoquin que tocaba el piano, pidió una bebida y esperó a Piasecki.

Piasecki tardó media hora en llegar. En cuanto se sentó, Kendall lo miró directamente, sonriendo.

–Es sobre lo que me hablaste el otro día –dijo.

Piasecki le dirigió una mirada de soslayo.

–¿Hablas en serio o solo por hablar?

–Tengo curiosidad.

–No me jodas.

–No te jodo –dijo Kendall–. Solo me lo estaba preguntando. ¿Cómo sería la cosa? Técnicamente hablando.

Piasecki se acercó para que su voz se oyera por encima de la música tintineante.

–Nunca te he dicho lo que voy a decirte, ¿de acuerdo?

–De acuerdo.

–El asunto consiste en montar una empresa fantasma. Y en crear facturas de esa compañía. Magno Experimento paga esas facturas. Al cabo de unos años, cierras la cuenta y liquidas la empresa.

Kendall se esforzó por entenderlo.

–Pero las facturas tendrán que reflejar algún concepto. ¿No estaría todo muy a la vista?

–¿Cuándo ha sido la última vez que Jimmy ha comprobado la factura de algo? Tiene ochenta y dos años, por el amor de Dios... Está en California tomando Viagra para poder follar con alguna puta. No está para facturas. Tiene la cabeza en otro sitio.

–¿Y si nos hacen una auditoría?

Esta vez era Piasecki quien sonreía.

–Me gusta cómo has dicho ese «nos». Ahí es donde intervengo yo. Si nos auditan, ¿quién se ocupa del asunto? Yo. Presento en Hacienda las facturas y los pagos. Como los pagos a la empresa fantasma coinciden con las facturas, todo está en orden. ¿Y de qué se va a quejar el fisco si pagamos los impuestos?

No parecía tan complicado. Kendall no estaba habituado a pensar así, no ya en el sentido delictivo sino tampoco en el económico, pero a medida que el «trago del ejecutivo» iba haciendo su efecto, empezó a tomar conciencia de cómo podía funcionar. Miró a su alrededor en el bar: los hombres de negocios se emborrachaban, cerraban tratos.

–No hablo de demasiado dinero –dijo Piasecki–. Digamos que Jimmy vale unos... ochenta millones. Estoy pensando en medio millón para ti y medio millón para mí. Si todo va de perlas, puede que hasta un millón para cada uno. Después echamos el cierre, borramos las pistas y nos largamos a las Bermudas.

Con ojos codiciosos, Piasecki añadió:

–Jimmy gana más de un millón en los mercados cada cuatro meses. No es nada para él.

–¿Y si algo va mal? Tengo una familia.

–¿Y yo no? Es precisamente en mi familia en la que pienso. ¿Es que las cosas son justas en este país? No, no lo son. ¿Por qué no iba a hacerse con su parte del pastel un tío listo como tú? ¿Estás asustado?

–Sí –dijo Kendall.

–Para hacer algo así hay que estar asustado. Un poco, al menos. En cualquier caso, estadísticamente hablando, diría que la probabilidad de que nos descubran es de un uno por ciento. Quizá menos.

Para Kendall ya era bastante excitante el mero hecho de tener esta conversación. Todo en el Coq d'Or, desde los aperitivos untuosos al decorado de cartón piedra estilo Imperio, pasando por la música popular ambiental, retrotraía la escena a 1926. Kendall y Piasecki conspiraban como dos hampones de antaño. Habían visto películas de mafiosos, así que sabían cómo comportarse. La delincuencia no era como la poesía, donde un movimiento daba paso a otro. Las mismas intrigas que acontecían en Chicago ochenta años atrás tenían lugar en el presente.

–Hazme caso. La cosa podría salir en un par de años –le estaba diciendo Piasecki–. Hazlo fácil y bien y no dejes rastro. Después, invertimos nuestro dinero y contribuimos al PIB.

¿Qué era un poeta sino alguien que vivía en un mundo de fantasía? ¿Que en lugar de hacer soñaba? ¿Cómo sería *hacer* realmente? ¿Aplicar la mente al universo palpable del dinero en lugar de al intangible reino de las palabras?

Jamás le contaría nada de esto a Stephanie. Le diría que había conseguido un aumento de sueldo. Y mientras pensaba en esto pensó también en lo siguiente: renovar la cocina no tendría por qué suponer ningún peligro. Podrían reformar toda la casa sin llamar la atención.

Kendall visualizó mentalmente su casa pendiente de rehabilitación como si ya hubieran pasado un par de años: moderna, aislada, caldeada; y a sus niños, felices, y a su mujer compensada al fin por tanto sacrificio.

La riqueza circula con inusitada rapidez...

... que disfruten plenamente de ella...

–De acuerdo. Cuenta conmigo –dijo Kendall.

–¿Cuento contigo?

–Déjame que lo piense.

A Piasecki, de momento, le pareció suficiente. Levantó la copa.

–Por Ken Lay –dijo–. Mi héroe.

–¿Qué clase de negocio es el que piensan abrir?

–Un depósito de almacenaje.

–¿Y usted es...?

–El presidente. Copresidente, en realidad.

–Con el señor...

La abogada, una mujer rechoncha de pelo pajizo, buscó en el formulario.

–El señor Piasecki, aquí está.

–Eso es –dijo Kendall.

Era sábado por la tarde. Kendall estaba en la zona céntrica de Oak Park, en la oficina exigua y llena de diplomas de la abogada. Max estaba fuera, en la acera, intentando atrapar las hojas de otoño que caían en remolino hacia el suelo. Corría de un lado a otro con los brazos extendidos.

–Me vendría bien su almacén –bromeó la abogada–. El equipo deportivo de mis chicos es de locos. Snowboards, tablas de surf, raquetas de tenis, palos de lacrosse. Casi ni me cabe el coche en el garaje.

–Es almacenaje comercial –dijo Kendall–. En naves grandes. Para empresas. Lo siento.

Ni siquiera le había echado un vistazo a la sede. Estaba en mitad de la nada, en las afueras de Kewanee. Piasecki llegó allí en coche un día y alquiló el terreno. No había nada en él, salvo una gasolinera Esso abandonada e invadida por la maleza. Pero disponía de una dirección legal, y pronto, como Midwestern Storage, tendría ingresos estables.

Como la editorial Magno Experimento vendía pocos libros, tenía un montón de existencias inmovilizadas. Además de a su almacén habitual, en Schaumburg, Kendall pronto empezaría a enviar partidas fantasma de ejemplares al depósito de Kewanee. Midwestern Storage enviaría las facturas por sus servicios a Magno Experimento, y Piasecki las abonaría con cheques de la empresa. En cuanto los formularios de constitución de la sociedad recibieran el visto bueno y se pusiera en marcha la actividad, Piasecki abriría una cuenta bancaria a nombre de Midwestern Storage. Con Michael J. Piasecki y Kendall Wallis como signatarios.

Era realmente elegante. Kendall y Piasecki, propietarios de una empresa legal. La empresa ganaría dinero legalmente, pagaría impuestos legalmente, y ellos se repartirían los beneficios y los incluirían como ingresos de negocio en la declaración de la renta. ¿Quién iba a saber que era un almacén en el que no había libros porque, sencillamente, tal almacén no existía?

–Espero que el viejo no la palme –había dicho Piasecki–. Tenemos que rezar por la salud de Jimmy.

Cuando Kendall hubo firmado todos los formularios oficiales, la abogada dijo:

–Muy bien, entregaré todo este papeleo en el registro el lunes. Enhorabuena, es usted el orgulloso nuevo propietario de una empresa en el estado de Illinois.

Max seguía atrapando hojas en la calle.

–¿Cuántas has cazado ya, campeón?

–¡Veintidós! –gritó Max.

Kendall levantó la vista al cielo para contemplar las hojas rojas y oro que caían hacia el suelo. Se puso bajo el brazo el fajo de papeles.

–Cinco más y nos vamos a casa –dijo Kendall.

–¡Diez!

–Vale, diez. ¿Preparado? La prueba olímpica de captura de hojas empieza... ¡ahora!

Era un lunes por la mañana, en enero. Comenzaba una nueva semana, y Kendall iba en el tren leyendo sobre los Estados Unidos: «Hay un país en el mundo en el que la gran revolución social de la que hablo parece haber alcanzando casi sus límites naturales.» Kendall llevaba un par de zapatos nuevos, unos cordobán de dos tonos de la tienda de Allen Edmonds, en Michigan Avenue. Por lo demás, su atuendo era el de siempre: los mismos pantalones chinos, la misma chaqueta de pana con los codos gastados. Nadie en el tren habría adivinado que no era en absoluto el tipo afable y de aspecto erudito que aparentaba ser. Nadie habría imaginado a Kendall depositando su envío semanal en el buzón de la calle, a prudente distancia del edificio de potentados (para no levantar sospechas entre los porteros con los sobres de depósito dirigidos al banco de Kewanee). Cualquiera que viese a Kendall anotando cosas en el periódico pensaría que estaba haciendo un sudoku o un crucigrama y no calculando las potenciales ganancias de un certificado de depósito. Kendall, en su atuendo de redactor, llevaba el disfraz perfecto. Era como la carta robada de Poe, «oculta» a la vista de todos.

¿Quién dijo que no era listo?

Durante las primeras semanas el miedo había sido tremendo. Se despertaba a las tres de la mañana con la sensación de tener un cable de batería conectado al ombligo. ¿Qué pasaría si Jimmy descubría la impresión, transporte y coste de almacenaje de unos libros inexistentes? ¿Y si a Piasecki, borracho como una cuba, le diera por contárselo a una camarera guapa cuyo hermano fuera policía? A Kendall la cabeza no paraba de darle vueltas imaginando posibles contratiempos y peligros. ¿Cómo se podía haber metido en algo así con alguien como Piasecki? Mientras Stephanie, a su lado en la cama, dormía el sueño de los justos, Kendall seguía insomne, asediado por visiones de prisión y exhibido en «el paseo de los delincuentes» a la entrada de los tribunales.

La cosa se suavizó al cabo de unos días. El miedo era

como cualquier otra emoción. Pasó de un estadio inicial de intensidad impetuosa a ir amainando hasta convertirse en rutina y, finalmente, en algo de lo que no te dabas demasiada cuenta. Las cosas, además, iban bien. Kendall confeccionaba dos tipos de cheques diferentes: los de los libros que se imprimían de verdad y los de los libros que Piasecki y él imprimían de forma imaginaria. Cada viernes, Piasecki cargaba estos gastos como asientos deudores frente a los ingresos de la semana.

–Parecen pérdidas de beneficios –le dijo a Kendall–. De hecho, le estamos ahorrando impuestos al bueno de Jimmy. Debería agradecérnoslo.

–¿Por qué no le decimos que entre en el negocio? –dijo Kendall.

Piasecki se echó a reír.

–Aunque lo hiciéramos –dijo–, está tan fuera de onda que ni se acordaría después.

Kendall se mantenía fiel a su plan de no llamar la atención. La cuenta bancaria de Midwestern Storage crecía, pero el Volvo viejo y destartalado seguía en el camino de entrada. El dinero estaba a resguardo de las posibles miradas curiosas. Solo podía verse de puertas para adentro. En el *interior.* Cada noche, cuando volvía a casa, Kendall inspeccionaba los progresos de los escayolistas, carpinteros e instaladores de moqueta que había contratado. Estudiaba también la posibilidad de alguna reforma de interior extra: los «jardines vallados» para los ahorros para los estudios universitarios futuros (el «jardín» de Max y el «jardín» de Eleanor); el sanctasanctórum de los planes de pensiones.

Y había alguien más oculto en la vivienda: una genuina ama de casa. Se llamaba Arabella. Era venezolana y no hablaba mucho inglés. En su primer día de trabajo, ante la pila de ropa para lavar del dormitorio principal, no mostró conmoción ni espanto. Se limitó a llevar montones al sótano por tandas; luego lavaba y doblaba la colada y la colocaba en sus respectivos cajones. Kendall y Stephanie estaban encantados.

En el edificio frente al lago, Kendall hizo algo que llevaba mucho tiempo sin hacer: su trabajo. Terminó de resumir *La democracia en América.* Envió por FedEx el original a Montecito y, al día siguiente mismo, se puso a elaborar propuestas para volver a dar a la imprenta ciertos libros olvidados. Enviaba dos o tres propuestas al día, bien en soporte digital o en papel impreso de los textos en cuestión. En lugar de esperar la respuesta de Jimmy, Kendall lo llamaba a todas horas y lo bombardeaba a preguntas. Al principio, Jimmy atendía las llamadas, pero pronto empezó a quejarse de la frecuencia de estas, hasta que acabó por decirle que dejara de atosigarlo con minucias y que se ocupara él mismo.

–Confío en tu criterio –dijo Jimmy.

A partir de entonces, el viejo raras veces llamaba a la oficina.

El tren dejó a Kendall en Union Station. Al salir a Madison Street tomó un taxi (que pagó en efectivo, para no dejar pistas) e hizo que el taxista le dejara a una manzana del edificio de los millonarios. Desde allí, dobló la esquina haciendo como que le costaba seguir andando por haber hecho a pie todo aquel trecho. Saludó a Mike, el portero de turno, y se encaminó hacia el ascensor.

El ático estaba vacío. No había criadas a la vista. El ascensor lo dejaba en la planta de abajo del dúplex, y Kendall, al recorrer el vestíbulo camino de la escalera circular que conducía al despacho, pasó por delante de la Sala de Jades de Jimmy. Giró el pomo de la puerta. No estaba cerrada con llave, y entró.

No tenía la menor intención de robar nada. Habría sido una estupidez. Solo quería permitirse una pequeña transgresión, añadir una leve insubordinación al acto de rebelión a lo Robin Hood que se traían entre manos, mucho más grave. La Sala de Jades parecía una sala de museo, o una joyería de lujo, de paredes bellamente revestidas de madera y llenas de estantes y cajones empotrados. A intervalos regulares y a igual distancia unas de otras, se alineaban las vitrinas donde se exponían, iluminadas, las piezas de jade. Esta gema no era verde oscura, como Kendall había imaginado, sino de un tono verde claro. Recordó que Jimmy le había contado que el mejor jade de todos, el menos común, era casi blanco, y que las piezas más valiosas eran las talladas en una sola piedra.

Los motivos de las tallas eran difíciles de identificar. Las formas eran tan sinuosas que lo primero que pensó Kendall fue que se trataba de serpientes o culebras. Luego vio que eran cabezas de caballo, largas y afiladas cabezas de caballo retorcidas sobre sí mismas. De caballos que durmieran con la cabeza doblada y hundida contra el cuerpo.

Abrió uno de los cajones. Dentro, sobre un lecho de terciopelo, había otro caballo.

Kendall lo cogió. Le pasó un dedo a lo largo de la crin. Pensó en el artesano que lo había tallado, mil seiscientos años atrás. Un chino cuyo nombre nadie recuerda, y que murió al igual que todos sus contemporáneos de la dinastía Jin, pero que un día, al contemplar a un caballo vivo y lleno de vigor, en un campo neblinoso de algún rincón del valle del río Amarillo, había sido capaz de *verlo* de tal modo que se las había ingeniado para trasladar su figura a aquella piedra preciosa, y para hacer de esa piedra algo más precioso todavía. El deseo humano de crear algo tan inútil, riguroso, especializado y absolutamente loco era algo que siempre había entusiasmado a Kendall, hasta que dejó de hacerlo cuando tuvo conciencia de que no estaba dotado para ello. Su incapacidad para mantener la constancia necesaria y para encarar el baldón de perseguir una artesanía como aquella en una cultura que no solo no premiaba la disciplina sino que incluso la ridiculizaba.

Sin embargo, de alguna forma, este tallista del jade había salido victorioso. Él nunca lo sabría, pero ese caballo somnoliento de tono blanquecino que se había conservado a través del tiempo aún no estaba muerto, aún no, pues estaba allí, en la mano de Kendall, tenuemente iluminado por las lámparas halógenas de la sala de vitrinas.

Con algo parecido a la veneración, Kendall restituyó la cabeza de caballo a su cajón de terciopelo y lo cerró. Después salió de la sala y subió a su despacho.

Las cajas de embalaje ocupaban todo el suelo. Las primeras ediciones de *Democracia de bolsillo* acababan de llegar de la imprenta –del impresor real–, y Kendall se ocupaba del envío de ejemplares a los clientes de las librerías y las tiendas de regalos de los museos históricos. Acababa de sentarse ante su escritorio y de encender el ordenador cuando sonó el teléfono.

–Hola, muchacho. Acabo de recibir ese libro nuevo. –Era Jimmy–. ¡Tiene una pinta genial! Has hecho un trabajo estupendo.

–Gracias.

–¿Cómo ves los pedidos?

–Lo sabremos dentro de un par de semanas.

–Creo que le hemos puesto un precio bueno, y el formato es perfecto. Si los exponen junto a la caja registradora nos hinchamos a venderlo. La cubierta es increíble.

–Estoy de acuerdo.

–¿Qué hay de las críticas?

–Es un libro de hace doscientos años. No es lo que se dice una novedad.

–Novedad es todo lo que se mantiene nuevo. Está bien, la publicidad –siguió Jimmy–. Mándame una lista de sitios donde creas que captaríamos audiencia. No el jodido *New York Review of Books*. Eso es predicar a los conversos. Quiero que el libro llegue a todas partes. ¡Es muy importante!

–Deja que piense en ello –dijo Kendall.

–¿Qué más iba yo a...? ¡Ah, sí, los marcapáginas! Gran idea. A la gente le van a encantar. Promociona tanto el libro como nuestra marca. ¿Los vas a regalar separados, como reclamo publicitario, o dentro de los propios libros?

–Las dos cosas.

–Perfecto. ¿Qué tal si hacemos también unos pósters? Con diferentes citas del libro en cada uno. Apuesto a que los libreros los van a poner donde se vean bien. Haz algunos bocetos y mándamelos, ¿quieres?

–Lo haré –dijo Kendall.

–Me siento optimista. Creo que este libro va a vender mucho.

–Eso espero.

–¿Sabes lo que te digo? –dijo Jimmy–. Si este libro funciona como espero, te voy a hacer un seguro de salud.

Kendall titubeó.

–Eso sería estupendo –dijo.

–No quiero perderte, muchacho. Es más, si te soy sincero te diré que encontrar a alguien válido me supondría un quebradero de cabeza.

Tal generosidad no tenía nada que ver con una nueva valoración de su empleado ni con el arrepentimiento. Jimmy se había tomado su tiempo, ¿no? La promesa, además, la había formulado en condicional. «Si este libro funciona...» No «cuando...». No, Kendall, se dijo para sí Kendall, espera a ver cómo se desarrollan los acontecimientos. Que Jimmy me hace un seguro y me sube considerablemente el sueldo...

Pues entonces a lo mejor me pienso lo de cerrar Midwestern Storage. Pero solo en ese caso.

–Ah, una cosa más –dijo Jimmy–. Piasecki me ha enviado las cuentas. Y resultan un poco disparatadas.

–¿Perdona?

–¿Qué hacemos imprimiendo treinta mil ejemplares de Thomas Paine? ¿Y por qué trabajamos con dos imprentas?

En las investigaciones del Congreso, o en los tribunales de justicia, los consejeros delegados y los directores financieros imputados siguen una de estas dos estrategias: o no saben o no recuerdan.

–No recuerdo que hayamos impreso treinta mil ejemplares –dijo Kendall–. Tendré que comprobar los pedidos. En cuanto a las imprentas, se ocupa de ellas Piasecki. Puede que alguna nos mejorara la oferta.

–La imprenta nueva nos sale más cara.

Piasecki no le había comentado esto a Kendall. Se había vuelto codicioso: había subido el precio y no le había dicho nada.

–Escucha –dijo Jimmy–. Mándame el contacto de la imprenta nueva. Y del almacén ese, esté donde esté. Voy a hacer que mi hombre eche una mirada a todo esto.

Kendall se echó hacia delante en la silla.

–¿Qué hombre?

–Mi contable. ¿Crees que iba a dejar a Piasecki sin supervisión? ¡Ni en broma! Todo lo que hace se revisa aquí dos veces. Si se trae algo entre manos, lo sabremos. Tú no te preocupes. Y si es así, al polaco ese se le va a caer el pelo.

La mente de Kendall trabajaba a toda velocidad. Intentaba dar con alguna excusa que pudiera evitar la auditoría, o cuando menos retrasarla, pero antes de que pudiera decir nada Jimmy añadió:

–Mira, muchacho. Me voy a Londres la semana que

viene y la casa de Montecito se queda vacía. ¿Por qué no te vienes con la familia a pasar un fin de semana largo? Así os quitáis el frío unos días.

–Tendré que hablarlo con mi mujer –dijo Kendall con voz apagada–. Y ver los horarios de los chicos.

–Que no vayan esos días. Eso no va a matarlos.

–Hablaré con mi mujer.

–De todas formas, te has portado, muchacho. Has dejado a Tocqueville en la pura esencia. Me acuerdo de cuando leí ese libro por primera vez. Debía de tener veintiuno o veintidós años. Me rompió los esquemas.

Con voz rasposa y vibrante, Jimmy se puso a recitar un pasaje de *La democracia en América*. Era el mismo que Kendall había escogido para los marcadores de página, y del que la pequeña editorial había tomado el nombre:

«En aquella tierra, el magno experimento de cómo acometer la construcción de una sociedad sobre una base nueva habría de recaer sobre hombres civilizados, y era ahí, por primera vez, donde teorías desconocidas o consideradas inviables hasta entonces habrían de brindar un espectáculo para el que el mundo no había sido preparado por la historia del pasado.»

Kendall contempló el lago desde el ventanal. Se prolongaba hasta el infinito. Pero en lugar de hallar alivio y libertad en aquella vista, sintió como si el lago, todas aquellas toneladas de agua fría, casi congelada fueran aproximándose hacia él.

–Este puto pasaje me mata –dijo Jimmy–. Cada vez que lo leo.

2008

DENUNCIA INMEDIATA[1]

Cuando Matthew se entera de que han retirado los cargos –no habrá ni extradición ni juicio–, lleva ya cuatro meses en Inglaterra. Ruth y Jim se han comprado una casa en Dorset, cerca del mar. Es mucho más pequeña que la casa donde crecieron él y su hermana, cuando Ruth estaba casada con su padre. Pero está atestada de cosas que le recuerdan su infancia londinense. Cuando sube a la habitación de invitados por la noche, o sale hacia el pub por la puerta lateral, los objetos familiares le asaltan: la figurita tallada del excursionista alpino con traje tirolés, comprada en un viaje familiar a Suiza en 1977; o los sujetalibros de cristal del despacho de papá, aquellos bloques macizos y transparentes con una manzana dorada dentro que sus ojos

1. En el ámbito legal estadounidense, la doctrina de la denuncia inmediata *(fresh complaint)* establecía que, en juicios por violación, la acusación podía introducir el testimonio de una persona de confianza a la que la denunciante hubiera contado el asalto poco después de que sucediera. Pese a que la doctrina pretendía reforzar la credibilidad de la denuncia, conseguía el efecto imprevisto de lanzar sospechas sobre quienes denunciaban más tarde por miedo, vergüenza o como efecto del trauma. En algunos estados aún se aplica. *(N. del T.)*

de niño veían suspendida como por arte de magia. Ahora están en la cocina, sujetando los libros de recetas de Ruth.

La puerta lateral da a un camino adoquinado que serpea por las traseras de las casas vecinas, pasa por delante de la iglesia y el cementerio y conduce al centro del pueblo. El pub está frente a una farmacia y un outlet de H&M. Matthew se ha convertido en cliente habitual. De vez en cuando, algunos parroquianos le preguntan por qué ha vuelto a Inglaterra, y las razones que él aduce –problemas con el visado de trabajo y complicaciones fiscales– parecen satisfacer su curiosidad. Le preocupa que pueda circular por internet alguna información sobre el caso, pero de momento no hay nada. El pueblo está en el interior del canal de la Mancha, a casi doscientos kilómetros de Londres. PJ Harvey grabó *Let England Shake* en una iglesia no muy lejos de allí. Matthew escucha el disco con los auriculares cuando sale a pasear por los páramos, o a hacer recados en coche, si es que consigue que funcione el Bluetooth de Ruth. Las letras de las canciones, que hablan de antiguas batallas y de lugares oscuros y muertos, de sagrada memoria para los ingleses, son su bienvenida a casa.

De vez en cuando, mientras Matthew conduce por el pueblo, algo destella en su visión periférica. La melena rubia de una chica. O un grupo de estudiantes fumando un cigarrillo a la puerta de la escuela de enfermería. Se siente un criminal solo por el hecho de mirar.

Una tarde conduce hasta la costa. Tras aparcar el coche, comienza a caminar. Las nubes, como es habitual aquí, se agolpan a baja altura. Es como si, después de atravesar el océano, se hubieran sorprendido al ver la tierra ahí abajo, y no se hubieran distanciado de ella lo bastante.

Sigue el sendero hasta llegar al acantilado. Y es entonces, al mirar hacia el oeste por encima del océano, cuando lo entiende.

Ya es libre para volver. Puede ver a sus hijos. Regresar a los Estados Unidos sin riesgo alguno.

Once meses atrás, a principios de año, Matthew recibió una invitación para dar una conferencia en una pequeña universidad de Delaware. Tomó el tren del lunes por la mañana para viajar desde Nueva York, donde vivía con su mujer, Tracy, que era estadounidense, y sus dos hijos, Jacob y Hazel. A las tres de la tarde ya estaba en una cafetería frente al hotel, esperando a que alguien del departamento de física le recogiera para llevarle al auditorio.

Había escogido una mesa junto a la ventana para que pudieran verle fácilmente. Mientras se tomaba el expreso, abrió el ordenador y se puso a repasar los apuntes de la conferencia, pero enseguida se distrajo respondiendo correos y luego leyendo *The Guardian* online. Había terminado el café, y estaba pensando pedir otro cuando le llegó una voz:

–¿Profesor?

Una chica de pelo oscuro, con una sudadera holgada y una mochila, estaba de pie a poca distancia. En cuanto Matthew levantó la vista hacia ella, esta alzó las manos en ademán de rendirse.

–No le estoy acosando –dijo–. Se lo juro.

–No he pensado que lo hiciera.

–¿Es usted Matthew Wilks? ¡Voy a asistir a su conferencia!

Lo anunció como si Matthew, de alguna manera, dependiera de la respuesta a esa pregunta. Y entonces, al percatarse de que tenía que explicarse, bajó las manos y dijo:

–Soy de aquí. Estudio en esta universidad.

Le acercó el pecho para que viera el escudo de la universidad en la sudadera.

No era frecuente que reconocieran a Matthew en público. Cuando ocurría, normalmente eran colegas suyos –otros cosmólogos– o estudiantes de licenciatura. De vez en cuando algún lector, de mediana edad, o aún mayor. Nunca nadie de aquellas características.

La chica parecía de origen indio. Hablaba y vestía como la típica norteamericana de su edad, pero ni su ropa –no solo la sudadera, sino las mallas negras, las botas Timberland y los calcetines de montaña morados– ni el desaliño estudiantil que se apreciaba en ella, propio de la existencia comunal y de residencia universitaria, impidieron que la exuberancia de su cara llevara a Matthew a pensar en unos orígenes genéticos lejanos. La chica le recordaba a alguna miniatura hindú. Los labios oscuros, la nariz arqueada, con las ventanas bien abiertas, y, sobre todo, aquellos ojos extraordinarios, de un color que solo habría podido existir en un cuadro donde el artista hubiera mezclado indiscriminadamente el verde, el azul y el amarillo, conferían a la chica más un aspecto de danzarina gopi o de niña santa venerada por las masas que de estudiante universitaria de Delaware.

–Si vienes a mi conferencia –consiguió articular Matthew mientras procesaba estas impresiones–, debes de ser estudiante de física.

La chica negó con la cabeza.

–Soy nueva. Hasta el curso que viene no tenemos que elegir. –Se descolgó la mochila y la dejó en el suelo, como si se dispusiera a quedarse–. Mis padres quieren que elija ciencias. Y la física me interesa. En el instituto hice el curso de física avanzada. Pero también estaba pensando en estudiar derecho, que es más de humanidades. ¿Puede darme algún consejo?

Resultaba incómodo estar sentado mientras la chica seguía de pie. Pero invitarla a que se sentara daría pie a una conversación más larga para la que Matthew no tenía ni tiempo ni ganas.

–Mi consejo es que estudies algo que te interese. Siempre tendrás tiempo para cambiar de opinión.

–Eso es lo que hizo usted, ¿no? En Oxford, ¿verdad? Primero empezó filosofía y luego se cambió a física.

–Exacto.

–Me encantaría saber cómo hace para combinar las cosas que le interesan –dijo ella–. Porque eso es lo que quiero hacer. ¡Quiero decir que es usted un escritor tan bueno! Su manera de explicar el Big Bang, o la inflación cósmica espontánea, es casi como si lo viera todo con mis propios ojos. ¿Cursó muchas asignaturas de literatura en la universidad?

–Sí, unas cuantas.

–Estoy literalmente enganchada a su blog. ¡Cuando me enteré de que venía al campus no me lo podía creer! –La chica hizo una pausa, mirándole, sonriendo–. ¿Cree que podríamos tomar un café o algo mientras está por aquí?

Osada como era, la propuesta no sorprendió demasiado a Matthew. En todas las clases que había dado en la vida había habido siempre algún alumno arribista. Jovencitos que preparaban el currículum desde la guardería. Querían tomar café con él o asistir a sus tutorías; querían acumular contactos, con la esperanza de conseguir recomendaciones o futuros períodos de prácticas, o, sencillamente, aliviar durante un breve espacio de tiempo la ansiedad de ser esas personas estresadas e hipercompetitivas que el mundo les había forzado a ser. La intensidad de la chica, su vibrante entusiasmo rayano en el nerviosismo, era algo que él conocía bien.

Matthew estaba lejos de casa, en viaje de trabajo, con tiempo libre a su disposición. No le apetecía dedicarlo a hacer de consejero universitario.

–La verdad es que me tienen muy ocupado –dijo–. Tengo la agenda completa.

–¿Cuánto tiempo va a quedarse?

–Solo esta noche.

–Vale. Bueno, iré a su conferencia, al menos.

–Muy bien.

–También quería ir al acto ese de preguntas y respuestas de mañana por la mañana, pero tengo clase –dijo la chica.

–Tampoco te perderás nada. Normalmente me limito a repetirme.

–Seguro que eso no es cierto –dijo la chica. Recogió la mochila. Cuando parecía estar a punto de irse, añadió–: ¿Necesita que le acompañen al auditorio? Yo aún me pierdo por aquí, pero creo que seré capaz de encontrarlo. Voy hacia allá, claro.

–Va a venir alguien a buscarme.

–De acuerdo. Veo que piensa que *sí* le estoy acosando. Ha sido un placer conocerle, profesor.

–Lo mismo digo.

Pero la chica no se iba. Seguía mirando a Matthew con aquella intensidad extraña que era vacuidad a un tiempo. Y desde tal vacuidad, como si entregara un mensaje venido de otro ámbito, la chica dijo de pronto:

–Es usted más guapo en persona que en las fotos.

–No estoy seguro de que eso sea un cumplido.

–Hago constar un hecho.

–Pues tampoco estoy seguro de que sea nada bueno. Está internet, así que la gente verá más fotos mías que a mí en persona.

–No he dicho que salga mal en las fotos, profesor –dijo la chica.

Y, con un leve aire de sentirse ofendida, o de que, al fin y al cabo, la conversación había resultado un tanto decepcionante, se echó la mochila al hombro y se marchó.

Matthew volvió a su portátil. Y fijó la vista en la pantalla. Solo cuando la chica hubo salido de la cafetería y estaba pasando junto al ventanal, levantó la vista y la examinó a conciencia para ver qué tipo tenía por detrás.

No era justo.

Pese a que un tercio de los niños de su colegio eran indios, el Diwali no era una fiesta oficial. Tenían vacaciones en Navidad y Semana Santa, por supuesto, y en el Rosh Hashaná y el Yom Kippur, pero cuando se trataba de las fiestas hindúes o musulmanas eran solo «concesiones». Eso significaba que los profesores te dispensaban de asistir a clase, pero aun así te ponían deberes, e implicaba también que tenías que ponerte al día en las materias que hubieran dado esos días.

Prakrti iba a faltar cuatro días. Casi una semana entera y en el peor de los momentos: justo antes de los exámenes de matemáticas e historia, y en su último y crucial año de instituto. Sentía pánico solo de pensarlo.

Había suplicado a sus padres que cancelaran el viaje. No entendía por qué no lo celebraban en casa, como todos sus conocidos. La madre de Prakrti le explicó que echaba de menos a su familia, a su hermana, Deepa, y a sus hermanos Pratul y Amitava. Además, sus padres –los abuelos de Prakrti y de Durva– se estaban haciendo viejos. ¿Acaso Prakrti no quería ver al abuelo y a la abuela antes de que se fueran de este mundo?

Prakrti no había respondido a esto. No conocía bien a sus abuelos; tan solo los había visto en visitas esporádicas a un país para ella extranjero. Prakrti no tenía la culpa de que sus abuelos le parecieran raros y anodinos, pero sabía que si lo expresaba de ese modo quedaría en mal lugar.

–Pues dejadme aquí –dijo–. Puedo cuidarme sola.

Tampoco esto dio resultado.

Despegaron del aeropuerto internacional de Filadelfia un lunes por la noche de principios de noviembre. Sentada en la parte trasera del avión junto a su hermana pequeña, Prakrti encendió la luz de lo alto del asiento. Su intención era leer *La letra escarlata* en el vuelo de ida y escribir el comentario en el de vuelta. Pero no conseguía concentrarse. El simbolismo de Hawthorne se le antojaba tan sofocante como el aire de recirculación de la cabina, y aunque sentía cierta solidaridad con Hester Prynne, castigada por algo que hoy en día haría cualquiera, en cuanto las azafatas le trajeron la cena aprovechó la ocasión para bajar la bandeja y ver una película mientras comía.

A su llegada a Calcuta estaba tan desfasada por el cambio horario que le resultaba imposible hacer deberes. Y también demasiado ocupada con todo. Empeñada en que no durmiesen la siesta, la tía Deepa, nada más llegar, se llevó de compras a Prakrti, a Durva, a su prima Smita y a su madre. Fueron a unos grandes almacenes, nuevos y de lujo, para comprar menaje de cocina, tenedores, cuchillos y cucharones de plata, y para las chicas brazaletes dorados y plateados. Después recorrieron un mercado cubierto, una especie de bazar con hileras de puestos, en busca de arroz y polvo de bermellón. Cuando volvieron al apartamento, se pusieron manos a la obra con la decoración para la fiesta. A Prakrti, Durva y Smita se les encomendó el dibujo de las huellas de Lakshmi. Las tres chicas metieron los pies descalzos en las bandejas de polvo humedecido colocadas ante la entrada principal. Con sumo cuidado, los sacaron de ellas y caminaron por el interior. Trazaron dos trechos de huellas, unas rojas y otras blancas. Lakshmi traía prosperidad, de modo que no se dejaron ni un solo cuarto sin pisar y estamparon huellas de entrada y de salida en la cocina, en el salón y hasta en el baño.

Rajiv, su otro primo, un año mayor que ella, tenía dos Xboxes en su cuarto. Prakrti se pasó el resto de la tarde jugando con él a *Titanfall,* en modo multijugador. La conexión a internet del apartamento era ultrarrápida, y nunca fallaba. En viajes anteriores a la India, Prakrti había compadecido a sus primos por su obsoleto equipo informático, pero ahora, como la propia Calcuta, iban un paso por delante de ella. En algunas zonas, la ciudad parecía casi futurista, sobre todo en comparación con la vetusta Dover, con sus fachadas comerciales de ladrillo, sus postes telefónicos inclinados y sus carreteras llenas de baches.

Prakrti y Durva habían guardado sus saris en bolsas de plástico de tintorería para que no se arrugaran. Aquella noche, para la *Dhanteras,* la celebración de la riqueza, se los pusieron. Estrenaron los brazaletes, se plantaron ante el espejo y contemplaron los destellos del metal.

En cuanto se hizo de noche, la familia encendió las *diyas* y las dispuso por el apartamento: en los alféizares, en las mesitas de café, en el centro de la mesa del comedor y sobre los altavoces estéreo de su tío. La música brotaba de aquellos monolitos negros, mientras la familia, congregada en torno a la mesa, festejaba y entonaba *bhajans.*

En el curso de la noche fueron llegando más parientes. Prakrti reconocía a algunos, pero a la mayoría no los conocía, a pesar de que parecían saberlo todo sobre ella: que era una estudiante brillante, que era miembro del equipo de debates, e incluso que pensaba solicitar una Admisión Temprana en la Universidad de Chicago el curso siguiente. Convenían con su madre en que Chicago estaba demasiado lejos de Delaware, y también en que hacía demasiado frío. ¿De verdad quería irse tan lejos? ¿No iba a congelarse?

Un grupo de ancianas, de pelo blanco y ruidosas, también reclamaban «su parte» de Prakrti. Se apiñaron a su alrededor, con sus pechos caídos y sus tripas fláccidas, y la asediaron a preguntas estentóreas en bengalí. Cuando Prakrti no entendía algo –las más de las veces– gritaban aún más, pero al final se dieron por vencidas y sacudieron la cabeza, divertidas y horrorizadas ante su ignorancia de norteamericana.

Hacia las doce de la noche, el *jet lag* pudo con ella. Prakrti se quedó dormida en el sofá. Cuando despertó, tres ancianas se inclinaban sobre ella y hacían comentarios.

–Qué horror –dijo Durva, cuando Prakrti se lo contó.

–Sí, ¿verdad?

Los días siguientes fueron igual de frenéticos. Acudieron al templo, visitaron a las familias de sus tíos, intercambiaron regalos y se atiborraron de comida. Algunos parientes no perdonaban ni un ritual, otros solo seguían unos pocos, y había también quienes consideraban todo aquello una fiesta larga y unas vacaciones. La noche de Diwali se acercaron al agua para los festejos. El río que atravesaba Calcuta, el Hugli, que de día parecía un lodazal pardusco, se había transformado bajo el cielo estrellado en un espejo negro y refulgente. Miles de personas se alineaban en la orilla. Pese a la muchedumbre, apenas había empujones cuando la gente se acercaba al borde del agua para depositar sus balsas de flores. La multitud se movía como un único organismo, cualquier ademán de actividad en una dirección se compensaba con un repliegue en otra. La fusión era impresionante. El padre de Prakrti le explicó, además, que todo lo que había ido al agua –las hojas de palmera, las flores e incluso las velas hechas de cera de abeja– se habría descompuesto a la mañana siguiente y todo aquel rito llameante se apagaría sin dejar rastro.

La brillante aparatosidad que rodeaba la fiesta –Lakshmi, diosa de la prosperidad, las baratijas doradas y plateadas, los cuchillos, tenedores y cucharones resplandecientes– acababa reducida a esto: a la luz y su fugacidad. Vivías, te quemabas, esparcías tu pequeña luz... y desaparecías. Tu alma pasaba a otro cuerpo. Eso creía su madre. Su padre albergaba ciertas dudas al respecto, y Prakrti sabía que no era cierto. No pensaba morirse hasta después de mucho tiempo. Antes, quería hacer algo con su vida. Rodeó a su hermana pequeña con el brazo y juntas contemplaron cómo se alejaban sus velas río abajo, hasta que las perdieron de vista en el mar en llamas.

Si se hubieran marchado ese fin de semana, tal como habían planeado, el viaje habría resultado soportable. Pero después del Bhai Dooj, el último día del festival, la madre de Prakrti anunció que había cambiado los billetes para poder quedarse un día más.

Prakrti estaba tan furiosa que apenas pudo pegar ojo en toda la noche. A la mañana siguiente bajó a desayunar en pantalón de chándal y camiseta, con la melena despeinada y el humor agrio.

–Hoy no puedes ir así, Prakrti –dijo su madre–. Vamos a salir. Ponte el sari.

–No.

–¿Cómo?

–Está sudado. Ya me lo he puesto tres veces. Mi *choli* apesta.

–Ve a ponértelo.

–¿Por qué yo? ¿Y Durva?

–Tu hermana es más pequeña. Con el *salwar kameez* irá bien.

Cuando Prakrti salió con el sari, a su madre no le gustó cómo se lo había puesto. Se llevó a su hija a la habitación para volver a enrollárselo ella misma. Luego pasó revista a sus uñas y le arregló las cejas. Después –algo completamente nuevo– le puso kohl alrededor de los ojos.

–¿Puedes dejarme en paz? –dijo Prakrti, apartándose.

Su madre le sujetó la cara con las dos manos.

–¡Estate quieta!

Un coche esperaba fuera. Al cabo de más de una hora de trayecto, ya en las afueras de la ciudad, se detuvieron frente a un complejo residencial rodeado de muros coronados por concertinas.

Un portero los guió hasta la casa a través de un patio sucio. Atravesaron la entrada enlosada y subieron un tramo de escaleras hasta una espaciosa estancia con altos ventanales en tres de los lados y ventiladores con aspas de mimbre en el techo. Pese al calor, los ventiladores estaban apagados. La estancia era austera y apenas estaba amueblada, salvo en uno de los rincones, donde un hombre de pelo blanco y vestido con una chaqueta Nehru estaba sentado sobre una esterilla con las piernas cruzadas. El tipo de hombre que uno esperaría encontrar en la India. Un gurú. O un político.

Frente a él, a cierta distancia, una pareja de mediana edad ocupaba un pequeño sofá. Cuando Prakrti y su familia pasaron junto a ella, les saludaron con un movimiento de cabeza.

Sus padres tomaron asiento frente a la pareja. A Durva le asignaron una silla justo detrás. A Prakrti la condujeron hasta un banco o una plataforma –no sabía cómo llamarlo– un poco apartada del resto. El banco era de madera de sándalo taraceada con marfil, un mueble de aire vagamente ceremonial. Al sentarse, se notó un tufillo a sí misma: el calor empezaba a hacerle sudar. No quería que le importara. Tenía ganas de que aquella gente tuviera que soportar su olor corporal para abochornar a su madre. Pero, por supuesto, era incapaz. Estaba demasiado avergonzada. Así que lo que hizo fue quedarse quieta como una estatua.

En el curso de la conversación, Prakrti oyó pronunciar su nombre. Pero nadie se dirigió a ella directamente.

Sirvieron el té. Dulces indios. Después de llevar toda una semana saboreándolos, Prakrti estaba harta. Pero los comió por educación.

Echaba en falta su teléfono. Quería mandarle a su amiga Kylie un mensaje de texto contándole la tortura a la que la estaban sometiendo en aquel momento. A medida que transcurrían los minutos sobre aquel rígido banco, con los sirvientes yendo y viniendo, fueron asomándose a la estancia otras personas que pasaban por el pasillo. Aquella casa parecía albergar a decenas de personas. Curiosas. Fisgonas.

Para cuando la entrevista hubo terminado, Prakrti había hecho ya un voto de silencio. Se montó en el coche decidida a no cruzar ni una palabra con sus padres hasta llegar a casa. Así que le tocó a Durva preguntar:

–¿Quién era esa gente?

–Ya te lo he dicho –dijo su madre–. Los Kumar.

–¿Son de la familia?

Su madre rió.

–Tal vez algún día. –Miró por la ventanilla; su cara irradiaba una imperiosa satisfacción–. Son los padres del chico que quiere casarse con tu hermana.

Matthew habló durante cuarenta y cinco minutos, como le habían pedido. El tema, aquel día, fueron las ondas gravitacionales, y en especial su reciente detección por dos interferómetros idénticos ubicados en emplazamientos distintos de los Estados Unidos continentales. Equipado con un micrófono de solapa y deambulando por el escenario en pantalones vaqueros y cazadora, Matthew explicó que Einstein había teorizado sobre la existencia de tales ondas hacía casi un siglo, pero que no habían dado con la prueba hasta ese mismo año. Para apoyar su exposición, Matthew había llevado una simulación digital de los dos agujeros negros cuya colisión, en una galaxia a 1,3 billones de años luz, había provocado las ondas que habían recorrido el universo, silenciosas e invisibles, hasta ser captadas por los dispositivos de alta sensibilidad –en Livingston, Luisiana, y Hanford, Washington– concebidos exclusivamente para tal fin. «Tan finos como el oído de Dios», los había descrito Matthew. «Muchísimo mejores, en realidad.»

Que el salón de actos no llegase ni a la mitad de su aforo era tan descorazonador como el hecho de que la mayoría de los asistentes fueran setentones u octogenarios, jubilados locales que asistían a estas conferencias universitarias porque eran abiertas al público en general, su horario les venía bien y luego, durante la cena, tenían algo de que hablar.

Los asistentes que se quedaron para la firma del libro se abalanzaban con avidez sobre Matthew, que se había parapetado tras una mesa armado con un rotulador y una copa de vino. Se veían muchas bolsas de la compra de color beige; las mujeres llevaban bufandas de colores brillantes y jerséis anchos y sueltos, y los hombres iban con pantalones chinos, y todos rezumaban expectación y paciencia. Sus palabras no aclaraban del todo si habían leído el libro de Matthew o si habían entendido los conceptos científicos, pero no cabía la menor duda de que querían que el autor les dedicase un ejemplar. La mayoría se contentaba con sonreír y decir: «¡Gracias por venir a Dover!», como si Matthew lo hubiera hecho gratis. Algunos le salían con el primer recuerdo que les venía a la cabeza de las clases de física del instituto o de la universidad, e intentaban aplicarlo a la charla de Matthew.

Una mujer de flequillo blanco y mejillas coloradas se

plantó ante él; recientemente había viajado a Inglaterra para investigar sobre su genealogía, explicó, y le describió con detalle las tumbas de sus ascendientes que había localizado en diversos camposantos anglicanos de Kent. La mujer acababa de retirarse cuando apareció la chica de la cafetería.

–No tengo nada para que me firme –dijo en tono de culpa.

–No pasa nada, no es obligatorio.

–¡Soy tan pobre que no puedo comprarme un libro! ¡La universidad es tan cara!

Apenas una hora antes, la chica había supuesto un engorro para Matthew. Pero ahora, harto de aquella procesión de rostros vetustos y ojerosos, la contempló con alivio y gratitud. Se había quitado la sudadera ancha y ahora llevaba un pequeño top blanco que le dejaba al descubierto los hombros.

–Al menos sírvete un vino –dijo Matthew–. Es gratis.

–Todavía no tengo edad para beber. Tengo diecinueve años. Cumpliré los veinte en mayo.

–No creo que a nadie le importe.

–¿Pretende que me ponga a beber, profesor? –dijo la chica.

Matthew sintió el rubor en las mejillas. Intentó pensar en algo que disipara esa impresión, pero como lo que la chica había dicho no estaba tan lejos de la realidad, se quedó en blanco.

Por suerte, la chica, con su agitación frenética, ya había pasado a otra cosa.

–¡Ya sé! –exclamó, con los ojos cada vez más abiertos–. ¿Puede firmarme su autógrafo en un papel? Así podré pegarlo en su libro.

–Si algún día lo compras.

–Exacto. Primero tengo que terminar la carrera y devolver el préstamo.

Se había descolgado la mochila y la había dejado encima de la mesa. Y ese movimiento hizo que le llegara su olor: ligero, limpio, como a talco.

Tras ella, una docena de personas seguía haciendo cola. No parecían impacientes, pero unos cuantos miraban para averiguar por qué la cola no avanzaba.

La chica sacó un pequeño cuaderno de anillas. Lo abrió y buscó una página en blanco. Al hacerlo, su larga melena negra cayó hacia delante, y fue como una cortina que los separara del resto de la gente que esperaba. Y entonces sucedió algo extraño. La chica pareció estremecerse. Alguna delicada o mortificante sensación le recorrió el cuerpo de arriba abajo. Levantó los ojos hacia Matthew y, como cediendo a un impulso irrefrenable, dijo con voz sofocada, eufórica:

–¡Oh, Dios! ¿Y por qué no me firma el cuerpo?

Fue una manifestación tan repentina, tan absurda, tan grata que Matthew enmudeció un instante. Miró a las personas de la cola más cercanas para ver si alguna lo había entreoído.

–Creo que será mejor que sigamos con lo del cuaderno –dijo.

La chica se lo entregó. Matthew lo dejó abierto sobre la mesa y preguntó:

–¿Qué quieres que ponga?

–Para Prakrti. ¿Se lo deletreo?

Pero Matthew ya estaba escribiendo: «Para Prakrti. Una Chica Nueva.»

Esto hizo reír a la chica. Luego, como si se tratara de la petición más inocente del mundo, esta añadió:

–¿Puede ponerme su móvil?

Ahora Matthew ni siquiera se atrevió a levantar la vista. Le ardía la cara. Sentía unos deseos enormes de que la situación terminara, y también una gran emoción por el encuentro. Garabateó su número de teléfono.

–Gracias por venir –dijo, apartando el cuaderno.

Y pasó a atender a quienes esperaban en la cola.

El chico se llamaba Dev. Dev Kumar. Tenía veinte años, trabajaba en una tienda vendiendo televisores y equipamiento de vídeo, e iba a clases nocturnas para preparar el acceso a una licenciatura en informática. Su madre le contó todo esto a Prakrti en el vuelo de vuelta a los Estados Unidos.

A Prakrti la idea de casarse con ese desconocido –o con cualquiera, en realidad, hasta dentro de mucho mucho tiempo– le parecía demasiado ridícula para tomársela en serio.

–Mamá, tengo solo dieciséis años.

–Yo tenía diecisiete cuando me prometí con tu padre.

Ya, claro, y mira cómo ha salido, pensó Prakrti. Pero no dijo nada. Pensar en la idea no haría sino otorgarle entidad, cuando lo único que ella quería era quitársela de la cabeza. Su madre era propensa a dar rienda suelta a la imaginación. Estaba constantemente soñando con regresar a la India tras la jubilación de su marido. Fantaseaba con que, algún día, Prakrti conseguiría un trabajo allí, en Bangalore o en Mumbai, o se casaría con un indio y comprarían una casa lo suficientemente grande para acoger a sus padres. Dev Kumar no era más que la última forma que había adoptado tal fantasía.

Prakrti se encajó los auriculares para no oír a su madre. Durante el resto del vuelo redactó su comentario sobre *La letra escarlata*.

En cuanto volvieron a casa, tal como esperaba, desapareció aquel escenario de pesadilla. Su madre mentó a Dev un par de veces, de un modo premeditado y promocional, pero después se olvidó del asunto. Su padre, enfrascado de nuevo en el trabajo, parecía haber olvidado a los Kumar por completo. Y Prakrti volvió a dedicarse por entero a las tareas del colegio. Estudiaba hasta tarde por las noches, viajaba con el equipo de debates y los sábados por la mañana iba al colegio a prepararse para el examen de acceso a la universidad.

Un fin de semana de diciembre estaba en su cuarto hablando con Kylie por Facetime mientras las dos hacían los deberes. Prakrti había dejado el móvil encima de la cama, a su lado, y la voz de Kylie se oía por el altavoz.

–Bueno, y entonces –decía Kylie– se presenta en mi casa y deja todas esas flores enfrente del porche.

–¿Ziad?

–Sí. Y las deja ahí. Como si fueran flores del supermercado. Pero un montón. Y luego llegan mi madre y mi padre y mi hermano y se las encuentran. Qué vergüenza. Un momento, espera. Acaba de escribirme.

Mientras esperaba a que Kylie leyera el mensaje, Prakrti dijo:

–Deberías dejarle. Es un inmaduro, tiene faltas de ortografía y, lo siento, pero está enorme.

Cuando segundos después sonó un aviso en el móvil, Prakrti pensó que Kylie le había reenviado el mensaje de Ziad para que pudieran comentarlo y decidir qué le respondía. Abrió el mensaje sin mirar el remitente y el rostro de Dev Kumar ocupó toda la pantalla.

Sabía que era él por su expresión doliente y excesivamente ansiosa. Lo iluminaba –seguramente habían preparado el marco– una luz favorecedora, y estaba de pie ante el ramaje intrincado de una higuera de Bengala. Era un joven flaco a la manera de las gentes de los países en vías de desarrollo; como si hubiera padecido un déficit de proteínas durante la infancia. Su primo Rajiv y sus amigos vestían como los chicos de su instituto, e incluso quizá un poco mejor. Coincidían en marcas y cortes de pelo. Dev, en cambio, llevaba una camisa blanca con un cuello de los años setenta absurdamente grande y unos pantalones grises que desentonaban por completo. Su sonrisa era tortuosa, y su pelo negro reluciente y aceitoso.

Normalmente, Prakrti habría compartido la foto con Kylie. Los *selfies* de los chicos que hacían grandes alardes y mandaban fotos con el pecho desnudo o utilizando filtros solían hacer que estallaran en carcajadas. Pero aquella tarde Prakrti cerró el móvil y volvió a dejarlo en la cama. No quería explicar quién era Dev. Le daba demasiada vergüenza.

Durante los días siguientes tampoco se lo contó a sus amigas indias. Muchas eran hijas de matrimonios concertados, así que estaban acostumbradas a que se defendiera esta práctica en sus casas. Algunos padres pregonaban la superioridad de los matrimonios concertados aludiendo al bajo índice de divorcios en la India. Al señor Mehta, el padre de Devi Mehta, le gustaba sacar a relucir un estudio «científico» de *Psychology Today* que concluía que las parejas que se casaban por amor estaban más enamorados durante los primeros *cinco* años, mientras que los matrimonios concertados estaban más enamorados al cabo de *treinta* años de casados. El mensaje era que el amor florecía de las experiencias compartidas. Era una recompensa más que un regalo.

Los padres tenían que decir eso, evidentemente. Lo contrario significaría invalidar sus propios enlaces matrimoniales. Pero era todo fingido. Sabían que en Estados Unidos las cosas eran diferentes.

Salvo que algunas veces no era así. En el colegio de Prakrti había un grupo de chicas de familias muy conservadoras que habían nacido y se habían criado en la India durante parte de su infancia, y que, a causa de ello, eran totalmente sumisas. Aunque en clase estas chicas hablasen un inglés impecable y escribieran las redacciones con un estilo muy singular, y hermoso, casi victoriano, entre ellas preferían charlar en hindi, o en gujarati, o en otra lengua cualquiera. Nunca comían nada del comedor, ni de las máquinas expendedoras; llevaban sus *tiffins* y sus propios platos vegetarianos. No les estaba permitido asistir a los bailes del colegio o apuntarse a los clubs extraescolares donde también hubiera miembros varones. Iban al colegio todos los días, y allí, aplicadas y silenciosas, hacían sus tareas, y al oír el último timbrazo salían en tropel hacia los sedanes Kia y los minivans Honda que las devolvían a su existencia de cuarentena. Se rumoreaba que estas chicas, guardianas de sus hímenes, no usaban Tampax. Y tal rumor había inspirado el mote que Prakrti y sus amigas les habían puesto. Las Hímenes. Mirad, por ahí vienen las Hímenes.

–No sé por qué me gusta –dijo Kylie–. Antes teníamos un terranova que se llamaba Bartleby. Ziad me recuerda un poco a él.

–¿Qué?

–Oye, ¿me estás escuchando?

–Perdona –dijo Prakrti–. Sí, no. Esos perros son asquerosos. Babean.

Borró la foto.

–¿O sea que ahora les das mi número de móvil a los chicos? –le dijo Prakrti a su madre al día siguiente.

–¿Te ha llegado la foto de Dev? Su madre me prometió pedirle que te mandara una.

–¿Me dices que nunca dé mi número a desconocidos y ahora tú lo vas dando por ahí?

–Dev no es un desconocido.

–Para mí sí.

–Venga, déjame hacerte una foto para mandársela. Se lo prometí a la señora Kumar.

–No.

–Venga, no pongas esa cara mustia. Dev va a pensar que tienes un carácter horrible. Sonríe, Prakrti. ¿Tengo que obligarte a sonreír?

¿Y por qué no me firma el cuerpo?

Durante la cena, en un restaurante cercano al campus, mientras charlaba con los miembros del comité de conferencias, Matthew seguía oyendo en su cabeza las palabras de la chica.

¿De verdad lo decía en serio? ¿O solo era una de esas cosas tontas y provocadoras que suelen decir hoy las universitarias norteamericanas? Lo mismo que su forma de bailar, el *bumping,* y el *grinding,* y el *twerking,* que lo que hacían era enviar mensajes equívocos e involuntarios. Si Matthew fuera más joven, si tuviera remotamente su edad, tal vez sabría la respuesta.

El restaurante resultó más agradable de lo que esperaba. Era uno de esos sitios donde servían comida local, con muebles de madera y un ambiente cálido. Les habían reservado una sala apartada del bar, y Matthew, en su calidad de protagonista, ocupaba una silla central de la mesa.

La mujer de al lado, una profesora de filosofía de treinta y tantos años, de pelo rizado, cara ancha y maneras pugnaces, le dijo:

–Aquí va mi pregunta de cosmología. Si aceptamos un multiverso infinito y la existencia de universos de todos los tipos imaginables, entonces tiene que haber un universo donde Dios exista, y otro donde Él, quiero decir Ella, no.

Además de todos los demás tipos de universo. Así pues, ¿en cuál estamos viviendo?

–Por suerte, en uno donde hay bebidas alcohólicas –contestó Matthew, alzando la copa.

–¿Y habrá un universo donde yo tenga pelo? –preguntó un economista calvo y barbudo, sentado un par de sillas más allá.

La conversación transcurrió de esa guisa, viva, jovial. La gente acribillaba a preguntas a Matthew. Cada vez que abría la boca para contestar, se hacía el silencio. Los interrogantes, ahora, no tenían nada que ver con la charla, que ya se les había ido de la cabeza, sino que apuntaban a otros temas: la vida extraterrestre, o el bosón de Higgs. El otro físico presente, posiblemente resentido por el relativo éxito de Matthew, no abrió la boca. De camino al restaurante le había dicho a Matthew: «Tu blog es muy famoso entre mis estudiantes. A esos chiquillos les encanta.»

Antes de pasar a los postres, mientras retiraban los platos, el presidente del comité dio instrucciones para que aquellos que se habían sentado cerca de Matthew cambiaran de sitio con los que se habían sentado lejos. Todos eligieron el pudin, pero cuando el camarero se acercó a él, Matthew pidió un whisky. Y en el momento mismo en que llegó su bebida, el teléfono le vibró en el bolsillo.

La nueva vecina de Matthew era una mujer con cara de pájaro, tez pálida y traje pantalón.

–Yo no soy profesora –dijo–. Soy la mujer de Pete.

Señaló a su marido, sentado al otro lado de la mesa.

Matthew sacó el móvil del bolsillo y lo mantuvo con disimulo debajo de la mesa.

No reconoció el número. El mensaje decía simplemente: «Hola.»

Se metió el móvil en el bolsillo y tomó un sorbo de whisky. Se echó hacia atrás en la silla y contempló el restaurante. Había alcanzado ese punto de la velada –de las veladas como aquella, fuera de casa– en que las cosas empezaban a adquirir una tonalidad rosácea, y una luz lenta, rezumante, exquisita bañaba el restaurante casi de forma líquida. El aura rosada provenía del brillo de la barra, con sus hileras de botellas multicolores dispuestas sobre estantes de espejo, pero también de los candelabros de pared y la luz de las velas reflejada en el cristal con ornamentos dorados de los ventanales. Aquella aura rosada formaba también parte del murmullo del restaurante, de las conversaciones y las risas de los clientes, sonidos sociables y urbanos, pero estaba también en Matthew: un sentimiento de contento de ser quien era y estar donde estaba, libre para la primera diablura que pudiera presentársele. Y, por encima de todo, aquella aura rosada tenía que ver con su conciencia de una sola palabra «hola», escondida en el teléfono móvil que dentro del bolsillo le rozaba el muslo.

El aura rosada no podía sobrevivir por sí sola. Necesitaba de la participación de Matthew. Antes de excusarse, pidió otro whisky. Se levantó, aseguró su equilibrio y atravesó el bar en dirección a las escaleras que bajaban a los servicios.

El aseo de caballeros estaba vacío. La música, que seguramente había estado sonando arriba en los comedores ruidosos del restaurante, fluía ahora de los altavoces de alta fidelidad del techo. La acústica de aquel espacio alicatado era increíblemente buena y Matthew se movía al ritmo mientras entraba en uno de los cubículos y cerraba la puerta. Sacó el teléfono y se puso a escribir con un dedo.

Lo siento. No reconozco el número.
¿Quién eres?

La respuesta fue casi inmediata.

la chica nueva :)

Vaya, hola.

qué haces?

Emborracharme en un restaurante.

suena bien, estás solo?

Matthew vaciló. Al final escribió: Tremendamente.

Era como esquiar. Como ese momento en que, ya en la cima, te inclinas hacia la pendiente y la gravedad toma las riendas, lanzándote hacia abajo como una flecha. Durante los minutos siguientes, mientras seguían intercambiando mensajes, Matthew no fue cabalmente consciente de con quién se estaba comunicando. Las dos imágenes que tenía de la chica –una con la sudadera holgada, la otra con el top blanco ceñido– eran difíciles de conciliar. Ya no lograba recordar exactamente cómo era. La chica era a un tiempo lo bastante específica e imprecisa como para ser cualquier mujer o todas las mujeres. Cada mensaje que Matthew enviaba generaba una respuesta capaz de emocionarle, y a medida que subía el tono de flirteo, la chica subía el suyo simétricamente. Aquella excitación como de arrojar pensamientos impetuosos al vacío resultaba embriagadora.

Entonces volvieron los puntos suspensivos: la chica estaba escribiendo. Matthew miraba fijamente la pantalla, a la espera de que aparecieran las palabras. Podía sentir a la chica al otro extremo del sendero invisible que los estaba conectando: la cabeza agachada, la melena negra cayéndole por la cara como en la mesa de la firma, mientras jugueteaba con las llaves entre los ágiles pulgares.

Y entonces llegó la respuesta:

estás casado, no?

Matthew no lo había visto venir. Fue como un jarro de agua fría. Por un instante se vio a sí mismo como lo que era, un hombre de mediana edad, marido y padre, que se había escondido en un retrete para escribir mensajes de texto a una chica a la que doblaba en edad (como mínimo).

Solo había una respuesta honrosa.

Sí, lo estoy.

Otra vez los puntos suspensivos. Luego cesaron. Y no volvieron a aparecer.

Matthew aguardó unos minutos más antes de salir del cubículo. Al verse reflejado en el espejo, hizo una mueca y dijo entre dientes:

–¡Patético!

Pero no era eso lo que sentía. No exactamente. En general, estaba bastante orgulloso de sí mismo, como si acabara de perder tras intentar una jugada magistral en un torneo deportivo.

Estaba subiendo las escaleras para volver al comedor cuando su teléfono vibró de nuevo.

a mí no me importa si a ti tampoco.

En el tocador del dormitorio principal había un retrato de bodas. Mostraba, en tonos chillones, al chico y a la chica que se convertirían en los padres de Prakrti. De pie, solemnes, uno junto otro, como si los hubieran dispuesto de ese modo con una vara para bueyes. Coronando la cara extremadamente delgada de su padre se veía un turbante blanco. Sobre la suave frente de su madre, una diadema, unida por una cadena dorada al anillo de la nariz y oscurecida por el velo de encaje rojo que le cubría el pelo. Ambos llevaban en el cuello pesados collares de varias vueltas con bayas de un rojo oscuro y brillante. O tal vez eran demasiado duras para ser bayas. Tal vez eran semillas.

El día en que se tomó aquella fotografía, hacía veinticuatro horas que sus padres se habían conocido.

La mayor parte del tiempo, Prakrti no pensaba en la boda de sus padres. Había tenido lugar muchos años atrás, en otro país, conforme a otras reglas. Pero de vez en cuando, impelida tanto por la indignación cuanto por la curiosidad, se obligaba a sí misma a imaginar lo que tuvo que suceder inmediatamente después de aquella fotografía. Un alojamiento fugaz en un hotel de un sitio cualquiera, y, en el centro de una habitación oscura, su madre, con diecisiete años. Una chica de pueblo, inocente, que casi no sabía ni una palabra de sexo, ni de chicos, ni de métodos anticonceptivos, pero que, con todo, sabía qué se esperaba de ella en aquel momento preciso. Sabía que su deber era despojarse de la ropa ante un hombre no menos desconocido que cualquiera de los que pasaban por la calle en aquel momento. Quitarse el sari de boda, las zapatillas de satén, la ropa interior cosida a mano, los collares y brazaletes de oro, y echarse de espaldas en el lecho y dejarle hacer lo que quisiera. Someterse. A un estudiante de contabilidad que compartía apartamento en Newark, New Jersey, con otros seis solteros, cuyo aliento aún olía a la comida rápida norteamericana que habría engullido antes de montar en el avión para volar a la India.

Prakrti era incapaz de conciliar el escándalo de esta unión –casi prostitución– con la madre remilgada y autocrática que conocía. Lo más seguro, había decidido, era que las cosas no hubieran sucedido de ese modo. No, lo más probable era que durante las primeras semanas o meses del matrimonio de sus padres no hubiera pasado nada entre ellos, sino solo mucho después, una vez que hubieron tenido tiempo de conocerse y cualquier atisbo posible de coacción o violación se hubiera desvanecido. Prakrti jamás sabría la verdad. Le daba demasiado miedo preguntar.

Recurrió a la red para buscar a más gente en su situación. Como es habitual en internet, le bastó con un par de búsquedas para dar con foros rebosantes de quejas, consejos, racionalizaciones, peticiones de ayuda y manifestaciones de consuelo. Algunas mujeres, por lo general con estudios y afincadas en ciudades, abordaban el tema de los matrimonios concertados con una alarma teatral, como si estuvieran viviendo un estrambótico episodio de *The Mindy Project*. Describían a sus padres como gente bienintencionada cuya intromisión, exasperante, no les impedía ser encantadores. «O sea, que mi madre sigue dando mi e-mail a gente que le presentan. El otro día me llega un correo del padre de un tío y empieza a hacerme un montón de preguntas personales: que cuánto peso, que si fumo o si me drogo, que si tengo algún problema de salud o ginecológico que él debería saber, para ver si soy idónea para casarme con el memo de su hijo, con el que no me enrollaría ni aunque estuviéramos en una isla desierta y me diera mucha pena y/o estuviera muy cachonda.» Otras mujeres parecían más resignadas ante la presión y las maquinaciones de sus progenitores. «O sea, en serio», escribía una de ellas, «¿es mucho peor que entrar en *OkCupid?* ¿O que aguantar durante toda la velada el aliento apestoso de algún borracho en un bar?»

Pero también había confesiones descorazonadoras, de chicas de edad más parecida a la de Prakrti. Chicas que no escribían tan bien, que tal vez estudiaban en escuelas de mala muerte o llevaban poco tiempo en los Estados Unidos. Había un mensaje de alguien cuyo nombre de usuaria era «Destrozadaporlavida», que Prakrti no lograba quitarse de la cabeza: «Hola, vivo en Arkansas. Aquí es ilegal casarse a mi edad (tengo quince años) a menos que tengas el consentimiento paterno. El problema es que mis padres quieren que me case con un amigo suyo de la India. Ni siquiera lo conozco. Les pedí ver una foto pero mi padre me enseñó una de un tío demasiado joven para ser su amigo (mi padre tiene cincuenta y seis años). Así que me siento como si mi propio padre me estuviera engañando. ¿Alguien puede ayudarme? ¿Existe algún tipo de asistencia legal con la que pueda contactar? ¿Qué se puede hacer si eres joven y no quieres hacerlo, pero te da demasiado miedo llevarles la contraria a tus padres por los malos tratos verbales y físicos a los que te han sometido en el pasado?»

Al cabo de unas horas leyendo este tipo de cosas en internet, Prakrti estaba afectadísima. Aquello lo hacía todo más real. Lo que ella había considerado siempre una demencia existía por todas partes, y siempre había alguien poniéndola en práctica, o combatiéndola, o plegándose a ella.

Matthew toma el tren de Dorset a Londres, y allí, otro hasta Heathrow. Dos horas después, está en un vuelo rumbo al aeropuerto JFK. Ha elegido un asiento de ventanilla para que no le molesten durante el viaje. Mira hacia el exterior; contempla el ala del avión, y la turbina, enorme, cilíndrica, de una suciedad oscura. Se imagina abriendo la puerta de la salida de emergencia, desplazándose por el ala, bamboleándose por el embate del viento y, durante un instante, el trance le parece casi verosímil.

Durante los cuatro meses que ha pasado en Inglaterra prácticamente solo ha mantenido contacto con sus hijos vía mensajes de texto. No les gusta el correo electrónico. Muy lento, dicen. Y a él Skype, la opción preferida de sus hijos, le desorienta. Las imágenes de Jacob y Hazel que le ofrece su portátil les hace parecer a un tiempo cercanos e inalcanzables. La cara de Jacob parece más llena. Se distrae y desvía la vista con frecuencia, probablemente la desplaza a otra pantalla. Hazel dedica a su padre una atención total. Se inclina hacia delante, sostiene un mechón de pelo frente a la cámara para enseñarle sus nuevas mechas: rojas, moradas o azules. Muchas veces, la pantalla se congela, y le devuelve los rostros de sus hijos pixelados, como si fueran algo ilusorio, creaciones.

A Matthew le incomoda también su propia imagen, cuando emerge en una ventana en la esquina de la pantalla. Ahí está, su padre en sombras, en su escondite.

Todas sus tentativas de jovialidad le suenan falsas al oído.

Ninguna de las dos posibilidades es buena: si sus hijos parecen traumatizados por su ausencia, es terrible; si se muestran distantes y autosuficientes, es igual de malo. Los detalles familiares de sus cuartos son como puñaladas en el corazón: el papel pintado de damasco del cuarto de Hazel, los pósters de hockey de Jacob.

Los niños intuyen que su situación es incierta. Han entreoído a su madre, Tracy, hablar por teléfono con Matthew, su padre. Y también la han oído hablar con su familia y amigos, y con su abogado. Los niños le preguntan a Matthew si él y su madre se van a divorciar, y él les contesta, sinceramente, que no lo sabe. No sabe si volverán a ser una familia.

Por encima de todo, lo que más le asombra ahora es su propia estupidez. Había pensado que su infidelidad solo implicaba a Tracy. Había creído que la confianza que estaba defraudando era solo la de ella; y que su engaño quedaba mitigado, si no excusado, por las penalidades del matrimonio, los rencores, las insatisfacciones físicas. Se había escorado hasta perder el control, con Jacob y Hazel en el asiento trasero, convencido de que ellos saldrían ilesos.

De cuando en cuando, durante las llamadas por Skype, Tracy entra por error en el cuarto. Cuando cae en la cuenta de con quién está hablando Jacob o Hazel, le envía un saludo a Matthew en un tono benevolente y forzado. Pero se queda detrás, para asegurarse de que Matthew no le ve la cara. O de que ella no ve la de él.

–Ha sido incómodo –dijo Hazel después de una de estas ocasiones.

Resulta difícil saber qué piensan los niños de su mal proceder. Sensatamente, nunca sacan el tema a relucir.

–Cometiste un error –le dijo Jim a Matthew en Dorset, hace algunas semanas. Ruth estaba fuera esa noche, con su grupo de teatro leído, y los dos hombres fumaban puros en la terraza–. Cometiste un error de juicio una sola noche en un matrimonio de muchos cientos de noches. De miles de noches.

–Unos cuantos errores, más bien, la verdad sea dicha.

Jim apartó estas últimas palabras con el mismo gesto con que apartaba el humo del cigarro.

–De acuerdo, no eres ningún santo. Pero eras un buen marido, comparado con la mayoría. Y, en este caso, te engatusaron.

Matthew reflexiona sobre esa palabra. Engatusado. ¿Era

cierto? ¿O era solo la versión de la aventura que él le había contado a Ruth, que se había puesto de su parte, como habría hecho una madre; versión que ella le contaría luego a Jim? En cualquier caso, no se te podía engatusar para algo que tú ya deseabas de antemano. Ese era el verdadero problema. Su concupiscencia. Ese achaque inflamatorio y crónico.

Había un café cerca de la universidad que a Prakrti y a Kylie les gustaba frecuentar. Se sentaban en la sala del fondo, e intentaban mezclarse con los universitarios de las mesas de alrededor. Si alguien se dirigía a ellas, sobre todo si era un chico, se hacían pasar por estudiantes de primer año. Kylie se transmutó en una surfista californiana llamada Meghan. Prakrti se presentaba como Jasmine, y explicaba que había crecido en Queens.

–Lo digo sin ánimo de ofender, pero los blancos pueden llegar a ser tan bobos... –dijo el día en que inventó impunemente este detalle de su biografía–. Seguro que piensan que todas las chicas indias tienen nombre de especia. Tal vez debería llamarme Jengibre. O Cilantro.

–O Curry. «Hola, me llamo Curry. Y soy muy picante.»

Se reían a carcajadas.

A finales de enero, cuando se acercaban los exámenes parciales, empezaron a ir al café dos o tres tardes a la semana. Un ventoso atardecer de miércoles, Prakrti llegó antes que Kylie. Se apropió de su mesa favorita y sacó el ordenador.

Desde comienzo del curso, varias universidades le habían enviado correos electrónicos y cartas animándola a solicitar una plaza. Al principio, los formularios venían de universidades a las que no pensaba ir, por razones de ubicación, afiliación religiosa o falta de prestigio. Pero en noviembre recibió un e-mail de Stanford. Y al cabo de unas semanas recibió otro de Harvard.

Prakrti estaba muy contenta, o al menos no tan inquieta, al verse tan solicitada.

Entró en su cuenta de Gmail. Un grupo de chicas con botas de agua de colores vivos irrumpió en el café para guarecerse del viento de la calle. Se arreglaban el pelo y se reían. Al final se sentaron en la mesa de al lado. Una de ella sonrió y Prakrti le devolvió la sonrisa.

Miró la bandeja de entrada y vio que tenía un correo.

Querida señorita Banerjee:

Esto es lo que mi hermano Neel me aconseja que te escriba a modo de saludo (en lugar de «Querida Prakrti»). Aunque es un año menor que yo, su inglés es mejor que el mío. Me está ayudando a corregir las faltas que cometo, para no causarte una mala impresión en mi primer mensaje. Quizá no debería contarte esto. (Neel dice que no, que no debería.)

Lo que yo opino de verdad es que, si un día vamos a casarnos, he de esforzarme por ser lo más sincero posible contigo, para mostrarte mi Ser Verdadero, y así puedas llegar a conocerme.

Supongo que debería hacerte todo tipo de preguntas, como ¿qué te gusta hacer en tu tiempo libre?, ¿cuáles son tus películas preferidas?, ¿qué tipo de música escuchas? Preguntas relacionadas con la compatibilidad personal. Pero yo no creo que tengan tanta importancia.

Considero más importantes las preguntas de índole religiosa o cultural. Por ejemplo: ¿te gustaría formar una gran familia algún día? Quizá esta sea una pregunta demasiado imponente en este punto inicial de nuestra correspondencia. En cuanto a mí, pertenezco a una familia muy numerosa, por lo que estoy acostumbrado a grandes bullicios en la casa. A veces pienso que sería agradable tener una familia más pequeña, como cada vez es más corriente.

Tengo entendido que mis padres les han informado ya a los tuyos de mi aspiración de llegar a ser programador en alguna gran empresa como Google o Facebook. Siempre he soñado con vivir en California. Sé que Delaware no queda cerca de allí, pero que está cerca de Washington.

En mi tiempo libre me gusta ver partidos de críquet y leer *manga*. ¿Y a ti?

Para terminar, permíteme decirte que me pareciste muy muy bonita cuando te vi en casa de mi tío abuelo. Siento no haberte saludado, pero mi madre me dijo que no era costumbre hacerlo. A menudo los viejos modos nos parecen curiosos, pero debemos confiar en la sabiduría de nuestros padres, ya que poseen la experiencia de una vida más larga.

Gracias por la fotografía que me enviaste. La llevo cerca del corazón.

Si el chico se había sentado a escribir el e-mail con la intención de echar para atrás a Prakrti con cada una de sus palabras, cual un Shakespeare del puro fastidio, no podría haberlo hecho mejor. Prakrti no sabía qué odiaba más. La mención de los hijos, que implicaba una intimidad física que ni quería imaginar, ya era bastante horrible. Pero, por alguna razón, la frase «muy muy bonita» era lo que más la había disgustado.

No sabía qué hacer. Pensó escribirle para decirle que la dejase en paz, pero tenía miedo de que llegara a oídos de su madre.

Así que, en lugar de ello, Prakrti buscó en Google «mayoría de edad en Estados Unidos». Los resultados la informaron de que, cuando cumpliera los dieciocho años, tendría el derecho legal para adquirir propiedades, gestionar su propia cuenta bancaria y alistarse en el ejército. La frase que más la animó, no obstante, fue la que explicaba que la mayoría de edad «llevaba aparejado el control sobre las decisiones y actos propios, y consecuentemente el cese de la autoridad legal de los padres sobre la persona y asuntos generales del menor».

Dieciocho años. Un año y medio a partir de aquel momento. Para entonces, ya la habrían aceptado en alguna universidad. Si sus padres no querían que fuera a la universidad, o querían que esa universidad no estuviera lejos, a ella le daría igual. Iría por su cuenta y riesgo. Podía solicitar ayuda económica a la universidad. O conseguir una beca. O incluso pedir un préstamo, si fuera necesario. Podría trabajar media jornada mientras estudiaba en la universidad; y no pedirles nada a sus padres; y no deberles nada, por tanto. ¿Qué opinarían ellos? ¿Qué harían en ese caso? Lamentarían haber intentado casarla mediante acuerdo. Se arrepentirían, se postrarían ante ella. Y entonces *tal vez* –cuando estuviera estudiando un posgrado, o viviendo en Chicago– les perdonaría.

Cuando Kylie era Meghan y Prakrti era Jasmine, eran más vagas y algo más obtusas, pero más atrevidas. Una vez Kylie se acercó a un chico guapo y le dijo: «Oye, estudio psicología, ¿sabes? Y nos han mandado hacerle un test de personalidad a alguien. Solo serán unos minutos.» Llamó a Prakrti, es decir, a Jasmine, y le entrevistaron juntas, sacándose las preguntas de la manga. ¿Cuál ha sido tu último sueño? Si fueras un animal, ¿qué animal serías? El chico tenía rastas y hoyuelos, y al cabo de un rato pareció captar la inanidad de sus preguntas. «¿Es para la facultad? ¿En serio?», dijo. A Prakrti y a Kylie se les escapó una risita tonta. Pero Kylie insistió: «¡Sí! ¡Es para mañana!» En aquel punto la ficción que habían creado era doble: ya no eran unas alumnas de instituto haciéndose pasar por universitarias; eran estudiantes universitarias fingiendo que hacían un test psicológico para poder hablar con un chico guapísimo. En otras palabras, estaban ya habitando sus futuros seres universitarios, las personas que tal vez serían un día.

Pero ahora todo aquello parecía muy lejano. Prakrti observó a las chicas con sus *leggins* y sus botas de lluvia. En otras mesas, los estudiantes tecleaban, o leían, o habían quedado con algún profesor.

Se había imaginado que era una más, pero no como Jasmine, de Queens, sino como ella misma.

Se sintió mareada. Se le nubló la vista. Parecía como si el suelo de la cafetería cediera y un abismo se abriera entre ella y los demás estudiantes. Se agarró al borde de la mesa para recuperar la estabilidad, pero la sensación de caída persistía.

Al poco cayó en la cuenta de que no era tanto una caída como una sensación de cámara lenta o de movimiento envolvente; una reivindicación. Ella era la elegida. Cerró los ojos y las visualizó acercándosele, como solían hacer en los pasillos del instituto. Con aquella mirada oscura, baja, y un gran parecido físico con ella; susurraban en lenguas extranjeras que eran la suya y tendían sus muchas manos para tirar de ella. Eran las Hímenes.

Ignoraba cuántos minutos transcurrieron luego. Siguió con los ojos cerrados hasta que el mareo hubo remitido, y después se incorporó y fue hacia la puerta.

Justo en la entrada había un tablón de anuncios. Atestado de folletos, hojas publicitarias, comunicados, tarjetas de visita y papeles con tiras para arrancar de clases particulares y de cuartos en subarriendo. En la esquina superior derecha asomaba un anuncio de una conferencia. El tema no le decía nada. Lo que le llamó la atención a Prakrti fue la fecha del acto –la semana siguiente– y la fotografía del conferenciante. Un hombre de tez rosada, pelo rubio rojizo y expresión aniñada, simpática. Un profesor invitado inglés. Nadie de por allí.

Cuando ella llegó a la habitación del hotel de Matthew, él ya había tomado una decisión.

Pensaba ofrecerle algo de beber. Sentarse, charlar, disfrutar de su compañía, de la cercanía de alguien tan joven y tan guapa, y nada más. Estaba lo bastante borracho para contentarse con eso. No sentía un deseo físico imperioso, solo la sensación creciente de una aprensión estimulante, como si se estuviera colando en una fiesta muy exclusiva.

Cuando la chica entró y se acercó a él, su olor como a talco le sacudió muy intensamente.

Ella no buscó sus ojos, ni pronunció palabra alguna; se quitó la mochila, la dejó en el suelo, y se quedó quieta con la cabeza gacha. Ni siquiera se quitó el abrigo.

Matthew le preguntó si quería tomar algo. Ella dijo que no. El nerviosismo de la chica y su posible reticencia a estar allí llevaron a Matthew a querer tranquilizarla o persuadirla.

Dio un paso hacia delante, rodeó a la chica con los brazos y hundió la nariz en su melena. Ella se lo permitió. Al cabo de unos instantes Matthew inclinó la cabeza para besarla. La respuesta de ella fue mínima. No abrió la boca. Matthew le paseó la nariz por el cuello. Cuando volvió hacia su boca, ella se apartó.

–¿Tienes un condón? –dijo.

–No –contestó Matthew, sorprendido ante una pregunta tan directa–. No. Me temo que no soy de la generación del condón.

–¿Puedes ir a por uno?

Ya no quedaba en ella indicio alguno de coqueteo. Iba directa al grano, arrugando la frente. Una vez más, Matthew consideró la idea de dejarlo ahí, de no ir más lejos.

En cambio, dijo:

–Sí, podría... ¿Dónde puedo conseguir uno a estas horas?

–En la plaza. Hay un quiosco. Es el único sitio abierto.

Más tarde, en Inglaterra, durante los meses de recriminaciones y remordimientos, Matthew se admitió a sí mismo que había tenido tiempo de pensar mejor las cosas. Había salido del hotel solo con una chaqueta encima. La temperatura había bajado. De camino a la plaza, el frío le despejó la mente, pero no lo suficiente, al cabo, para disuadirlo de buscar el quiosco y entrar en él.

Una vez allí, había tenido una oportunidad más de echarse atrás. Los preservativos no estaban fuera y había que pedírselos al dependiente de detrás del mostrador. Este era un surasiático de edad mediana, y a Matthew le asaltó la fantasía peregrina de estar comprándole los condones al padre de la chica.

Pagó en metálico, sin que el empleado y él se cruzaran la mirada, y se fue apresuradamente.

Cuando volvió, la habitación estaba a oscuras. Pensó que la chica se había ido. Se sentía decepcionado y aliviado. Pero entonces le llegó su voz desde la cama.

–No enciendas la luz.

Matthew se desvistió a oscuras. Una vez en la cama, al encontrarse con la chica también desnuda, ya no tuvo más reservas.

Con desmaña, se puso el condón. Cuando se colocó encima de ella, la chica abrió las piernas, pero Matthew apenas había llegado a parte alguna cuando la chica se puso muy tensa y se incorporó.

–¿La has metido?

Matthew pensó que le preocupaba quedarse embarazada.

–El condón está en su sitio –la tranquilizó–. Lo tengo puesto.

La chica le puso una mano en el pecho y se quedó muy quieta, como si estuviera escuchando a su propio cuerpo.

–No puedo hacerlo –dijo, finalmente–. He cambiado de idea.

Un minuto más tarde, sin pronunciar palabra, se había ido.

Matthew se despertó a la mañana siguiente media hora antes de su disertación con preguntas y respuestas. Saltó de la cama, se dio una ducha rápida, se enjuagó la boca con el colutorio del baño y se vistió. Un cuarto de hora después estaba camino del campus.

Lo que sentía no era tanto resaca como una ligera embriaguez. Caminando bajo los árboles desnudos, la cabeza se le antojaba ligera. Las cosas le parecían curiosamente insustanciales –las hojas mojadas en las aceras, los jirones de nubes arremolinados en el cielo–, como si las estuviera contemplando a través de una tela metálica.

No había pasado nada. Nada, en realidad. En comparación con cómo podría haber sido todo, tenía tantísimo menos por lo que sentirse culpable que era casi como si no hubiera hecho nada.

A mitad del acto de aquella mañana, se le intensificó el dolor de cabeza. Matthew estaba en el departamento de física. Al llegar se había sentido inquieto ante la posibilidad de que la chica pudiera estar entre los estudiantes apiñados en aquella clase vivamente iluminada, pero se acordó de que le había dicho que no iba a poder asistir. Se relajó y respondió a las preguntas de los alumnos un poco en modo «piloto automático». Apenas necesitó pensar.

A mediodía, con el cheque de sus honorarios en el bolsillo de la chaqueta, Matthew ya estaba camino de Nueva York.

Nada más pasar Edison, estaba a punto de quedarse dormido en el asiento cuando oyó un aviso de mensaje.

> Gracias por firmarme el papel. Tal vez algún día lo pueda vender. Un placer conocerte. Adiós.

Mathew respondió: «Te enviaré un ejemplar de mi libro para que lo pegues dentro.» Pero decidió que aquello sonaba demasiado a final abierto, así que lo borró y escribió: «Para mí también ha sido un placer conocerte. Suerte con tus estudios.» Tras apretar ENVIAR, borró la conversación completa.

Había esperado demasiado tiempo para ir a la policía. Ese era el problema. Por eso no la creían.

El fiscal, con quien Prakrti ya había hablado otra vez, era un hombre de torso fornido, cara amable y franca y pelo rubio y ralo. De modales bruscos, blasfemaba con frecuencia, pero cuando entraba en los detalles del caso trataba a Prakrti con delicadeza.

–No hay ninguna duda de quién es el culpable aquí –dijo–. Pero tendré que presentar cargos contra este depravado, y su abogada está intentando impugnar tu testimonio. Así que tengo que repasar contigo las cosas que puede decir. Para prepararnos. ¿Entiendes? No me gusta nada tener que hacerlo, créeme.

Le pidió a Prakrti que volviera a contárselo todo desde

el principio. Le preguntó si la noche en cuestión había bebido. Le pidió que le detallara las prácticas sexuales que habían realizado. ¿Qué habían hecho exactamente? ¿Qué estaba permitido y qué no? ¿De quién fue la idea de comprar condones? ¿Era sexualmente activa antes de aquello? ¿Tenía algún novio del que sus padres no supieran nada?

Prakrti respondió lo mejor que pudo, pero no se sentía preparada. La única razón por la que se había acostado con un hombre mayor era precisamente para evitar este tipo de preguntas. Interrogantes relacionados con su voluntad, o su nivel de alcohol en la sangre, o si había actuado de forma provocadora. Había oído muchas historias al respecto, había visto en el teléfono móvil los capítulos de *Ley y orden* suficientes para poder hacerse una idea de cómo eran estos casos para las mujeres. Salían mal paradas. El sistema judicial favorecía al violador. Siempre.

Necesitaba que el sexo fuera un delito en sí mismo. Solo entonces podría ser su víctima. Sería inocente. Inocente, sí, pero, por definición, ya no sería virgen. Ya no sería una novia hindú aceptable.

Ese era el plan que había urdido Prakrti.

Era preferible un hombre mayor porque con un hombre mayor no pasaba nada por haber flirteado enviándole mensajes de texto, o por haber ido a su habitación de hotel voluntariamente. En Delaware, la edad para el consentimiento sexual era diecisiete años. Prakrti había consultado la ley. Legalmente, no podía dar su consentimiento. Por lo tanto, no había que probar que había habido violación.

Un hombre mayor, casado, tampoco querría hablar de lo sucedido. Querría mantenerlo lejos de la prensa. En el instituto nadie se enteraría. Ningún encargado de las admisiones universitarias, al buscar su nombre en Google, encontraría rastro electrónico alguno.

Por último, un hombre mayor, casado, se lo tendría merecido. No se sentiría tan mal por involucrar a un sujeto así en lugar de a un pobre simplón del instituto.

Pero conoció al hombre, al físico inglés, y aunque siguió adelante con el plan sintió arrepentimiento. Era más buena gente de lo que esperaba. Y, más que otra cosa, parecía triste. Tal vez no fuera trigo limpio –no lo era–, pero Prakrti no podía evitar que a pesar de todo le gustara un poco y le diera pena hacerle aquello.

Por ello, fueron transcurriendo los meses y Prakrti iba dejando el acudir a la comisaría. Esperaba no tener que poner en práctica la última parte del plan, que algo diera un vuelco a la situación.

Terminó el curso. Prakrti encontró un trabajo de verano en una heladería del centro. Tenía que llevar un delantal de rayas y un gorro de papel.

Un día de finales de julio, cuando Prakrti volvió a casa del trabajo, su madre le entregó una carta. Una carta *de verdad,* escrita en papel y enviada por correo. Los sellos del sobre mostraban la cara sonriente de una estrella del críquet.

> Querida Prakrti:
>
> Perdóname por no haberte escrito antes. Mis estudios en la universidad han sido sumamente abrumadores y la dedicación intensiva ha sido la única manera de continuar con ellos. Sigo adelante con la idea de trabajar duro para labrar un futuro para mí y mi futura familia, y al hablar de ella me refiero a ti. Empiezo a vislumbrar que conseguir un empleo en Google o Facebook podría no ser tan fácil como imaginaba. Ahora estoy pensando en trabajar para una empresa de comercio *flash* de New Brunswick, donde trabaja mi tío. No tengo carnet de conducir y empiezo a temer que eso pueda ser un problema. ¿Tú tienes carnet?

¿Tienes quizá coche propio? Sé que nuestros padres han hablado de la posibilidad de incluir un coche como parte de la dote. Me parecería una idea magnífica.

Prakrti no siguió leyendo. Cuando salió del trabajo al día siguiente, en lugar de volver a casa fue directamente a la comisaría de detrás del ayuntamiento. Esto había sido hacía un mes. Desde entonces, la policía había buscado al hombre, pero no lo había detenido. Algo retrasaba las cosas.

–El juez querrá saber por qué tardaste tanto en denunciarlo –le dijo el fiscal.

–No lo entiendo –respondió Prakrti–. Me leí la ley en internet. Ahora tengo diecisiete, pero cuando ocurrió tenía dieciséis. Luego es una violación.

–Es cierto. Pero él afirma que no hubo sexo. Que no hubo... penetración.

–Claro que hubo penetración –dijo Prakrti, frunciendo el ceño–. Compruebe nuestros mensajes. O el vídeo. Ahí se ve lo que iba a pasar.

La razón por la que envió al hombre al quiosco fue que sabía que dentro había una cámara de seguridad. Planeaba también guardar el condón, y hacer un nudo en el extremo para conservar el semen. Pero, con las complicaciones del momento, había olvidado hacerlo.

–Los mensajes demuestran que hubo flirteo –explicó el fiscal–. Demuestran intención. Lo mismo que el vídeo donde se le ve comprar preservativos. Pero no tenemos ninguna prueba de lo que ocurrió en la habitación.

Prakrti se miró las manos. Una salpicadura de helado verde se le había secado en el dorso del pulgar. Se rascó para quitárselo.

Cuando el hombre se le había puesto encima, Prakrti se

había quedado aturdida por la oleada de ternura y de sentido protector para con su propio cuerpo. El aliento del hombre era acre y dulzón, por el alcohol. Pesaba más de lo que ella se había imaginado. Al entrar en la habitación y verlo en calcetines, le había parecido viejo y de mejillas demacradas. Ahora Prakrti tenía los ojos cerrados. Temía que le doliera. No le importaba perder la virginidad, pero quería dar lo menos posible de sí misma. Solo lo necesario para la distinción legal, y nada más; ningún gesto de aprobación y, por supuesto, ningún afecto.

Ahora lo tenía entre sus piernas, empujando. Sintió una especie de pellizco.

Y se lo quitó de encima. Se incorporó en la cama.

¿Aquella especie de pellizco que sintió no fue una penetración? Además, ella lo habría tenido que notar si la hubo, ¿no?

–Obviamente, si alguien compra condones, es por algo... –le dijo al fiscal–. ¿Cómo puedo demostrar que hubo penetración?

–Ahora es más difícil, por el tiempo que ha pasado desde entonces. Pero no imposible. ¿Cuánto tiempo duró?

–No lo sé. ¿Un minuto?

–Practicaron sexo un minuto.

–Tal vez menos.

–¿Él culminó? Lo siento, tengo que preguntárselo. La defensa lo preguntará y tenemos que estar preparados.

–No lo sé. Yo nunca había... Era la primera vez.

–¿Y estás segura de que era el pene? ¿De que no era un dedo?

Prakrti hizo memoria.

–Tenía las manos en mi cabeza. Me sujetaba la cabeza. Con las dos manos.

–Lo que me ayudaría mucho es tener algún testigo «de

denuncia inmediata» –dijo el fiscal–. Alguien a quien se lo hubieras contado nada más ocurrir, y que pudiera corroborar tu relato. ¿Se lo contaste a alguien?

Prakrti no se lo había contado a nadie. No quería que nadie lo supiese.

–Ese cretino dice que no hubo sexo. Así que ayudaría mucho, muchísimo, que se lo hubieras contado a alguien no mucho después de que se perpetrara la agresión. Vuelve a casa. Piensa en ello. Intenta recordar si hubo alguien con quien pudiste haber hablado. Incluso por mensaje o correo electrónico. Te llamaré.

El vuelo de Matthew sobre el océano avanza al ritmo del sol. Su avión aterriza en Nueva York a la misma hora, o con una diferencia de una hora o dos, que cuando despegó de Londres. Al salir de la terminal, la luz del sol le impacta en la cara. Piensa que un día de noviembre debería apaciguar, suavizar su regreso, pero el sol se encuentra en su cénit. La zona de vehículos autorizados está atestada de autobuses y de taxis.

Le dice al taxista la dirección del hotel. No hay posibilidad alguna de volver a casa. Tracy ha accedido a llevar a los niños a verle a media tarde. Cuando Matthew la ha invitado a quedarse a cenar, con la esperanza de reunir a la familia y vislumbrar el sesgo que podría tomar todo el asunto, Tracy se ha mostrado evasiva. Pero no lo ha descartado.

El mero hecho de estar de vuelta, de ver recortada en el cielo la silueta de Manhattan, le llena de optimismo. Durante meses ha vivido una situación de impotencia, a resguardo de la detención policial pero en un limbo, como Assange o Polanski. Pero ahora puede actuar.

La noticia de que le buscaban para interrogarle le había llegado en agosto, cuando estaba en Europa dando una serie de conferencias. La policía de Dover se había hecho con una copia de su pasaporte en su hotel, donde lo había presentado al registrarse. Desde allí habían seguido su rastro hasta la dirección de su madre. Al terminar las conferencias, había ido a Dorset a visitar a Ruth y a Jim, y la carta lo estaba esperando.

En los seis meses transcurridos entre aquella conferencia en la universidad y la llegada de la carta, Matthew casi había olvidado a la chica. Había contado el lance a algunos de sus amigos varones, haciendo hincapié en el extraño comienzo de la chica y su cambio de opinión final. «¿Y qué esperabas, idiota?», le dijo uno de ellos. Pero preguntó también, envidioso. «¿Diecinueve, dices? ¿Y *cómo* es estar con una chica de esa edad?»

La verdad era que Matthew no lo recordaba. Volviendo la vista atrás, su recuerdo más nítido de aquella noche era cómo a ella se le había estremecido el vientre cuando él se puso encima. Era como si un animalito, un jerbo o un hámster, hubiera quedado aprisionado entre sus cuerpos y se retorciera para intentar zafarse. Un estremecimiento medroso o excitado, y único. Matthew no recordaba nada más.

Cuando recibió la carta de la policía, otro amigo, abogado, le aconsejó contratar a un «asesor legal local», o sea, a un abogado de Dover, o del condado de Kent, que conociera al fiscal y al juez del caso. «Procura que sea una mujer, si es posible», añadió el amigo. «Podría ayudar si al final tienes que presentarte ante un jurado.»

Matthew había contratado a una mujer llamada Simone Del Rio. Durante su primera conversación telefónica, después de haberle dado él su versión de los hechos, ella le preguntó:

–¿Y eso ocurrió en enero?

–Sí.

–¿Y por qué cree que ha esperado tanto?

–No tengo la menor idea. Ya se lo he dicho. Está como una cabra.

–El retraso es bueno. Juega a nuestro favor. Déjeme hablar con el fiscal, a ver qué averiguo.

La abogada le llamó al día siguiente.

–Esto le va a dejar perplejo, pero la presunta víctima, en el momento de los hechos, solo tenía dieciséis años.

–Es imposible. Estaba en la universidad, en primero de carrera. Me dijo que tenía diecinueve años.

–No lo dudo. Por lo visto mintió también en eso. Está en el instituto. Cumplió diecisiete en mayo.

–No importa –dijo Matthew, tras encajar la noticia–. No hubo sexo.

–Mire –dijo Del Rio–. Ni siquiera le han puesto una demanda. Le he dicho al fiscal que sin eso no tienen derecho a exigirle que declare. También he argumentado que ningún jurado de acusación pedirá su procesamiento por eso. Francamente, si no vuelve a pisar los Estados Unidos no tendrá ningún problema.

–No puedo no volver. Mi mujer es norteamericana. Mis hijos viven allí. Yo también. O vivía, al menos.

Las demás noticias de Del Rio no fueron tan tranquilizadoras. La chica había borrado los mensajes de su teléfono, igual que Mathew. Pero la policía había conseguido una orden judicial para pedir a la compañía telefónica que los recuperase.

–Estas cosas no desaparecen –dijo Del Rio–. Están aún en el servidor.

La grabación fechada del quiosco era otro problema.

–Si no pueden interrogarle, su investigación está en

punto muerto. Si las cosas siguen como están, podría conseguir que el caso se archive.

–¿Y eso cuánto tardaría?

–Nadie lo sabe. Pero, escúcheme –dijo Del Rio–, no puedo decirle que se quede en Europa, ¿entiende ? No puedo aconsejarle que haga eso.

Matthew captó el mensaje. Se quedó en Inglaterra.

Desde la distancia, contemplaba cómo implosionaba su vida. Los sollozos de Tracy al teléfono, sus recriminaciones, sus insultos. Después, sus negativas a coger el teléfono cuando él llamaba, y, por último, la petición de separación. En agosto, Jacob estuvo sin hablarle tres semanas. Hazel fue la única que se comunicó con él continuamente en ese tiempo, aunque le molestara hacer de correveidile. De cuando en cuando, le mandaba emoticonos de una cara roja muy enfadada. O le preguntaba «¿cuándo vuelves a casa?».

Estos mensajes le llegaban a Matthew al móvil británico. Durante su estancia en Inglaterra, mantuvo apagado el norteamericano.

Ahora, en el taxi del aeropuerto, saca su teléfono estadounidense de la bolsa y aprieta el botón de encendido. Está ansioso por comunicarles a sus hijos que ha vuelto y que los va a ver pronto.

El fiscal volvió a citar a Prakrti al cabo de dos semanas. A la salida del instituto montó en el coche junto a su madre para ir al ayuntamiento.

Prakrti no sabía qué decirle al fiscal. No se esperaba que se le exigieran testigos que declarasen a su favor. Aunque podría haberlo hecho, tampoco había contado con que el hombre iba a estar en Europa, al abrigo de detenciones e interrogatorios. El mundo había conspirado para detener el curso del caso, y también para detener su vida.

Prakrti había sopesado la posibilidad de pedirle a Kylie que mintiera por ella. Pero aunque su amiga le jurara guardar el secreto, indefectiblemente se lo contaría, cuando menos, a una persona, que, a su vez, se lo contaría a otra, y en poco tiempo todo el colegio se habría enterado.

Contárselo a Durva tampoco era una alternativa válida. Era una mentirosa pésima. Si la interrogaba un jurado se vendría abajo. Además, Prakrti no quería que Durva supiera lo ocurrido. Cuando sus padres tuvieron noticia de los hechos, les prometió que no le diría nada a su hermana pequeña.

En cuanto a sus padres, tampoco estaba segura de hasta qué punto «sabían». Demasiado avergonzada para contarlo ella misma, dejó que el fiscal se encargara de ello. Cuando sus padres salieron de la entrevista, Prakrti constató con sorpresa que su padre había llorado. Su madre fue amable con ella, solícita. Le propuso cosas que jamás habrían salido de ella y que sin duda eran sugerencias del fiscal. Le preguntó a Prakrti si quería «buscar ayuda». Dijo que entendía lo que le pasaba, e hizo hincapié en el hecho de que Prakrti era una «víctima» y no tenía la culpa de nada.

Durante las semanas y meses que siguieron, el silencio se abatió sobre el asunto. So pretexto de no mezclar a Durva, sus padres nunca mencionaban el tema en casa. En ningún momento se pronunció la palabra *violación*. Ellos cumplían con lo que se les pedía: cooperar con la policía y comunicarse con el fiscal. Y eso era todo.

Esto situaba a Prakrti en una posición extraña. Le exasperaba que sus padres cerrasen los ojos ante una agresión sexual que, después de todo, no había ocurrido.

Ya no estaba tan segura de lo que había sucedido aquella noche en el hotel. Sabía que el hombre era culpable. Pero dudaba de si la ley estaba de su lado.

No había vuelta atrás, sin embargo. Había ido demasiado lejos.

Habían transcurrido más de diez meses. El Diwali se acercaba de nuevo; este año la fecha se había adelantado a causa de la luna nueva. La familia no tenía planeado viajar a la India.

Frente al ayuntamiento, los árboles, cubiertos de hojas cuando fue por primera vez, estaban ahora desnudos, y dejaban a la vista la estatua ecuestre de George Washington que se alzaba al final de la columnata. Su madre aparcó delante de la comisaría, pero no hizo ademán de bajarse del coche. Prakrti se volvió hacia ella.

–¿Vienes?

Su madre se volvió para mirarla. No con su nueva expresión suavizada o evasiva, sino con el gesto duro, estricto, recriminador que siempre la había caracterizado. Sus manos asían con tanta fuerza el volante que tenía los nudillos blancos.

–Si te metiste sola en este lío, podrás salir de él sola también –dijo su madre–. ¿Quieres llevar las riendas de tu vida? Pues adelante. Yo me retiro. Es inútil. ¿Ahora cómo vamos a encontrarte otro marido?

Fue la palabra *otro* la que captó la atención de su hija.

–¿Lo saben? ¿Los Kumar?

–¡Por supuesto que lo saben! Tu padre se lo contó. Dijo que era su deber hacerlo. Aunque yo no estoy de acuerdo. Él nunca quiso esa boda. Lo ha hecho para desautorizarme, como de costumbre. –Prakrti guardaba silencio, asimilando la información. Su madre añadió–: Estoy segura de que estás encantada con la noticia. Es lo que querías, ¿no?

Lo era, por supuesto. Pero la emoción que embargaba a Prakrti no era tan fácil de definir: ¿era felicidad o alivio? Se parecía más al remordimiento, por lo que les había hecho a sus padres y lo que se había hecho a sí misma. Se echó a llorar, volviendo la cara hacia la portezuela del coche.

Su madre no hizo ningún amago de consolarla. Cuando volvió a hablar, en su voz había una suerte de regocijo acerbo.

–Así que querías al chico, a fin de cuentas. ¿Es eso? Has estado engañando a tus padres todo este tiempo, ¿no es cierto?

El teléfono le empieza a vibrar sin tregua en la mano. Una avalancha de meses de mensajes de texto y notas de voz sin entregar.

Cuando llega el alud, Matthew contempla la neblina sobre el East River, y los enormes carteles publicitarios de películas y compañías de seguros. Casi todos los mensajes son de Tracy o de sus hijos, pero también pasan velozmente los nombres de amigos y colegas. De cada uno de ellos puede leerse la primera línea. Es una catarata que compendia sus últimos meses, las súplicas, la furia, los lamentos, las reprensiones, la desdicha. Devuelve bruscamente el móvil a la bolsa.

Al cruzar el túnel de Midtown el móvil sigue vibrando; las gélidas secuelas, desheladas, le llueven encima.

–No voy a pasar –dijo Prakrti, en el umbral del despacho del fiscal–. Retiro las acusaciones.

Tiene la cara aún húmeda de las lágrimas. Algo muy fácil de malinterpretar.

–No tienes por qué hacerlo –dijo el fiscal–. Atraparemos a ese cabrón. Te lo prometo.

Prakrti negó con la cabeza.

–Escúchame bien. Le he dado vueltas al caso –insistió el fiscal–, incluso sin testimonios inmediatamente posteriores o de muy poco después, tenemos una baza muy fuerte con la que presionar a ese tipo. Su familia está aquí, en Estados Unidos, lo que significa que querrá volver.

Prakrti no parecía escuchar. Miraba al fiscal con los ojos brillantes, como si por fin hubiese dado con la frase que debía decir para arreglarlo todo.

–Nunca se lo he dicho, pero estoy pensando en estudiar derecho. *Siempre* he querido ser abogada. Pero ahora sé de qué tipo. ¡Una defensora pública! Como usted. Ustedes son los únicos que hacen algo de bien.

El hotel, en la zona de las calles Veinte Este, era un hotel donde Matthew solía alojarse muchos años atrás, un hotel que a la sazón gozaba de gran prestigio entre editores y periodistas europeos. Ahora, tras las reformas, está irreconocible. La música tecno retumba en un vestíbulo que parece una mazmorra, y le acompaña incluso en el ascensor, donde pasa a convertirse en la banda sonora de vídeos chillones proyectados en pantallas integradas en las paredes. En lugar de ofrecer un remanso de paz frente a las calles de la ciudad, el hotel quiere meter estas dentro, con su agitación y sus urgencias.

En su habitación, Matthew se da una ducha y se pone una camisa limpia. Al cabo de una hora está de nuevo en el vestíbulo, en medio de la música atronadora, esperando la llegada de Jacob y Hazel, y de Tracy.

Con la sensación de emprender una tarea temida, se pone a recorrer la lista de mensajes y a borrarlos uno a uno. Algunos son de su hermana Priscilla, otros de amigos que le invitaban a fiestas hace meses. También hay recordatorios de pago y montones de correo basura.

Abre un mensaje que reza:

> ¿sigues estando ahí?

Segundos después, otro, desde el mismo número:

> bueno en fin supongo que da igual. es la última vez que te escribo y tú seguramente tampoco lo harás. solo quería decir que lo siento. no tanto por ti como por tu familia. sé que lo que hice fue un poco excesivo. me pasé de la raya. pero en aquel momento las cosas estaban a tope fuera de control y no podía hacer otra cosa. de todas formas ahora tengo un plan para mí. consiste en intentar ser mejor persona. puede que te interese. adiós. l.c.n.

Durante todos estos meses, lo único que ha sentido Matthew contra la chica ha sido rabia. Mentalmente, y en voz alta cuando estaba solo, la ha llamado de todo; ha empleado contra ella el peor, más ofensivo y más vivificador de los lenguajes. Los mensajes que acaba de leer, sin embargo, no reavivan su odio hacia ella. No es que la haya perdonado, ni que piense que le hizo un favor. Al eliminar ambos mensajes, Matthew tiene la sensación de estar hurgando en una herida. No de forma compulsiva, como antes, corriendo el riesgo de que volviera a abrirse o infectarse, sino simplemente para ver si está cicatrizando.

Estas cosas no desaparecen.

Al fondo del vestíbulo aparecen Jacob y Hazel. Tras ellos, a pocos pasos, hay alguien a quien Mathew no reconoce.

Una joven con un forro polar granate, vaqueros y zapatillas de correr.

Tracy no viene. Ni ahora ni nunca. Para transmitirle este mensaje, ha enviado a la niñera.

Jacob y Hazel aún no le han visto. Parecen intimidados por los siniestros porteros y por la música machacona. Encogen los ojos en la penumbra.

Matthew se pone en pie. Su mano derecha, *motu proprio,* sale disparada hacia lo alto. Sonríe con una intensidad de la que ya no creía ser capaz. Al otro lado del vestíbulo, Jacob y Hazel se dan la vuelta y, al reconocer a su padre, pese a todo, echan a correr a su encuentro.

2017

AGRADECIMIENTOS

Debo gratitud a los siguientes editores: Peter Stitt, J. D. McClatchy, Bradford Morrow, Bill Buford, Cressida Leyshon y Deborah Treisman.

También quiero expresar mi agradecimiento a las publicaciones en las que los relatos que integran este volumen, en sus versiones anteriores, vieron la luz por primera vez:

«Correo aéreo», *The Yale Review* (octubre de 1996).

«Jeringa de cocina», *The New Yorker* (17 de junio de 1996).

«Música antigua», *The New Yorker* (10 de octubre de 2005).

«Multipropiedad», *Conjunctions,* 28 (primavera de 1997).

«Buscad al malo», *The New Yorker* (18 de noviembre de 2013).

«La vulva oracular», *The New Yorker* (21 de junio de 1999).

«Huertos caprichosos», *The Gettysburg Review* (invierno de 1989).

«Magno Experimento», *The New Yorker* (31 de marzo de 2008).

ÍNDICE